梦断佛罗伦萨系列之一

韶华魅影

王 斐 ㊀著

作家出版社

献给爸爸，你永远是我的第一读者。

十五世纪下半叶意大利半岛

这最后一卷书将以恐怖和流血开始，以悲伤和眼泪结束。

——《佛罗伦萨史》，尼科洛·马基雅维利

目 录

0. 引子

1478 年 4 月 26 日，午后

已经跟着人流走到城门口，眼看就要出城的皮克罗，突然觉得自己无论如何也要回去再看一眼。她前思后想，怎么都觉得现在跑回去简直是全世界最愚蠢的行为，别说会被抓住，就算不被抓，等一会儿领主宫里的大钟响起来，全城戒严，自己肯定也会滞留在城中，搞不好复仇大业还没开始就先被暴民砍死。

她一边历数一百个不应该回头的理由，一边急急忙忙抄小路往佛罗伦萨圣母百花大教堂的方向疾行。她在这么一个阳光明媚的晚春午后，一路急匆匆地穿过佛罗伦萨的小巷，额头泛出细密的汗水，胸口一起一伏。她不小心撞到的路人是不是会错当她是个思春的少女，担心那个去参加复活节大弥撒的恋人，勉强穿上男装朝主教堂跑去，就是为了要确认恋人的死活？当然，路人恐怕是看不到她右手上被勉强抹去的血迹。就算看到了，也绝对想不到，这是她几小时前一刀捅死自己“恋人”的时候不小心溅上的。

皮克罗虽然穿着男装，但是也并不很刻意掩饰自己是女性的事实。本来以她那种娇小的个头、单薄的肩膀，再怎么乔装打扮也不太可能被人当成男人。所以我觉得皮克罗在那个阴郁的夜晚下决心从此绝不再着女装，大半是为了一些虚无缥缈的原则，而不是出自务实的考虑。

皮克罗并不算是一个传统意义上的美人，就算是以现代的眼光来看，也只能算是气质美女，放在十五世纪的佛罗伦萨就更显得格格不入。她的额头很窄，并总是严严实实地被刘海遮住，头发又粗又硬，极其顽固地卷曲着，就算是在脑后梳成马尾辫，也这一缕那一卷地支棱着。浓密的眉毛在中间靠后的部位很严厉地挑了起来，玫瑰色的嘴唇太大太厚，给她带来一丝不合年龄的成熟风韵。皮克罗脸上让人着迷的就是她那双紫罗兰色的大眼睛，睫毛很长，眨眼的时候会像蝴蝶翅膀般上下扇动着，给那双眼睛带来一丝神秘而魅惑的味道。可惜，皮克罗就算是着女装的时候，似乎也并不懂得运用自己得天独厚的特征，一双眼睛动不动就充满挑战意味地盯着别人，完全不留一丝余地。

太阳穿过密密匝匝的房屋把石板路切成明一条暗一条，皮克罗的身影如白驹过隙，也一明一暗，犹如她的心情起伏不定。各大主要干道上挤满了仓皇出逃的外来香客，以及不明真相站在路边询问的本地住户。各种流言蜚语在人们的嘴唇和舌尖上跳来跳去，变得越来越夸张。

“罗伦佐和朱利亚诺都死了！”

“美帝奇家族完了！”

“领主宫被外国人占领了！”

“佛罗伦萨沦陷了！”

接近主教堂的几个街区反而很清静，弥撒上的血腥屠杀让本来人声鼎沸的街道变得空无一人。临街的商家要么大门紧闭，要么来不及收摊就慌忙逃命，货物还留在架子上无人看管。皮克罗从来没有在大白天看到佛罗伦萨市中心杳无人烟的样子，不由得减慢步伐，环顾四周，一阵风吹过狭窄的街道，窄巷窗户之间还晾着的衣服随风轻轻摇曳，地上飘过碎纸和树叶。皮克罗抬起头看到主教堂红色的拱顶和乔托设计的白色钟楼，深深吸了一口气，有点无奈地对自己说：既然来了，就去看个清楚吧。

佛罗伦萨主教堂在几个小时前还人声鼎沸，人们从四面八方跑来参加由红衣主教主持的复活节周日弥撒。佛罗伦萨主教堂被装点一新，由美帝奇家族“御用”的绸缎供应商杰斐洛提供的上等丝绸，富丽堂皇地挂在主教堂屋顶上，又从两侧彩色玻璃窗户之间垂下来。“御用”这两个字说来也真是有点讽刺，佛罗伦萨是个共和国，就算是有贵族，美帝奇家这种暴发户也算不上，哪儿来的“御用”。但是又没有其他更好的词来形容杰斐洛和美帝奇家的关系，我总不能在开篇头一页就平白地告诉你，杰斐洛其实是美帝奇家族不怎么可靠的情报头目吧。

还是再回来继续说红衣主教的弥撒：佛罗伦萨各大家族主要成员都穿上自己最昂贵漂亮的衣服，带着一大群男女仆从挤在教堂里，一点都不虔诚地跟着红衣主教低头祈祷。私底下，男人们之间谈论着政治，女人们之间谈论着衣服和情人，小孩子则在裙子、斗篷、刀鞘、靴子之间钻来钻去，间或夹杂着保姆用人轻声呵斥的声音。平民则只能站在教堂外面，有人低头祈祷，有人伸头伸脑往主教堂里看，大家嘁嘁喳喳闲聊。一直被战争威胁笼罩的佛罗伦萨，总算可以借红衣主教来访的机会，用美帝奇家族的钱大吃大喝，开心一下了。

谁能想到，刚刚还充满喜庆气氛的主教堂，现在却一片狼藉。

昂贵的丝绸装饰被撕成一条一条，被人群踩踏，脏兮兮的像抹布一样拖在地上。教堂里到处都是杂物，人们掉落的衣服，贵妇人慌忙之中遗落的装饰品，被踢飞踩烂，混着泥土和血渍，跟垃圾卷在一起。翻倒的条凳和烛台，拉拉杂杂地堆在这里那里。

皮克罗走进教堂之后先被一股诡异的味道冲击，然后才注意到地上的尸体。

空气中弥漫着弥撒燃香的味道，混杂了臊味和血腥味。臊味估计是有人在逃跑的时候吓尿了裤子，或者是被混在人群中的雇佣兵砍死的时候屎尿横流。血腥味则无须解释。皮克罗捅了第一刀之后，趁旁边的人还没反应过来就已经悄悄离开。但是如果帕奇和手下按计划行事，混在人群中的雇佣兵会趁乱干掉美帝奇家族的盟友。不过，皮克罗当时就想，到了关键时刻，谁还管盟友不盟友，肯定是见人就砍吧。“见人就砍”，这个在计划的时候一带而过的隐虑，现在终于变成了实打实的血味臭味残肢断臂。尸体中有的捂着自己的伤口，脸上一副无法相信的惊讶表情；有的背靠在条凳旁边，肚子被剖开，肠子流了一地；还有人脸朝下，背上是一条恐怖的伤口，手徒劳地向前伸着。虽然皮克罗可以说是这一切悲剧的策划者之一，但是看到自己的杰作，一时间也无法接受。

她早就知道会死很多人，她那天晚上盯着桌上的小瓶毒药绝望到肝肠寸断，觉得全天下都辜负她，而她要报复所有人的时候，就已经决定最好大家都死光。在米兰的时候，看到那几个刺客被大卸八块挂在城墙上，她不也很有型地摆出了冷酷的微笑吗？但小朋友们在怨天尤人的时候发下的毒誓，终归还是经不起现实的考验。皮克罗这个时候突然觉得肠胃里翻滚起来，不得不很丢人地跑到墙角干呕了半天，因为早上没吃东西，所以也吐不出什么来。好在旁边只有尸体，死人还有什么资格嘲笑别人。

既然已经这么白痴地跑过来，她一边干呕一边想，就一定要看清楚！

皮克罗直起身，拽着斗篷捂住鼻子，小心地在尸体中穿行，尽量避免自己的软皮靴子碰到血迹和其他污渍。她左顾右盼，终于在靠近祭坛的地方看到了她想找的那具尸体。朱利亚诺·德·美帝奇孤零零地趴在一大摊已经渐渐凝固的血泊里，原本是酱红色的袍子被染成深紫色，宝蓝色的插肩外套已经被乱刀砍得面目全非，只有下摆上的图案仍旧依稀可辨——金色盾牌上缀有六个深红色的球，代表支撑美帝奇家族的六大产业：银行业，纺织业，洗染业，药品制作，丝绸织造和工艺品制作。

皮克罗慢慢地走过去，不知不觉中屏住呼吸。在离尸体还有几步的地方，她的胸口突然毫无预兆地疼起来，就好像有只看不见的手紧紧地抓住她的心脏，让她喘不过气来。她弯下腰，强迫自己深呼吸，紧紧地咬着嘴唇，喉咙里又酸又涩。她弯着腰站在那里喘了一会儿，终于抬起头来，觉得自己实在是愚蠢到极点。几个小时前她躲在人群中，一刀扎进朱利亚诺后腰那种毅然决然的气魄哪儿去了！她清了清喉咙，在空无一人的教堂里逼自己摆出一个满不在乎的微笑，也不知道是摆给谁看。

有几只乌鸦飞进来，冲着她哇哇地叫了两声。皮克罗有点恼羞成怒，随手捡起不知是谁掉落的鞋子，朝乌鸦的方向扔了过去。结果在离乌鸦好几尺的地方，有气无力地砸在墙上。经过这一番有点荒唐的对峙，皮克罗好像终于找到了自己的勇气，朝朱利亚诺的尸体走过去。

皮克罗停在朱利亚诺的血泊旁边，有点不知所措。她思前想后，总觉得既然来了，总要看到脸吧。于是，她抿着嘴唇，像踩钢丝一样僵硬地张着手臂，踩着已经快要凝固的血，感觉鞋子下面黏糊糊的一片，有点恶心。她跪在朱利亚诺旁边的血泊里，裤子靴子斗篷上都黏糊糊地蹭上了血迹。她吃力地把尸体翻过来，把那颗金色的头颅放在自己的大腿上。朱利亚诺的脸上和头发上都沾满了黏糊糊的血污，混合着泥土，脏乎乎的一片根本看不出模样。皮克罗用袖子擦干净他脸上的血迹，一边擦，一边担心帕奇那个无赖可不要一刀砍在朱利亚诺脸上，那样的话可就不能举行开棺葬礼了。她就这样机械性地擦着，擦着，曾经那么熟悉的脸忽然间就直愣愣地出现在自己面前，皮克罗一下子停止了呼吸。

朱利亚诺脸上并没有受伤，他眼睛还睁着，棕色瞳孔还带着临死前的惊恐和绝望。嘴巴半张着，好像在呼叫，嘴里都是血。皮克罗几乎是无意识地把他前额的头发一丝一丝地拿开，一边伸手摸着他胸前模糊一片的刀伤，再回手摸到他背后腰际那个小小的开口。肯定不是致命伤，她默默地对自己说。

但是又有什么关系呢？她的朱利亚诺就这么被自己和帕奇那个无赖捅死了。

突然间，她再也忍不住了。她再也扮不出皮克罗的样子，绯蒂丽卡那止不住的泪水从心底里涌了出来。她发不出声音，只是默默地哭着。她抱着朱利亚诺，一遍一遍吻着他的嘴唇，已经没有生气的嘴唇再也不能那么温柔地笑起来了。泪水混合着唾液混合着朱利亚诺的血液，粘在绯蒂丽卡的嘴唇上。她的朱利亚诺，佛罗伦萨的金色少年，新雅典的阿波罗，她那个还没起名的小婴儿的父亲。教堂里只有绯蒂丽卡哽咽抽泣的声音，连偶尔会叫两声的乌鸦们好像也因为对她心存怜悯而默不作声。

突然间，蹲在房梁上的乌鸦被惊动，哇哇哇的叫声，翅膀拍打的声音，夹杂着一阵急促的脚步声在空旷的教堂里回响。绯蒂丽卡抬起头，泪眼蒙眬地看到一个披着亮丽蓝色斗篷的人从门口快步走过来。是他，绯蒂丽卡有点迷茫地想着，他终于也来了。

于是，我们的两位主角就都凑齐了。不过他们俩之间并没有什么纠缠不清的情欲，请大家不要期待。

杰斐洛本来也想出城的。他早就知道美帝奇兄弟今天会被刺，不但他知道，被刺目标之一的罗伦佐也知道。他对罗伦佐也算是仁至义尽。虽然这些年来做出一副忠犬的态度，但是他的身份罗伦佐早就知道，现在离开也很难说是背叛。不管刺杀行动结果如何，城内肯定大乱，他的目标也算是达到了，对自己真正的主人多少有个交代。

他现在应该离开意大利，回到君士坦丁堡。虽然不能说是衣锦还乡，但至少并不是空手而归。不管怎么说，他最终也只不过是父亲棋盘上的一枚棋子，完成了自己的使命，应该本本分分地回到棋手手中。想到这里，别说是我，就连杰斐洛也忍不住自嘲，本本分分的棋子？他自从离开君士坦丁堡之后，根本就没有本分过吧？他落到现在这个境地，说来说去，自己脚上的泡是自己走出来的。也只有他自己安慰自己，不愿意承担责任的时候，才把过错都推给他那个好几十年没见面的父亲。

而杰斐洛这么急急忙忙地往主教堂赶，连自己都不太清楚为什么，只能不干不脆含情脉脉地为自己任性的行为找些诸如“我终归不能丢下美帝奇兄弟不管”这类苍白的借口。

于是，杰斐洛也很不明智地跑到主教堂来，脑子里几乎是跟皮克罗一样的想法：不管怎么说，就是要搞清楚才行。他就是带着这样的心情，跨进大门。

在教堂另外一头的绯蒂丽卡擦干净眼泪，抱着朱利亚诺的头，有点漠然地盯着他。她从来就没待见过这个虚荣的家伙，火烧眉毛了也不忘打扮自己。杰斐洛穿着佛罗伦萨最流行的绿色棕色条纹插肩短夹克，身上随便披着一块厚厚的亮蓝色丝绸当斗篷，当然不是为了保暖。丝绸一角就这么一路拖在地上，已经有点破损了。杰斐洛一边把一路跑过来有点褶皱的衣服拉平，一边左右张望。他不知道为什么自己要先来教堂。他应该先去美帝奇宫，罗伦佐和朱利亚诺肯定在那里，两个人都平安无事。他应该先过去跟两个人再表个忠心，特别是要跟罗伦佐解释一下自己今天没有应他的要求去美帝奇宫的原因。不过，他一路上也听说教堂里死了人，美帝奇兄弟都死了。

他有点慌张，半路上决定先来主教堂看个清楚。不能这么惊慌失措地跑去美帝奇宫，杰斐洛想，他总要维持自己的形象。来不及联络自己的那些小密探小老鼠小鸽子，关键时刻还是得靠自己啊，他有点丧气地想。自己为什么没有圈养死士呢?

他这么胡思乱想，其实是在躲避潜意识里已经知道总要面对的现实。午后斜射的阳光穿过彩色玻璃，把教堂里的悲惨场景渲染得色彩斑斓，更带出一种诡异的味道。杰斐洛捂着鼻子，慢慢地穿过彩色的垃圾、破碎的丝绸、歪斜翻倒的条凳、零落各处的尸体内脏鲜血，终于在祭坛的阴影中看到了皮克罗和她抱着的尸体。

应该不是他。杰斐洛不断地重复，肯定不是他！怎么会是他！绝对不可能！他加快脚步，走到一半却不小心被地上的杂物绊倒。他挣扎着想要站起来，但是腿却怎么也使不上劲儿。但是从这个距离，他已经看到皮克罗抱着的那具尸体，那熟悉的栗色头发，弓形嘴唇，自己亲手为他量身定做的宝蓝色插肩外套和红色披风。杰斐洛突然间意识到了什么，脸上充满了惊恐。没错！杰斐洛，如果你今天早上去美帝奇宫，如果你老老实实地守在朱利亚诺身边……如果，如果，现在也只有后悔而已了。杰斐洛一口气喘过来，却像被人狠狠揍了一顿，浑身无力地靠着旁边翻倒的条凳，伸出手哆哆嗦嗦抓着头发，捂住脸。

看到杰斐洛这个样子，皮克罗放下朱利亚诺，想要站起来，却发现腿已经麻痹，只能一屁股坐在一旁，她笑了起来，不知是在笑杰斐洛狼狈的样子，还是在笑自己笨手笨脚。皮克罗的笑声越来越大，越来越歇斯底里，笑声在到处是彩色尸体的教堂里回荡，显得尤其诡异。

皮克罗终于平静下来，发现腿也可以活动了。她站起来，有点不高兴地看着自己身上沾的血迹，几乎是闲庭信步地走到还在捂着脸发抖的杰斐洛身边，蹲下来，扳开杰斐洛捂着脸的手，扳过他的下巴，手上的血浆蹭到杰斐洛脸上。她强迫杰斐洛看着自己。杰斐洛脸上都是泪水，不知不觉中咬破了自己的嘴唇，一丝血迹挂在下腭上，蓝色的眼睛失去了一直以来的犀利，有点不知所措地任由皮克罗摆布。他努力在皮克罗脸上寻找绯蒂丽卡的痕迹，还是那双紫色的大眼睛，黑色的睫毛还是那样像蝴蝶翅膀一样扇动，头发仍旧很顽固地这里一卷，那里支出来。她怎么看怎么还是在米兰公爵府初次见到的倔强小姑娘。但是，当时的那双充满希望、自信和灵动的眼睛，现在只有绝望和怨毒。

当然没有了。这都是杰斐洛自己的妄想而已。绯蒂丽卡当初没有特别灵动，皮克罗现在也没有特别怨毒。如果一定要说，我觉得皮克罗现在看着杰斐洛的样子，其实是很享受的。这毕竟是她的第一次胜利。这是她把对手狠狠踩在脚下再啐上一口吐沫的时候。她仔细地盯着杰斐洛看了半天，好像要把这一幕记在脑子里。最后，她笑着说：

“这仅仅是开始。”

这句话，皮克罗准备了好久了。说出来，却总觉得不如想象中那么痛快淋漓。她期待着杰斐洛会撕心裂肺地哭泣，会冲过来要跟自己决一死战，会高声咒骂她然后发誓要为朱利亚诺报仇。结果，蓝眼睛的波斯人只是脸色苍白地坐在那里一动不动地盯着她，泪水默默地从眼眶里流出来，混合着脸上的血迹一滴滴地掉在他前襟上。

皮克罗突然觉得有点无聊，摆出一个僵硬的冷笑。仍旧在房梁上探头探脑的乌鸦们又哇哇哇地叫起来了。

第一章　佛罗伦萨

1. 叙事人

15 世纪后半叶，意大利

你不得不承认，意大利人有用暗杀来解决问题的传统。或许是恺撒在元老院门口被捅死之后阴魂不散，我是不是也应该把标题改成“恺撒的诅咒”这种哗众取宠的名字呢。当然没必要了，因为本书要提到的各色暗杀，既没有悲壮的理想主义，也没有对历史造成太大影响。暗杀的目标，要么就是三代暴富的银行家，要么就是历史书中只有注释里才会提到的无良公爵，要么就是一无是处的花花公子，怎么能拿来跟恺撒相提并论?

我觉得意大利人对暗杀的热衷，大概是出于这些罗马人的后裔作为商人的本性。相较于打仗或者和谈，暗杀除了简单粗暴之外，最重要的是，暗杀最省钱。雇两千雇佣军多少钱，雇个杀手多少钱，这纯粹是一个投入产出比的问题。这样的倾向如果说在中世纪因为有教条限制的缘故还有所收敛，那么随着文艺复兴人文主义和商人阶层的兴起，大家噼里啪啦地算着账，怎么算都觉得背后捅刀子酒杯里下毒才是解决纷争的王道。于是，15 世纪后半叶意大利半岛上，大小城邦都在策划着或者进行着各种成功或者不成功的暗杀行动。

相比之下，我们春秋战国的刺客就有点唱高调。明明是利益所趋去杀人，还非得搞得什么彗星袭月、白虹贯日，连老鹰都要扑到房顶上来观战。不就是为主子杀个人，难道没有天地万物声援，你这一刀就真砍不下去？再回头说，你秦王也真是没起子，被人随便威胁了一下就跪下来给人家道歉。看我们的罗伦佐，自己脖子上被开了个口，弟弟全身上下被捅了十九刀，尸体扔在教堂里大半晌也没人给收尸，佛罗伦萨城被围困一年多，全城的人都被逐出教籍，罗伦佐本人差点没命，但到最后也咬死了没让教皇占到半点便宜！

扯远了，扯远了。再回来说说早期文艺复兴的意大利吧。

15 世纪后半叶的意大利大概分成五个派系：米兰公国，威尼斯共和国，佛罗伦萨共和国，教皇国，那不勒斯王国。别看这几个派系又是公国又是王国又是共和国的，其实说来说去都是一个个小城邦，今天合纵，明天连横，大家都觉得自己和盟友最正义、最占理，都觉得对方才是贪得无厌的卑鄙小人。春秋无义战这句话完全适用于这个时期的意大利。

米兰公国和那不勒斯王国基本是很普通的中世纪封建城邦。米兰公国由斯福尔扎家族统治。别看初代公爵是个私生子，靠老婆的继承权才得以统治米兰公国，但斯福尔扎可以说是意大利 15 到 16 世纪最有势力的家族之一。他们不但把米兰公国牢牢攥在手中，同时掌控意大利北部数个重要城市。他们家在教会里也非常有实力，虽然没有当上教皇，但是每届教皇任期内都会出现好几个斯福尔扎红衣主教，堂兄表弟同朝任职屡见不鲜。不过斯福尔扎家族内部并不是特别团结，兄弟之间杀来杀去的。不能说这家人冷血，当时意大利各大家族亲戚之间都是这么杀来杀去的。没跟你说吗，意大利人有用暗杀来解决问题的伟大传统啊！

那不勒斯王国则是费迪南一世，通常也叫费兰铎国王，和他儿子阿方索太子一起，一个主内一个主外，意大利这只皮靴从脚腕以下就全都是那不勒斯王国的地盘了。法国一直很想要那不勒斯，但是那不勒斯又一直觉得自己是一个独立王国。好在法国离那不勒斯十万八千里，法国国王要想一路打过来，从米兰到佛罗伦萨到教皇是都不会乐意的。所以那不勒斯也算是有恃无恐。但是那不勒斯国王没想到米兰居然跟法国联手，结果查理八世在 1493 年取道米兰佛罗伦萨长驱直入，吓得整个那不勒斯宫廷一起卷铺盖跑路，把那不勒斯拱手送给查理八世。不过这都是后话了。

威尼斯共和国在这个时候被奥斯曼土耳其骚扰，对意大利内陆上的各种争执不太上心。而意大利其他势力也乐得让威尼斯的舰队去对付土耳其人，所以一般也不太去招惹他们。

佛罗伦萨共和国，虽然说是个共和国，但其实是有个无冕之王：美帝奇家族。虽然说是个国家，但是却没有自己的军队。不过，作为商业中心的佛罗伦萨有的是钱，而意大利是一个有钱能使鬼推磨的美好国家。别说是雇几千雇佣兵，人家一高兴就能把你们整个城池买下来，你还打个什么劲啊。当时意大利的小城市经常像牲口一样被各大家族买来买去，城主恨不得三年换一个。忠诚是什么？能吃吗？

既然有主角光环，我们就多说两句美帝奇家族吧。别看美帝奇家族后来是纵横欧洲的重量级家族，但在这个时候往上数三代还是农民，大兴土木包装自己，怎么看怎么都是土财主暴发户。美帝奇家族虽然号称是佛罗伦萨的无冕之王，但是也因为“无冕”，所以地位非常可是不稳固。别家贵族老爹死了自然是儿子继承头衔领地，美帝奇家族老爹死了，佛罗伦萨议会和市民买不买这个儿子的账那还两说。考斯莫发家之后，儿子皮耶罗身体不好，勉强支持了几年，好在有孙子罗伦佐接下火炬，靠个人魅力和亲和力挑大梁，使得美帝奇家族能够在佛罗伦萨、意大利乃至整个欧洲呼风唤雨，罗伦佐本人在统治后期也被称为“意大利罗盘的指针”。

有一点值得一提的是，跟大部分土财主暴发户不同，美帝奇家族的主要成员都真心实意地喜欢文学和艺术。别家土财主甚至是大贵族花钱请人作画之类，大半是为了撑门面炫耀自己高贵的品位，美帝奇家族从考斯莫开始就很喜欢收藏古籍珍品，尤其是古希腊古罗马的文献古董，从考斯莫在世的时候家族就花大价钱不遗余力地搜集整理。美帝奇家族对古希腊哲学艺术的热爱吸引了当时很多古希腊研究者和哲学家。奥斯曼土耳其帝国在 1453 年攻陷君士坦丁堡之后，很多学者逃难到意大利被佛罗伦萨开明的人文环境吸引，有不少就选择留在那里继续研究。考斯莫开办了美帝奇图书馆，后来被数位美帝奇大公教皇发扬光大，现在的收藏超过一万一千册珍品手抄本和四千五百册早期印刷图书，其中有不少都是美帝奇家族的私人收藏。皮耶罗对文学不太感兴趣，但是他非常喜欢搜集古希腊罗马的古董和艺术品，到了罗伦佐这一代，罗伦佐本人就是一个很有天赋的诗人，他资助了当时最著名的古希腊柏拉图学者费奇诺和数位诗人哲学家，被他资助的艺术家更是数不胜数，文艺复兴三杰里面，有两个人都受到过他本人的直接关照，达·芬奇因为有他一封推荐信去了米兰宫廷，年幼的米开朗基罗更是搬到罗伦佐家里跟他一个桌子上吃饭，波提切利是在美帝奇家族的资助下完成了他最著名的异教主题作品，包括《春》《维纳斯的诞生》《维纳斯和马尔斯》，以及《帕拉斯和人马》。因为美帝奇家族领头推动文学艺术的发展，佛罗伦萨在 15 世纪后半叶成为意大利乃至整个欧洲的文化艺术中心，被称为意大利的新雅典。我们不能说文艺复兴是美帝奇家族引领的潮流，但是没有美帝奇家族的资助、保护和提携，达·芬奇会官非缠身穷困潦倒，米开朗基罗会被他爹逼着去当律师，波提切利画了异教作品会被教会打成异端……佛罗伦萨早期文艺复兴绝不会如此辉煌灿烂。

美帝奇家族虽然号称有五个支柱产业，但主要是靠银行业发家。美帝奇银行的鼎盛时期在欧洲各大城市都有分行，欧洲有点名号的贵族都是美帝奇银行的客户。美帝奇家族为数位教皇提供理财服务，就连远在英国蛮荒之地的约克和兰开斯特也要靠美帝奇银行的支持才能没完没了地打他们的玫瑰战争。但是也正是因为有这些显贵的主顾们，美帝奇银行后来面临了几乎是毁灭性的冲击。原因其实很简单：兰开斯特和约克因为打玫瑰战争欠了美帝奇银行一大笔钱，最后干脆就不还了。美帝奇家族平民出身的暴发户，没权没军队没后台，除了有钱啥都没有，他要怎么才能从万里之外的债主手里把钱讨回来？当然是讨不回来自认倒霉了。因为被英国野蛮人赖账，外加罗伦佐本人秉承“人聚钱散”的信条，或许信得有点太过头，每次在美帝奇银行的经济利益和佛罗伦萨城邦的政治利益之间出现矛盾，罗伦佐大多会选择牺牲经济利益而保全政治利益。在这样内忧外患的侵袭下，美帝奇银行在罗伦佐还没死的时候就关闭了意大利之外的绝大部分支行。再次证明在国际政治舞台上，最有发言权的就是强大的军队。所以，在欧洲历史重大问题上，意大利自从罗马人死绝了之后，一直以来就只能凑个热闹，真正说了算的还是西班牙、法国、英国、德国，以及后起之秀俄罗斯。

当然意大利内部自己的小打小闹就是另外一回事了。

最后再说说教皇国。文艺复兴时期的教皇，与其说是“宗教领袖”，不如说是一个地位比较特殊的国家君主。他在欧洲外交上的功用和地位，大致跟国王或者君主很类似。教皇可以被理解为教皇国的国王。教皇虽然是红衣主教们选出来的，但是选举在很大程度上是根据支持候选人的势力来决定，而不是候选人本身的能力。当然能够获得大势力集团支持的候选人，或多或少还是有点能力的。也不排除偶尔会有某个大家族的某个白痴外甥好死不死地成了教皇这种事情，比如两位美帝奇教皇：利奥十世和后来的克莱门特七世。教皇当选之后，不但有自己的领地，也就是所谓的教皇封地；一大群红衣主教恐怕比普通贵族的宫廷还复杂；各个教区都会上贡所以也需要管理国家财务；还有自己的卫队“教皇军”，也就是后来的瑞士近卫队；加之文艺复兴时期的几位教皇都是彻头彻尾的享乐主义者，天主教禁欲的清规戒律一概无视，不但包养各色情妇情夫，而且私生子女成群，时不时还要面对子女政治联姻的头痛问题，跟各大贵族几乎没啥太大差别。

不过对于文艺复兴的各个公国来说，教皇的重要性并不在于他是什么基督教世界的精神领袖，而是在于只有教皇能够加冕国王。或者更准确地说，只有教皇才能够让国王公爵这个级别的贵族封号合法化。欧洲大陆上各大王族联姻也需要教皇首肯才算“合法”，若要离婚，也要教皇大人先认可才行。虽然原则上是这么说，但是没有得到教皇“祝福”的国王女王也大有人在，先被祝福，然后不被祝福，然后又被祝福的人也不少。所以，教皇的权力完全依附于贵族到底是不是买他的账。如果一个国王像亨利八世那样就是不买你账，你把他驱逐出教籍他对你竖中指，最后干脆成立新教自己做主，那教皇其实也是没辙的。更有像查理五世那种根本不把教皇放眼里，出兵洗劫罗马，吓得教皇躲在圣天使城堡里听天由命。当然，大部分贵族还是很买教皇账的，并不是说他们很在意得到教皇的祝福，而是说得不到教皇认可的话会比较麻烦，尤其是如果境内有兄弟姐妹对自己的位置虎视眈眈，那就更麻烦了。所以，教皇在各个贵族之中的位置其实很微妙，不像我们想象中要什么有什么大家都怕的那种感觉。

在这样的氛围中，文艺复兴时期的大部分教皇都是玩平衡的高手，把朝秦暮楚的原则贯彻到底。像西斯特斯四世这种死乞白赖跟佛罗伦萨和美帝奇家族过不去的教皇反而还是少数。西斯特斯四世后来也因为参与了帕奇阴谋然后又跟那不勒斯联手攻打美帝奇家族而受到不少后世人的诟病。

好了，枯燥的历史也讲得差不多了，咱们还是说说谋杀吧！好歹也是写小说嘛，我保证翻过页就给你血流成河。

2. 白马客栈

1468 年 8 月 27 日，佛罗伦萨

罗伦佐·德·美帝奇气势汹汹地策马疾驰，心里满是对他那个病鬼老爸的各种抱怨。

从美帝奇家在佛罗伦萨郊外的卡雷吉别墅到城里的美帝奇宫只有三英里的山路。道路两边是遮天蔽日的柏木林，中间夹杂着桂树。阳光透过树枝在土路上打下深绿色斑驳的影子。这原本是罗伦佐最喜欢的一条路，但今天他却无心欣赏路边的风景。清晨的迷雾散去之后，河边的水汽浮上来，热乎乎的空气中弥漫着河泥的腐味，混合着桂树和长草的香气。罗伦佐深吸了一口气，放松了缰绳，渐渐地减慢了速度。黑色的骏马有点不情愿地在路旁漫步，长草从路边伸出来，百无聊赖地打在马腿上。

罗伦佐今年十九岁，中等身材，肩膀很结实，这个年纪，搞不好还能再蹿几英寸。均匀的橄榄色皮肤，黑色的头发在发梢稍微卷曲，因为一路疾驰，已经被汗水浸湿，又沾了些灰尘，不怎么优雅地随便耷拉在前额上。他穿着一件朴素的暗红色短上衣，前胸绣着美帝奇族徽——金色盾牌上点缀六枚红球。因为天气炎热所以没有

穿斗篷，上衣最上面几个扣子也没有系好，露出里面白色棉布衬衫。罗伦佐腰上斜挎着宝剑，但是他从小就对剑术毫无兴趣。他勉强接受了一些基本训练，顶多能够在比武大会上摆摆样子，完全不能指望靠剑术保护自己。

罗伦佐从来都不是一个英俊的人，深陷的眼窝里是一双凌厉的黑色眼睛，本来形状还算不错的鼻梁却毫无原因地略微向右偏，完全不对称。上嘴唇很薄，下嘴唇有点厚，因为是地包天的下巴，就更把上嘴唇咬得紧紧的。就是这样一张脸，皱起眉头来不怒自威，转脸就又可以挂上轻浮的微笑跟人称兄道弟，大讲情色故事。很多人说上帝先造了罗伦佐这个实验品，然后造了朱利亚诺这个完美的成品。但是罗伦佐对这样的评论却完全不在意。他会大笑着搂住自己的弟弟，再灌他一杯葡萄酒。罗伦佐觉得长得不很英俊反而是件好事，让朱利亚诺去扮演新雅典的阿波罗迷惑普罗大众，自己还有正事要做。

今天就是这样一件正事让罗伦佐异常烦闷。倒不是说他不愿意一大早从卡雷吉跑到领主宫，而是他觉得今天的情况完全是可以避免的。如果他老爹可以稍微圆滑一点的话，那些鼻孔朝天的草包贵族们怎么敢在考斯莫尸骨未寒的时候就开始策划政变，把佛罗伦萨从美帝奇家族手中夺走。其实，要真说起来，罗伦佐很自然而然地觉得佛罗伦萨是他们家所有，这种心态本身就是个问题，也怨不得贵族党觉得应该要把这家子“独裁者”推翻。

这个时期的佛罗伦萨跟恺撒执政初期的罗马非常类似，两个城邦都是所谓的“共和国”，都由议会组成的寡头政治集团来控制，在这个政治集团中，各大家族都在维护着一种微妙的平衡，每个人都想获得最大的既得利益，同时又必须避免被冠以“独裁者”的称号成为众矢之的。只不过，罗马当时是靠军事力量说话，佛罗伦萨是靠金钱说话。而佛罗伦萨没有比美帝奇家族更有钱的人了。佛罗伦萨议会里泾渭分明的有两个利益集团，代表贵族的山地派，因为他们住在佛罗伦萨风景很好的山坡贵族区；以及代表新兴平民商人利益的河地派，因为这些暴发户大多聚集在河滩的平坦空地上，各家都住在离市场很近的地方。

美帝奇家族虽然说是上数三代就是农民暴发户，但是罗伦佐的爷爷考斯莫把家族的银行生意经营得有声有色，而且他乐善好施，非常懂得财散人聚的道理。不但如此，考斯莫自己很少在台前出头，通常都是通过在议会中扶植自己的亲信来达到操纵政策的目的，让他的政敌完全抓不到把柄。考斯莫两年前去世的时候，虽然留了遗嘱不要大肆操办后事，但葬礼当天佛罗伦萨仍旧是万人空巷，好几万人围在美帝奇家族的教堂外面，哭昏过去的大有人在。结果，老头子留下这么好的境况，皮耶罗那个小气鬼却等他爹一死就开始到处收账。

一想到这里罗伦佐就气不打一处来，但是又不能对自己的爸爸发火。事实上，罗伦佐为了这件事跟皮耶罗谈了好几次，皮耶罗每次都摆出一副“长辈说话小孩不要插嘴”的态度。罗伦佐最讨厌被当成小孩子，他十二岁出访法国之后就再也没把自己当成小孩子。他这些年来帮助皮耶罗处理了多少外交事件，哪一次出访不是他罗伦佐代表美帝奇家族跟意大利的权贵周旋，又有哪一次他没有完成皮耶罗交办的任务？结果他在米兰、罗马把美帝奇家族搞得风生水起，他老爸却使他后院里失火。他越想越窝心，刚要策马飞奔，却听到身后一声“罗伦佐！”的叫声。

他回过头，发现诺里骑着马气喘吁吁地追过来。佛朗西斯科·诺里是罗伦佐从小一起长大的朋友，他虽然没有罗伦佐的魅力和脑子，但是对罗伦佐忠心耿耿，而且是算账的一把好手。罗伦佐不但推荐他到美帝奇银行任职，更让他帮忙管理自己的私人账务。

“罗伦佐！”诺里又叫了一声。

“别喊了！”罗伦佐皱着眉头，“生怕别人不知道这里有个美帝奇过路吗？”

诺里策马走近，拉住缰绳，虽然被罗伦佐责怪也并不在意：“佛罗伦萨有谁不认识你啊？”他苦笑着说，“如果卢卡·皮提已经政变成功，现在正派人到处搜寻要抓你归案，想要隐姓埋名也要穿得稍微低调一点吧。”

诺里一边说，一边上下打量着罗伦佐的衣服。罗伦佐低头看了看前襟上绣着的族徽，没好气地跟诺里说：“给我闭嘴！”

诺里笑了起来，拍了拍罗伦佐的肩膀说：“别气闷了。事已至此，到了领主宫看看情况再做打算吧。”

罗伦佐听了这话，反而心里稍微舒畅了一点。议会厅里、谈判席上，这些才是他的舞台、他的斗兽场。想到这里，他策马一路小跑向佛罗伦萨奔去，诺里虽然也是快马加鞭地紧跟，但怎奈自己的马跑得慢，很快就又落在罗伦佐后面。

皮耶罗是头天晚上得到消息说佛罗伦萨城里有人在策划政变。山地派的贵族领袖卢卡·皮提纠集了一大帮对美帝奇不满的议员，打算趁美帝奇家中无人，冲进领主宫，解散议会，重新选举，再由贵族党组成的新议会通过法案把美帝奇家族从佛罗伦萨赶出去。套用卢卡·皮提的原话：“要把共和国从美帝奇家族的独裁中拯救出来。”两年前还万人空巷地去纪念考斯莫，现在转过头来就要把他的家族判为人民公敌，逐出佛罗伦萨。

马基雅维利那句话怎么说来的：“以人民为基础，譬如筑室于泥沙。”而美帝奇家族终究是一个要不断拆东墙补西墙的沙丘城堡。

皮耶罗在父亲死了之后就急着忙着要讨债，除了因为他这个人的确是一个精打细算的吝啬鬼，也是因为美帝奇银行的确不能老是借贷没有还款。美帝奇银行在欧洲各处都有支行，几乎欧洲所有有名有号的君主大公都会跟美帝奇银行融资贷款，多少战争是拿美帝奇银行的钱来打，多少婚礼是拿美帝奇银行的钱来办。结果，借钱给国王这种几乎是旱涝保收的买卖，居然在爱德华四世身上阴沟里翻船。岛国的野蛮人果然就是靠不住。在伦敦支行出现了两万英镑的亏空，一万多英镑是英国国王借出，爱德华四世大概是摆出根本就不打算还给你的态度，搞不好还可能跟美帝奇银行伦敦行长说：有种出兵打我啊！操！打我的人那么多，再加你一个我也无所谓。当然，这是我瞎猜的，但是总觉得可能跟当时的实际情况差不多。还有一千多英镑是英国各大贵族借出，上行下效，大家都觉得国王都不还了，搞不好明天兰开斯特家的人打过来自己也被砍头，谁还顾得上还贷款啊。然后还有大概七千多英镑拴在不动产上完全套牢。这还不算开给兰开斯特家的贷款。玫瑰战争拉拉扯扯地打来打去，债务人不是失势，或者被抄家进监狱，就是在战场上死个干净。美帝奇银行借出去的钱就跟肉包子打狗一样，被狗吃了然后就跑到战场上去送死，都没来得及变成大便拉出来，更不要提利息了。美帝奇银行到了1478年才终于把伦敦支行这笔烂账算清楚，然后发现前后一共损失了五万多弗洛伦金币，大概相当于四千万人民币左右吧。

现在想想，四千万人民币算屁啊，随便一个银行行长贪污就能是这个数吧。但是当时美帝奇家族欠了这么大的一个窟窿，就只能关闭伦敦支行。

皮耶罗在蛮荒岛国上损失了这么一大笔钱，就只能在佛罗伦萨城里找齐。于是，他翻开考斯莫的账本，开始一个一个地跟人要债。这个情况，罗伦佐也并不是不知道。但是他一直觉得钱总是随随便便说来就来，而建立起来的人情因为被人要债而反目成仇，结果搞到居然有人策划谋反，总归是得不偿失。当然山地派的贵族们在这个时候策划谋反也不能完全归结到皮耶罗到处要债。考斯莫死后，美帝奇家族一直给人一种家中无老虎的感觉。继承家业的长子皮耶罗常年被痛风折磨，无法骑马，连走路都很吃力，要么就是跑到卡雷吉别墅里泡温泉，要么就是在家里被人从卧室抬到办公室里办公。他很少去议会，除了跑去一趟实在是太吃力之外，也担心自己这样病病歪歪的样子对美帝奇家族会有负面影响。于是，大部分公众和外交事务都落在年轻的罗伦佐身上。罗伦佐虽然是一个出色的外交家，靠个人魅力和挥金如土能在年轻人中撑起声势，但是在议会中仍旧被各位资深大佬当成毛还没长齐的黄口小儿。美帝奇家族在这种青黄不接的时候，被人乘虚而入也实在是顺理成章。

所以卢卡·皮提被索德利尼这个老狐狸蛊惑，扯起共和国理想主义的大旗来当这只出头鸟。这个事情本来设计得很好，卢卡·皮提趁美帝奇两位主要人物都不在佛罗伦萨城内，先带领贵族派的议员强占领主宫，然后举行“改革”选举。把所有亲美帝奇家族的议员全都换掉。用新议会通过法案给美帝奇家族加上个“叛国罪”逐出佛罗伦萨。现在看来，这个计划实在太冗长拖沓，每个环节都有可能出差。玩政变还要依靠法律依靠议会，也说明卢卡·皮提这个人当真不懂得变通。

果然，还没等计划开始，皮耶罗居然从两个渠道先后得到了相同的消息：卢卡·皮提打算这两天发动政变夺权。佛罗伦萨果然是完全没有保密可言的地方。皮耶罗当机立断，觉得自己不能在卡雷吉的别墅里继续养病，决定第二天一大早就回到佛罗伦萨，亲自出马应付卢卡·皮提和他的贵族党。但是，他也担心对方先声夺人，就派罗伦佐带几个人到领主宫打前站，稳定军心。自己则赶紧坐上轿子，也往佛罗伦萨赶。罗伦佐一大早起来根本没带护卫，因为他觉得这短短的一路，再怎样卢卡·皮提也不会蠢到派人谋杀。所以只带了诺里一起赶往佛罗伦萨。

罗伦佐骑马一路小跑，快走到佛罗伦萨城门口，却放慢了速度。诺里也跟着慢下来，不知道罗伦佐有什么情况。罗伦佐勒马停在路边的树荫里，一动不动地盯着前面的白马客栈。诺里循着罗伦佐的目光看过去，却看不出什么所以然。

白马客栈是佛罗伦萨翡扎城门外生意兴隆的一家百年老店。它前面是酒馆，后面有客房。夏天的时候会在门前搭上凉棚，摆好桌椅供往来旅客落脚歇息。因为坐落在翡扎城门外主干道旁边，很多商人不愿意花钱住在佛罗伦萨城里的昂贵酒店，就在这里租房，早上进城办事很方便。也有来佛罗伦萨主教堂朝拜的香客住在这里，每到主日弥撒这里就人满为患。

8 月 7 日这天，非年非节，因为时间还早，白马客栈大门边上虽然已经架起凉棚，摆上桌椅，却大多都是空桌，只有两桌有人坐。

诺里正要问罗伦佐为什么停下来，却看到罗伦佐皱着眉头面无表情，嘴唇抿成一条细线。从小跟罗伦佐一起长大，诺里知道这个时候最好保持沉默，让罗伦佐自己想好了再说。他有点紧张地又看了看白马客栈的客人。门外凉棚里有两桌客人，一桌有三个人，看上去是很普通的农民打扮，粗布衣服，披着风衣，坐在一起也不怎么说话，默默地喝着看上去是白马客栈声名狼藉的廉价啤酒。另外一桌有四个人，大概也是农民，打扮差不多，风尘仆仆的样子，脚下大包小包堆在地上。客栈里面貌似也有其他客人，但是屋里很暗，看不清楚。

罗伦佐仍旧面无表情地盯着白马客栈，好像脑后长眼一样感觉到诺里疑惑的目光，头也不回地说："你沿原路返回，看到我爸爸的轿子，就让他换走南边的干道，从卜扎城门进城。"

诺里看了看罗伦佐，又看了看白马客栈，咽了口吐沫，悄声说："我派几个美帝奇守卫来接应你。"

罗伦佐这才转过脸看了他一眼，眼角浮现出鹰一样的神情，回过头背对着诺里说："没必要，等他们过来，我这边早就搞定了。"

诺里刚想再反驳，罗伦佐皱着眉头盯了他一眼，不耐烦地说：

“磨蹭什么？还不快走！”

诺里吓了一跳，半点也没耽搁，掉转马头沿原路飞奔上山。他一边跑一边回头看着罗伦佐，总觉得自己刚才隐约看到罗伦佐的笑意，那样子就像一个角斗士摩拳擦掌地要上台表演了。

白马客栈里的两桌客人也注意到了罗伦佐和诺里。看到诺里策马往回跑，其中一个客人站了起来，跟同桌的两个人使了个眼色，弯腰拿起地上的一个包裹，正要往门口走。罗伦佐已经把马拴在门外，迎着这个人走过来。罗伦佐一个箭步走上前，从旁边桌子上抄起客人喝了一半的酒杯，撞在往外走的客人身上，杯子里的廉价啤酒一下子溅了罗伦佐和那人满身。这桌的两个人都站了起来，第三个人则一动不动地坐着。另外一桌的四个人有点不知所措地盯着这桌坐在右手边的高个男人，不知道是应该过来还是坐着待命。罗伦佐心中冷笑了一下，一群乌合之众。坐在桌子右手的高个男人半个脸被罩在斗篷里，只看得到鼻子和络腮胡子。他一只手平放在桌子上，另外一只手放在桌下。他的手很年轻，没有皱纹，看上去经常劳作，短粗有力，指甲剪得很短，拇指上戴着一枚黑色的铁戒指。

还没等这个人发话，罗伦佐先高声喊了起来：

“这位朋友！真是太对不起了！”

罗伦佐凑过去，一手握住对方的胳膊，把他往店里引，一手拉出一把椅子，把这个人强按着坐下，自己拉过一张条凳，跟三个客人坐在一桌。看着这几个人有点没反应过来的样子，罗伦佐仿佛能听到他们脑子里那些积满灰尘的齿轮开始喀啦喀啦转动的声音。他摆出自己最自信最有亲和力的微笑，回头招呼店家：

“鲁福斯！鲁福斯，你这该死的老家伙，给我滚出来！”

胖乎乎的店掌柜穿着肮脏的围裙从店里匆忙跑出来，招呼这位重要的客人。

“啊，美帝奇大人！今天这么早就光临小店！”

“别他妈跟我打官腔了，什么美帝奇大人，上次我在你这儿喝的是什么狗屁啤酒，差点把肠子吐出来。今天是不是也给这几个朋友上了你们家的毒药酒？”

“罗伦佐，我家的毒药酒你可没少喝，毒药菜也没少吃，你今天长这么高这么憨，多少有我家毒药酒菜的功劳。”鲁福斯从罗伦佐还是小孩子的时候就认识他，所以也不见外，嬉皮笑脸地开始跟他斗贫嘴。罗伦佐每次回城都会在他店里逗留一下，大部分时候是一帮人一起来，有时候会在店里嬉闹一番，再一窝蜂地跑到别家更见不得人的地方继续冶游。

“少来！”罗伦佐脸上挂着微笑，眼睛冷冷地又把两桌客人扫了一遍。“我刚才不小心撞到了这位兄弟，”罗伦佐亲切地拍了拍那位客人的手臂，“把他喝了一半的酒都洒光了，我好歹也是美帝奇家的人，怎么样也不能让这几位朋友扫兴而归。”

提到“美帝奇”这个名字，果然在这几位“农民”身上都有不同程度的反应。坐在另外一桌的四个人躲开罗伦佐的目光，坐在这桌的三个人，两个人都瞥了一眼坐在罗伦佐正对面的高个，而高个则抬起头，露出一双灰色的眼睛，紧紧盯着罗伦佐不放。

罗伦佐顿了顿，回头跟鲁福斯说：“把你家最好的酒拿出来，今天客人点的酒菜全都记在我的账上！”他回头跟另外一桌的四个人说：“今天我做东，一定要喝个痛快啊！”

若是平常，有人请客肯定会引发一阵欢呼，但是今天这两桌客人反而却很安静，只是咕哝着含混地说了几声“谢谢”或者“上帝保佑你”。鲁福斯也看出有点不正常，刚才嬉皮笑脸的样子也渐渐退去，有点紧张地跑回店里倒酒。

罗伦佐等到鲁福斯一圈酒杯摆满，拿着酒杯站起来敬酒：“今天来这家店里遇到各位先生，也是上帝的安排，大家从今往后就都是我美帝奇家族的朋友！来！干杯！”

气氛有点尴尬，在座的几个客人总觉得喝也不是，不喝也不是，结果就只是盯着穿斗篷的高个看他的反应。高个站了起来，果然很高，高过罗伦佐一头。他摘下斗篷帽子，露出头发。罗伦佐稍微有点惊讶地发现他居然剃过度。虽然留了胡子看不太出具体年龄，但是这个僧侣模样的人应该不会超过三十岁，一双灰色的眼睛看上去平静而虔诚。他举起酒杯，直盯着罗伦佐说：“今天碰到这位朋友，是上帝的安排。赞美上帝！”仰头把杯子里的酒一饮而尽。另外几个客人，也跟着把酒喝掉。

罗伦佐叫鲁福斯再把酒加满，过了一会儿酒菜也都上来了。两桌人就这么各怀鬼胎默默地吃着午饭。罗伦佐心不在焉地吃了几口腌肉，闲聊一样地说：

“请原谅我的无知，不过，这位朋友是哪个教派的兄弟？”

对座的僧侣掰了一块面包，有点尴尬地摸了一下自己的头皮说：“我已经不再是天主的仆人了。”

罗伦佐有点夸张地笑了起来，说：“该不会是为了哪家的小姐吧？”

僧侣咬了咬牙，说：“请大人不要追问了。”

桌面上又安静下来。鲁福斯识相地拿出“今日歇业”的牌子挂在门口，自己也站在门边，准备随时跑路。罗伦佐又扫了一圈跟自己坐在一起的陌生人，虽然穿着农民的衣服，但是身手动作都能看出来是雇佣兵。看来卢卡·皮提当真是蠢到要刺杀皮耶罗了。

罗伦佐转过头来看着坐在左手边的雇佣兵，身上还湿漉漉的都是啤酒味，他拍了拍他的手臂说：“那么各位先生这次来佛罗伦萨是朝拜还是做生意？”雇佣兵有点惊讶，一副“为什么要跟我说话？”的样子，糊里糊涂语义不清地回答“是啊是啊”，然后又转头去看坐在罗伦佐对面的高个子僧侣。僧侣接过话头说：“我们都是普通的旅客，来佛罗伦萨办事。”罗伦佐看着僧侣说：“那你们一定要到美帝奇宫来找我！不管你做的什么生意，美帝奇银行总能帮上忙。”

“大人真是太慷慨了！”僧侣低声说，“我们已经办完事，准备离开了。”

“是这样啊，”罗伦佐笑了笑，眼睛里却完全没有笑意，“那真是太遗憾了，美帝奇家族对朋友绝对是两肋插刀。对敌人……”罗伦佐低下头，不经意地用脚踢了一下堆在地上的包裹，里面传出银铛一声金属相碰撞的声音。两桌的人除了僧侣之外，都顿了顿。有人干脆咳嗽了一下掩饰自己的紧张。

正午的阳光透过凉棚的裂缝射进来，早上从阿尔诺河飘过来的水汽到现在已经完全被太阳蒸干，白马客栈外面人来人往，虽然不是人声鼎沸，但也不时有路人马车经过。地面的尘土被马蹄车轮卷起来，在阳光下闪着金色的光芒。廊棚四周都是树丛，绿色的树叶反射着金色的阳光，不停地摇曳。偶尔会有麻雀野鸽子飞进凉棚来，大着胆子在客人脚下啄食面包渣，完全不顾及凉棚里的紧张气氛。不时有人探头进来想要吃饭或者住店，看到门口挂着“今日歇业”的牌子也就扫兴离开。有几个好事之徒看着店里已经有人吃吃喝喝有点疑惑，但被守在门口的鲁福斯好言好语劝走，谁也没有逗留。

“这位朋友，”情势已经看清楚，罗伦佐不打算再磨蹭下去了，他双手合十，放在桌子上，“你知道这家白马客栈跟我们美帝奇家族可是很有渊源的，我祖父大人考斯莫当初被逐出佛罗伦萨，在被迎回来的时候遇到过一件事，也是在这家白马客栈。当时，我们家族被佛罗伦萨宣判为叛徒逐出佛罗伦萨。结果换了一届议会，就又否定了之前的决议，颁发了诏令说我祖父大人才是佛罗伦萨共和国的救星，要把他迎回来。呵呵，我看你就是个外乡人，不太明白这里的风俗。不是我说自己家乡的坏话，只是你既然跟佛罗伦萨人做生意，就要了解，佛罗伦萨人是全世界最反复无常的一群人了。今天把你逐出城，明天就把你当救世主。今天雇你去杀人，明天就可能把你交给执法官，指着你的鼻子说这才是罪魁祸首。”

罗伦佐顿了顿，在座几个人都不自然地喝了口酒。

“祖父大人是一个很谦卑的人，不愿意让议会的各位大人跑到城外来迎接他。于是自己一个人骑着马跟着旅行者们一起进城，当时也在这家白马客栈歇脚。就在这时，他看到白马客栈里有好几个神色可疑的人，带着形状很奇怪的包裹，有的还背着长棍。他不小心用脚踢到了这些人的包裹，发现里面传出金属碰撞的声音。”

罗伦佐这次很刻意地用脚踢了一下包裹，堆在一起的包裹倒在一边，叮叮当当，一串刺耳的金属声音传出来。

“祖父大人半点也没敢停留，马上骑马回城，告诉执法官们说城外有一群雇佣兵，打算进攻佛罗伦萨！打算攻占我们的共和国！”

罗伦佐声音稍微抬高了一点，两桌的人都有点紧张。罗伦佐看在眼里，笑了笑，继续说：“执法官敲响了领主宫的大钟，城门关闭，又派出卫兵，趁雇佣兵慌乱的时候，把他们一举拿下。都还没有用刑，几个还算聪明的家伙就供出了他们的雇主。居然是一个跟我们家无冤无仇的贵族，觉得无法接受之前被当作叛徒的人现在又被迎回来，所以一定要把祖父大人在半路上杀掉。”

罗伦佐顿了顿，喝了口啤酒，慢条斯理地说：“接下来也没什么新鲜的，除了那几个识相供出雇主的雇佣兵，其他刺客都被处死了，大卸八块，挂在城墙上。买凶杀人的贵族被剥夺了头衔，财产充公，整个家族都被逐出佛罗伦萨。”

罗伦佐的目光扫过在座的三个人，最后停在僧侣身上。

下午忽然刮起小风，头顶的棚子被风吹着有一搭没一搭地响着，四周的树木草丛也跟着唰啦唰啦地加入慵懒的合唱，大路上时不时有车轮喀啦喀啦地轧过去，马蹄嗒嗒嗒嗒地跑过来，旅人拖着疲惫的步伐互相打招呼，鲁福斯站在门口，碰到要过来住店或者吃饭的人，就悄声地让他们离开。不远处有一只斑鸠，百无聊赖咕咕地叫着。

罗伦佐一口喝干了杯子里的酒，站起来很威严地左右看了看两桌的客人，所有人都回避他的目光，包括高个子的僧侣。罗伦佐嘴角挑出一丝得意的微笑，最后说："先生们，日安。如果你们将来再拜访佛罗伦萨，别忘了到美帝奇宫，就说是罗伦佐在白马客栈的酒友，卢卡·皮提付给你们多少钱，我给你们加倍。"

说完就离座往门口走。

坐在邻桌的一个雇佣兵忽然站起来挡在罗伦佐面前，另外一桌又有两个人站了起来，堵在罗伦佐身后。罗伦佐回过头，看着高个的僧侣说："父亲大人早就抄近路回到佛罗伦萨了。你就算是现在杀了我，你的雇主也不会给你薪水的。你们真想平白跟我们美帝奇结下这个仇？"

拦着罗伦佐的雇佣兵有点怯懦地看着高个僧侣，僧侣旁边的人则更是有些焦躁不安。高个僧侣背朝罗伦佐，一动不动。坐在他旁边的雇佣兵有点焦急地说："卢卡·皮提是不会付给我们钱的！我们干脆绑架这家伙！跟美帝奇家族要赎金！他家那么有钱！"旁边一位雇佣兵反驳说："别傻了！要不来赎金咱们的小命都他妈赔进去！他已经许诺我们双倍薪水！干脆放他走！"另外一桌的雇佣兵喊起来："你怎么知道他说话算话！"

罗伦佐赶紧回答说："美帝奇银行的信誉，有债必还。不会少了你们！"

这话说完，雇佣兵们互相看来看去，又都盯着高个子的僧侣，他仍旧一动不动地坐着。

罗伦佐叹了口气，说："你刚才看到的那个人，他跑去通知美帝奇家族派守卫过来，估计已经快到了。你们绑架我，我的卫队绝对不可能让你们离开。大家最后都是死路一条。"他转过头看看包围在他身边的几个人和旁边桌上不知所措的雇佣兵，摊开手继续说："不过，我们大家今天都可以平平安安地离开这家白马客栈，鲁福斯也可以平平安安地继续做他的小本生意。”鲁福斯在门口听到自己的名字，反而躲得更远了。

罗伦佐像老朋友一样拍了拍站在他面前那位雇佣兵的肩膀说：“我们今天就算萍水相逢，上帝的安排，一起分享午餐，吃完喝完，我们各奔天涯。你们是想挣双倍薪水呢，还是想被捕被杀？”

等了半晌，高个僧侣摇了摇头，肩膀也垂了下去，罗伦佐笑了笑，推开面前的雇佣兵，正要离开白马客栈，突然间诺里的声音从外面传进来：

“罗伦佐！我带救兵来了！”

罗伦佐一句“该死！”还没说完，就觉出背后一阵风冲过来，他刚要伸手拔剑，就有一只手伸过来把匕首横在脖子上，另外一只手迅速揪住他的两只手，顺势一拉就把他面朝上按在地上，然后膝盖顶在他胸口上，压得他喘不过气来。僧侣在电光火石间就完成这一套动作，如行云流水一挥而就，速度快到罗伦佐连宝剑的剑柄都没摸到，更不要说拔出来了。

其他几个雇佣兵也都跟着抽出随身携带的匕首，有的紧张地望着窗外，有的已经开始拆包裹拿长剑。僧侣用刀尖逼着罗伦佐的喉咙说：“出声就见红。”

罗伦佐有点艰难地说：“你现在杀了我也没有好处！”

僧侣一刀扎进罗伦佐的手臂，罗伦佐咬着嘴唇只是闷哼了一声，但是脸上一下子没了血色，汗珠密密麻麻地从额头上冒出来。

僧侣朝外面喊道：“我手上有罗伦佐·德·美帝奇！放我们离开，我们保他不死！不要追逐我们，我们会把他留在阿尔诺河岸的某处，下午三点钟之后你们可以过来找他！否则我保证让他身首异处，你们连个全尸都找不到！”

罗伦佐心里默念：“不能答应他！不能答应他！不能答应他！”

外面诺里和守卫长紧张地商量着，里面罗伦佐被按在地上，手臂火烧火燎地疼，汗珠流进眼睛里，又蜇又痒。他抬头看到僧侣紧张地看着外面，左手按住自己双臂，右手拿着匕首，贴在脖子上的刀刃冰凉，站在旁边的刺客手里拿着匕首，一会儿看外面，一会儿看僧侣，一会儿又低下头看着自己，透过这两个人，罗伦佐忽然发现白马客栈的凉棚破了几个窟窿，之前都没注意到，从中可以看到宝蓝色的天空。今天天气还真是不错啊，罗伦佐突然在这个时候有点心不在焉。我总不能真的死在这种肮脏破败的地方吧，他想，那也太没意思了。

罗伦佐，你不要想这些自我感动的事情了。

过了一会儿，诺里高声回答："我们同意！你们出来吧！"

僧侣把罗伦佐揪起来，匕首还架在脖子上，那句话又重复了一遍："出声就见红。"别看这个家伙其他事情想不清楚，在对待罗伦佐的问题上，还是看得很清楚的，绝不能让这家伙开口。

一行人小心翼翼走到白马客栈的门口。诺里带着一队美帝奇家族卫队站在外面，前排人拿着十字弓，后排人举着宝剑。僧侣把罗伦佐推到前面，匕首在阳光下冷冷地闪着银光。诺里心急如焚地刚要走上前，僧侣马上用匕首戳了戳罗伦佐的脖子，说："你，站着别动。叫你的人，把十字弓和长剑都放下！"

诺里有点犹豫不决地看着队长，队长也有点犹豫不决地看着诺里。这毕竟是美帝奇家族的长子，出了问题谁也承担不起这个责任。虽然诺里说同意对方的条件，现在真真切切地看到了罗伦佐落到一群穷凶极恶的雇佣兵手里，也着实不能就让这帮人把自己最好的朋友带走。

就在大家都犹豫不决不知所措的时候，店里突然有人喊了一声：

"巴蒂斯塔！"

僧侣身体一紧，不由自主地回头，却看到一柄小巧的金色匕首朝他脸上飞过来。他不得不向左躲开，拽着罗伦佐的左手放松，拿匕首的右手也放开了。

罗伦佐脖子上没有匕首逼着，趁机也回头，却只看到一块模糊的影子像箭一样跟着金色匕首飞过来，罗伦佐惊得赶紧往右躲。巴蒂斯塔刚要抓住罗伦佐，一柄金色的弯刀就跟着影子送过来，插在巴蒂斯塔和罗伦佐之间，薄如柳叶的弯刀斜斜地从罗伦佐身边切过去，中间突然转向，横刀向左，朝正想伸手抓罗伦佐的巴蒂斯塔砍过去。巴蒂斯塔不得不抽手，再向左退后一步，右手也反射性地拿匕首格挡，结果却发现弯刀只是虚晃一下，只是为了把巴蒂斯塔逼开罗伦佐的身边。弯刀跟匕首叮当轻碰了一下，就收了回去。弯刀主人抄手过来，把向右躲避还没站稳的罗伦佐一下子按倒在地，高喊："放箭！"然后自己趴在罗伦佐身上用身体护住他。守卫们一下子听到明确的指令，手指几乎是条件反射一样地按下扳机，一时间只听到唰唰放箭的声音，其中几支带着噗噗声的箭插在在罗伦佐身边的地面上，他感觉到趴在自己身上的人好像突然动了一下，雇佣兵的几声惨叫声中好像也夹杂着这个人的闷哼。他动了动，想回身看看对方是否没事。

诺里和卫队长这才反应过来，卫队长大呼小叫地命令守卫们追杀开始四散逃窜的雇佣兵余党，诺里赶紧朝罗伦佐这边冲过来。压在罗伦佐身上的人也已经站起来，罗伦佐也挣扎着翻过身，正好看到那个人咬着嘴唇从大腿上拔出一支箭。他看着箭头的鲜血咕哝着说："这生意还真是亏了血本。"他回过头，扔掉箭，一瘸一拐地把罗伦佐搀扶起来。诺里走过去刚想抱住罗伦佐，却看到他左肩膀上鲜红的一片。他有点惊慌失措地说：

"你受伤了！他们……你……"一时间好像眼泪都要掉出来，半句话哽咽在喉咙里。

罗伦佐本来对诺里自作主张很是气愤，但是现在看到他的确是真心实意地关心自己，反而觉得没法再对他发难。他摆了摆手，说：“只是皮肉伤。”弯刀的主人把罗伦佐交给诺里，若无其事地把弯刀插回刀鞘，然后一瘸一拐左顾右盼地在地上寻找之前扔出去的金色匕首，完全不在意周围卫兵和余下雇佣兵的厮杀。

罗伦佐饶有趣味地看着他，弯刀主人是一位少年，应该跟自己年龄差不多大。他身材高瘦，肩膀和胯骨都很窄，现在因为大腿受伤，走路一瘸一拐摇来晃去的样子，让他有一种风中芦苇的纤弱感觉。他穿着普通棕色短上衣，里面是白色的汗衫，腿上套着暗色的裤袜，脚下是轻便的薄靴。腰间显眼地缠着一条亮蓝色的丝绸宽腰带，上面别着一只金色短匕首，一条缀着宝石的软皮腰带围在蓝色丝绸外面，薄薄的金色弯刀插进布满华丽暗纹图案的刀鞘里。如果不是他腰间这些耀眼的装饰，他的装扮与普通赶路的旅客无异。少年长了一头浓密的栗色鬈发，柔软的发卷随便用蓝色发带在脑后扎成马尾。他弯腰捡起金色匕首，跟腰上的匕首正好凑成一对。他好像感觉到罗伦佐在观察自己，也抬起头看着他。他的肤色略深，杏仁形的眼睛在眼角部位略微向上挑起，给他增添了一种似有若无的东方风情。鼻梁高而直，鼻翼很窄。嘴唇有点薄，现在抿在一起就更让人觉得刻薄。一双湛蓝色瞳孔在阳光下像蓝宝石一样闪着光，现在正毫无保留几乎是挑衅性地盯着罗伦佐黑色的眼睛。诺里搀着罗伦佐，觉得这两个人看对方的样子，好像都是一副居高临下看蚂蚁的表情，罗伦佐脸上没有感激，少年脸上也没有自豪。与其说是两个人在对视，不如说是两只猛兽转来转去考虑扑上去撕了对方的喉咙到底有多大胜算。

少年先打破了对视。他有点疲倦地低下头拍了拍身上的浮土，一瘸一拐地朝罗伦佐走过来。

罗伦佐则先打破了沉默：“请问怎么称呼？”

少年抬头说:“怎么称呼都无所谓，我每到一个地方就取个新名字。”

罗伦佐笑了:“那你从哪儿来？”

少年说:“东边。”

罗伦佐猜测:“威尼斯？”

少年摇摇头:“再往东。”

罗伦佐愣了一下说:“阿尔巴尼亚？”

少年想了想，点点头:“差不多吧。”

罗伦佐看着这个少年，湛蓝的眼睛，亮蓝色的发带，亮蓝色的丝绸缠在腰间，在阳光下简直耀眼得让人不能直视，想了想说:“我就叫你杰斐洛好了。”

少年笑了，上下看了看自己说:“蓝宝石？呵呵，很符合我。”

说罢就一瘸一拐地走过来，对诺里伸出手，诺里有点慌乱地跟他握了握手，少年摆出很职业化的笑容说:“杰斐洛，丝绸商人，很荣幸见到你，佛朗西斯科·诺里先生。”少年跟诺里寒暄之后，又转回头跟罗伦佐说:“我要在佛罗伦萨开店，可否向美帝奇银行融资？”平静的口气就好像他们并不是刚刚渡过生死关头——罗伦佐没有脸色苍白、肩膀流血站都站不稳，诺里脸上没有未干的泪水，少年腿上没有十字弓箭戳个窟窿现在还在流血，他们不是站在白马客栈的门口，周围也没有四散的雇佣兵尸体，若只听少年杰斐洛这句话，旁人还以为他们是在美帝奇银行总行罗伦佐的办公室里，大家刚喝过一轮蜂蜜酒，终于开始谈生意。

就连老练的罗伦佐一时间也无法接受这样的转变，稍微有点没反应过来。他微笑了一下掩饰自己的尴尬，打趣说:“只要信用好，我们就会给客户融资，如果每个要贷款的人都得先救我于水火，美帝奇银行早就关门了。”

少年摆出一个意味深长的微笑说:“你就是我的长线投资。”

要说，罗伦佐身边全都是想要从他这里获得美帝奇家族青睐的人。每个接近他的人都别有用心，每个对他好的人全都期望回报。但是大家又都摆出一副“我只是想做你的朋友”的虚伪面孔。罗伦佐早就对这种人免疫，心里只剩下不齿。但是这位不知道从哪里冒出来的少年，却明明白白地告诉他，之前二话不说就为自己出生入死，用身体在乱箭丛中保护他，也不过是商业交易而已。

这个蓝色眼睛的外乡人到底从什么犄角旮旯里面冒出来，他怎么对美帝奇家族的消息这么灵通，不但知道卢卡·皮提会策划谋杀，还知道刺客叫什么名字，会在什么地方出手……罗伦佐越想越不放心，而对面的少年仍旧一副天塌下来也事不关己的漠然表情。

三个人的尴尬，正好被前来汇报的卫队长打破。

“罗伦佐大人，诺里大人，”他还不知道杰斐洛的新名字，所以只是朝他点点头，“一共七名刺客，射死了三名，我们混战中又杀掉了两名，还有一名腿骨折，但是还活着，可以问讯。剩下那名高个子僧侣模样的人趁乱跑掉了。”

罗伦佐疲倦地笑了笑，意料之中。这一群乌合之众里面，也就那个人还算是有点本事。

“不用问了，我知道是谁派来的。”罗伦佐摇了摇头，“父亲大人呢？”

“皮耶罗大人应该已经到达美帝奇宫。”侍卫长回答。

罗伦佐松了口气，说：“把马牵过来。”

诺里有点担心：“你还行吗？”

罗伦佐瞪了他一眼，咬着牙翻身上马。诺里和杰斐洛两个人也分别上马，罗伦佐回头正好看到杰斐洛刚刚挣扎上马，疼得弯下腰，却一声都没出。诺里安排卫队长留下和鲁福斯料理善后，罗伦佐艰难地调整了一下坐姿，歪头看了看身边皱着眉头弯腰按着大腿的杰斐洛，探身过去把手搭在他肩膀上。杰斐洛似乎不太熟悉这样跟人亲近，有点紧张地抬头看着他。罗伦佐给他一个微笑，歪了歪头说：“我们回家。”

杰斐洛盯着罗伦佐的笑脸，心跳毫无缘由地断了一拍，等回过神来，罗伦佐和诺里已经走在前面，他也赶紧忍痛策马追了上去。午后的阳光透过树枝斑驳地照在三个人身上，远处的斑鸠又咕咕地叫起来了。

3. 夜访

1468 年 8 月 27 日，佛罗伦萨

杰斐洛骑着马跟在罗伦佐和诺里后面，前面传来两个人断断续续地紧张对谈，杰斐洛也无心细听，反正不过是领主宫里的各位议员中哪个是山地贵族派哪个是河地平民派之类的猜测揣摩。这些对他来说本来就无关紧要。他任由那些嘁嘁喳喳的闲言碎语夹杂着嗒嗒的马蹄声伴随夏天午后的阳光打在他脸上暖进心里。他最喜欢现在这种感觉，新的地方，新的名字，新的冒险，自己可以重新打造自己，之前的失败悔恨伤心绝望都一笔勾销。更何况，他这次给自己设计的登场亮相实在是百分之一百二十的满意，简直是神来之笔。他一想到这里，就觉得佛罗伦萨搞不好真的是一个能让自己飞黄腾达衣锦还乡的地方。

他又自鸣得意地开始回顾他这几天来的天才设计：佛罗伦萨虽然毫无保密可言，但是流言蜚语满天飞的情况下，也很难说到手的秘密消息到底有多可靠。所以上天青睐，让皮耶罗得到的两条消息都是“政变”，而杰斐洛得到的一条消息却是谋杀。他带着试试看反正也没什么损失的心情，到白马客栈蹲了三天。说实话，他也不知

道如果真的碰到美帝奇家族跟刺客的对峙，自己到底要怎么做。就在他犹豫不决、百无聊赖快要放弃的时候，从天而降的馅饼居然就掉在他眼前。他冒险出头，结果就平白捡了“佛罗伦萨太子殿下救命恩人”这么个大便宜。

带人来刺杀的家伙，正好他在威尼斯的时候就有所耳闻，而且远远见过一面雇佣兵上校，号称托斯卡尼第一神射手的巴蒂斯塔。虽然巴蒂斯塔特意留了胡子，但过目不忘的本事让杰斐洛一眼就把他认个正着。这家伙虽说名声在外，但是他最在行的是带兵打仗，无论是谈判、近战，还是绑架他都是一窍不通。卢卡·皮提昏了头雇他来挑大梁，执行这么重要的任务，让人不得不怀疑巴蒂斯塔的真正主子帕特洛红衣主教到底是不是真心支持卢卡·皮提。

帕特洛的动机且先不谈，这次的事情从头到尾，幸运女神都在向杰斐洛微笑。本来想在白马客栈碰运气，就偏让他撞上罗伦佐，如果没有诺里不明事理带着守卫来搅局，罗伦佐凭自己三寸不烂之舌就基本控制了局势，根本没他出头的机会。结果关键时刻他铤而走险，获得千金不换的最好结果。自己忍痛在罗伦佐面前摆个造型，说点语义不清的话，显然就把这个上数三代还是农民的土财主搞得云里雾里不知他到底是何方神圣。

哎呀呀，这种感觉，杰斐洛要不是腿上戳了个窟窿疼得要死，还真是忍不住要拍着大腿笑到前仰后合呢！他承认罗伦佐一个人风行水上跟七个杀人不眨眼的雇佣兵周旋，那架势，那气魄，也着实让人佩服。但是说到底，土财主就是土财主，跟他杰斐洛还是不能比的。想到这里，杰斐洛看着罗伦佐和诺里边走边谈话的背影，心中充满了居高临下的优越感。正可谓，人走时气马走膘，兔子走时气枪打不着，杰斐洛当时也不过是个十八岁的小朋友，在这种情况下沾沾自喜对自己产生了一些不可要就的能力幻觉总归是可以理解的。

杰斐洛就这么一路美滋滋地跟着罗伦佐和诺里回到美帝奇宫，下了马还没看清前院后院，就被一群小军团般的女仆男仆秘书管家包围，在罗伦佐的带领下前呼后拥地往前走。杰斐洛觉得自己好像是被海浪推着向前，不得不跟着一起走。他被人连推带拉，穿过迷宫一样的回廊过道，几乎是被强迫着安排在二楼面朝中庭的一间宽敞客房里。罗伦佐这一路上一边跟小秘书口授私下里给几位议员的短笺，一边雷厉风行地指挥用人们收拾房间，拿出新的床单被褥给杰斐洛，一边像赶苍蝇一样挥手让家庭医生不要追在身后看他左臂上的伤口，“那位年轻先生的伤势更严重！”罗伦佐很坚决地说，“我这只是皮肉伤，你看，早就已经止血了。”最后，还是美帝奇夫人露卡西亚出面坚持让家庭医生看一下。罗伦佐在自己母亲大人面前，只能乖乖听话，随便坐在靠窗的橡木长凳上，让家庭医生保罗简单清理并包扎了一下伤口。同时半点语病都没有地口述完所有信件，让秘书安排寄出，接着又不断询问关于领主宫现在的进展。医生刚刚处理好伤口，罗伦佐二话不说脱下带血的深红色短外套，换上一件更肃穆一点的黑色绲红边半长高领夹克，带着诺里离开美帝奇宫前往领主宫和皮耶罗会合。于是小军队一样的仆人们又把焦点转移到杰斐洛身上。他身边就跟走马灯一样，仆人医生来来去去，端水倒茶，给他拍松枕头，杰斐洛虽然出身高贵，但很久没有受到这样众星捧月般地服侍伺候，心中更加欣喜，也不吭声，任由仆人们折腾。

忽然间，所有人都停下手中的活计，规矩地站在一边，杰斐洛抬头正好看到刚刚送长子离开的美帝奇夫人露卡西亚推门走进来。美帝奇夫人是一位很漂亮的女人，虽然已经快四十岁，但后背挺得很直，头发梳得一丝不苟，垂下来的几根发丝也是特意安排过，给她过于硬朗的额骨增添了一丝温柔的气质。她棕色的眼睛先是咄咄逼人地盯了杰斐洛一下，然后又转头看了看站在四周的仆人，拍拍手说："别愣着了，赶紧搞好了就退下吧，我有话要跟这位客人谈。"

仆人们就好像发条玩具被上了弦一样，快速又井然有序地调整最后的细节，花瓶要摆好，茶水要倒好，窗帘的皱褶要整理好。与此同时，美帝奇夫人叫过家庭医生询问病人的情况。

"右腿外侧被十字弓射中，伤口很深，但还好没有伤及筋骨，只要不感染，卧床几天就应该可以自由活动了。"家庭医生低着头恭顺地回答。

"那就好。"露卡西亚点点头，别过头来上下打量着杰斐洛。

仆人们终于收拾停当，一个接一个默默地离开了客房。当最后一个仆人离开并关上房门的时候，当初一下子不知道从哪里冒出来的仆从小军团，又"噗"的一下变魔法般消失得无影无踪。一时间房间里安静得能听到中庭里喷泉稀里哗啦的流水声，啾啾的鸟叫声，混合着大街上隐隐约约嘈杂的人言狗吠马车声，随着夏日湿热的暖风似有若无地吹进屋里来。杰斐洛歪靠在枕头上，恍惚中觉得自己好像一辈子都住在这里。

露卡西亚的脚步声打破了他的幻觉。她慢慢地走到杰斐洛床前，站在窗口边，双手很优雅地叠在一起说：

"我听说今天是你救了我儿子的性命。"

杰斐洛觉得既成事实也没必要谦虚，就轻轻点了点头。

露卡西亚低下头，很规矩地行了一个屈膝礼，然后说："非常感谢你，美帝奇家族是不会忘记你的恩惠的。"

杰斐洛对这种突如其来的大礼有点不知所措，他挣扎着要坐起来回礼，露卡西亚已经站直身体，一步走过来把他按到枕头上。杰斐洛僵了一会儿，就躺下了。露卡西亚顺势坐在他床边，伸手拨开杰斐洛的头发，温柔地问：

"你看上去跟我儿子差不多大吧？今年几岁了？"

杰斐洛只能老老实实地回答：“十八岁。”

“呵呵，”露卡西亚微笑着说，“比朱利亚诺大三岁，比罗伦佐还小一岁呢。”

杰斐洛不知道该怎么回答，只能默默地看着她。露卡西亚握住杰斐洛的手，温暖而干燥，“你这么年轻就一个人出来，父母不担心吗？”

“父母已经不在人世了。”杰斐洛垂下眼睛低声说，这个时候不换取同情更待何时。

露卡西亚轻轻捏了一下杰斐洛的手说：“这样啊。”眼中充满了哀伤的温情。她站起来，弯腰轻轻亲了杰斐洛的额头，然后在他耳边说：“以后就把这里当成你的家吧。”

说完，不等杰斐洛回答，就转身离开。走到门口的时候，露卡西亚回头说：“如果需要什么，就说话，仆人们就在门外。”

本来觉得自己不过是演戏的杰斐洛，却无端地迷恋那个额头的吻，又很不争气地想到自己的母亲，那个隐隐约约模样都记不清的女人。他靠在枕头上，床单传来薰衣草的香气。房间又安静下来，天色渐渐晚了，杰斐洛迷迷糊糊地看着窗外的天空，听着中庭里传来的水声鸟叫声，时不时夹杂着用人窃窃私语的声音，几个小时之前的血腥杀戮好像都是遥远的记忆。现在就让他在这样安静平和的夏日午后稍微打个盹吧。

杰斐洛再醒过来的时候，已经是半夜。他满头是汗，腿上的伤口丝丝拉拉地疼。床头柜上不知什么时候仆人进来点上了几根蜡烛，窗户还开着，夏日夜风带着阿尔诺河的湿气飘进来，让房间里不那么气闷。杰斐洛勉强动了动身子，结果连带着腿上伤口更疼，他有点丧气地歪头看着窗外的月亮孤零零地挂在天上，旁边一丝云彩都没有，窗外偶尔传来猫头鹰呜呜的叫声。

他轻轻叹了口气，正想翻身再睡，赫然发现房间里还有一个人。对方很随意地坐在床边的圈椅里，一只脚搭在床上，正在翻阅手里的小册子。杰斐洛反射性地伸手去枕头下面拿剑，却意识到自己是在美帝奇宫，金色的波斯弯刀正斜靠在窗边的木箱上，这一动又牵动了伤口，杰斐洛的胳膊伸出去半截却停在半途，腿上像钢针戳进来，刺啦一下疼到后脑。坐在床边的人仍旧旁若无人地翻弄着小册子，完全不在乎杰斐洛自己在床上的翻腾。

“别紧张，是我。”罗伦佐等杰斐洛有气无力地跌回到床上，才合上小册子，放在腿上，平静地看着杰斐洛。

杰斐洛勉强支起上半身，扭头四处看了看，发现自己寄存在奥尼桑提酒店的简单行李已经全数被搬到这里来。不但搬过来，而且都已经拆封，有不少衣物都挪到了靠墙的立柜里，透过半开的门，杰斐洛看到除了自己随身携带的衣服，好像还有其他新添置的衣物，完全是一副打算让他常住的样子。罗伦佐手里拿的小册子则是他的账本，幸好自己一直都是用暗号记录款项和数目。罗伦佐就算再怎么翻弄也看不出个所以然。只是，杰斐洛从来没告诉过罗伦佐自己住在哪个客栈，也没有要求他去取自己的物品。罗伦佐也跟着他的目光左右看了看，然后又转过头来继续盯着杰斐洛。

罗伦佐显然从早上到现在都没有休息，下午换上的黑色高领绲边外套，现在前襟的扣子解开，露出里面的衬衣。虽然有点杂乱的头发和黑眼圈让他看上去有点疲倦，但是目光仍旧像鹰一样犀利。

杰斐洛瞥了一眼罗伦佐手里的账本，有点不悦地说：“所有在美帝奇宫住宿的客人都会被你检查私人物品？”

罗伦佐好像才意识到自己拿着一本小册子，他拿起来看了看，又放下，嘴角向上挑了一下算是微笑，然后冷冷地说：“当然不会。但是像你这样姓名背景全都不知道的神秘人物，就不好说了。”

杰斐洛撇了撇嘴说：“你的母亲大人今天下午还跟我说什么这里

就是我的家。”

“这里的确可以是你的家，”罗伦佐顿了顿，口气越来越冷，“但是，今天中午还有人要谋反，刺杀我父亲，把美帝奇家族赶出佛罗伦萨，我母亲心肠软，怜悯你的身世，我可要搞清楚你是不是真的父母双亡。”

“你觉得我是卢卡·皮提雇来的？”杰斐洛觉得很可笑，也有点气愤，这也有点太看不起自己了吧。

罗伦佐站起来，走到他跟前。床头柜上的蜡烛从下面照着罗伦佐的脸，在他身后的墙壁上投下深深的阴影。杰斐洛忽然觉得很有压迫感，不由自主地咽了一下口水，但是眼睛仍旧毫不妥协地盯着罗伦佐。罗伦佐把这一切看在眼里，忽然脸上浮现出一丝微笑。他耸了耸肩，慢慢地坐在杰斐洛床边，右脚叠在左膝盖上，歪过身子看着他。

“别开玩笑了，”罗伦佐坐稳了，笑着说，“卢卡·皮提那种三流政客怎么雇得起你这种神秘人士。佛罗伦萨除了美帝奇家之外，恐怕没人雇得起你吧。”

他回过头，看着窗外的夜空，自言自语地说：“我猜是外国的某位大人物派你过来……威尼斯总督？法国国王？教皇？不过他们这些权贵早就已经在我身边安插了必要的眼线，又何必找你这种在人群里闪闪发光的人。”罗伦佐歪着头上下打量着杰斐洛，“如果你真是个间谍，那今天这个行动也真是太失败了。”

杰斐洛本来对自己的高明设计沾沾自喜了好一阵，结果被罗伦佐这么揶揄，有点不耐烦，梗起脖子挑衅地说道：“你要真想知道，也可以把我捆到地下室刑讯逼供。”

罗伦佐转过身来正对着他，微笑着伸手捏了一下杰斐洛腿上的伤口，满意地看到杰斐洛咧嘴倒抽了一口气，从容不迫地说：“我今天下午一直在想，是不是为了保险起见先送你去地下室住几天。”

杰斐洛被罗伦佐盯着，突然觉得有点后背发冷。之前在人群中远远地观察罗伦佐，杰斐洛一直觉得他不过是一个普通商人的长子，虽然很有个人魅力和外交手腕，但毕竟是平民家的孩子。相比之下，自己终归算是见过大世面，肯定能轻而易举地把一个暴发户家的二世祖玩弄于股掌之中。结果，反而是自己落到人家股掌之中，连个后手都没安排，实在是愚蠢至极。罗伦佐的手若无其事地搁在杰斐洛的伤口上，透过包裹的纱布能感到对方热乎乎的体温，虽然一动不动，但总觉得伤口丝丝拉拉疼得更厉害了。他抬头仰视着罗伦佐冷漠的扑克脸，一双黑色的眼睛在烛光摇曳下闪烁不定，发现自己完全无法揣摩这个人的心思。前一刻能笑眯眯地把自己当成座上宾，又让美帝奇夫人自己关照有加；下一刻就可能翻脸把自己捆起来送到地牢去绑在拉肢刑架上，先把两条腿打断再说。自己明明是已经住进了美帝奇宫，就等事情顺理成章地发展，结果一觉醒来，却看见罗伦佐像催命恶鬼一样，半夜站在床前。而自己对他下一步的举动，不但做不出任何预测，也没有任何应变措施，更没有筹码来交换。他突然觉得罗伦佐说的好像也不错，自己冲出去救人是有点太莽撞，一厢情愿地以为情势肯定会根据自己想象的发展。他盯着罗伦佐的脸，越看越觉得心惊胆寒，呼吸不由自主地就加快了几拍。

就在这时，房门忽然被推开，走廊里的灯光洒到屋里来，一个身材匀称的少年背光站在门口。

“罗伦佐！”略带稚气的少年声音，“父亲大人要你去书房，卢卡·皮提大人来拜访了。”

罗伦佐转头看了看门口的少年，脸上忍不住露出得意的笑容：“呵呵，果然还是来了。”他站起来，好像又想起什么来，回头看着满脸惊讶的杰斐洛说：“你能走吗？”

罗伦佐你以为就你一个人能翻脸跟翻书一样？杰斐洛有点赌气地暗想。他从床上坐起来，掀开被子，咬着牙下地，踩着拖鞋，龇牙咧嘴地站起来说："我就是爬过去也不能错过这场好戏啊！"

罗伦佐二话不说，一把挽住杰斐洛的胳膊，拉过来绕在自己肩膀上，转头对还站在门口的少年说："朱利亚诺，别愣着，过来搭把手。"

少年跑进来，从另外一边撑起杰斐洛，但是因为身量未足，只能勉强帮他维持平衡。两个人一路连拖带拽，还爬了几级楼梯，才把杰斐洛拖进一个屋徒四壁的小隔间里，隔间没有窗户，有两把条凳，靠墙的角落有一张小桌。杰斐洛的腿上伤口这么折腾下来，早就疼得满头是汗，赶紧拉过条凳来坐下，弯腰轻按腿上的伤口。罗伦佐也不理他，走到墙边，轻轻拉开一扇书本大的小窗，隔壁柔和的橘黄色蜡烛光透过网格的孔隙洒进这边的房间里。罗伦佐把手放在杰斐洛的肩膀上，伏在他耳边轻声说："出一点声音，我就送你去地下室。"杰斐洛还在疼得直喘气，一送肩把罗伦佐的手抖下去，不耐烦地悄声说："如果我真的是那么糟糕的间谍，就活该被你送到地下室打断腿。"罗伦佐笑了笑，离开了房间。

少年朱利亚诺一声不吭地走过来，贴在小窗旁边，偷窥隔壁屋里的情况，杰斐洛深吸一口气，咬着嘴唇，轻轻挪了挪条凳，也凑了过去。

小窗的另一侧垂着一道纱帘，透过纱帘能隐约看到一间装饰古雅的书房。房间正中是一张沉甸甸的橡木书桌，上面杂乱无章地放着书本、卷宗和稿纸，高矮不一的纸堆中间，隐约看到鹅毛笔的羽毛尖支出来。书桌后面是同样沉甸甸的靠背椅，椅子背对着落地门，外面好像是凉台。虽然天气炎热窗帘和门都开着，但也看不太清楚门外的情形。落地窗两侧各有一尊大理石的胸像，隔着纱帘模模糊糊也看不出来是谁。书桌左右是通顶的书柜，跟书桌一样杂乱无章地塞着书籍和纸卷，靠近书架的地板上也胡乱堆着半开的书籍和地图。角落里隐约可以看到大概是梯子之类的东西斜靠在墙边。书桌前面是两把圈椅，卢卡·皮提正坐在其中一把椅里，背对着秘密小窗，看上去有点垂头丧气地用手支着头。他旁边小桌上摆着插满鲜花的花瓶、烛台、酒瓶酒杯和一些新鲜水果，但他好像一点食欲都没有，酒水都原封不动放在那里。窗外夜里能听到虫鸣，偶尔远远地传来狗吠，一只夜莺不知道在为了哪对情侣婉转顿挫地娇啼。

杰斐洛悄悄问："皮耶罗大人的办公室？"其实这句话问出去，他本来也没有指望回答。但是没想到，少年朱利亚诺悄声说："罗伦佐的，父亲大人的办公室才不会这么乱糟糟的。"

杰斐洛有点惊讶地转头看了看少年朱利亚诺。朱利亚诺这个时候还只是个十五岁的少年，眉眼都还没长开，但已经能看出来是个帅小伙子。肤色比罗伦佐更浅一些，及肩黑发，比哥哥的更浓密柔顺，优雅地打着卷；跟罗伦佐一样轮廓的脸庞，线条却很柔和，眉眼间少了不怒自威的气势，多了一份惹人疼爱的俏皮；笔直的罗马人鼻子，精致的鼻翼随着呼吸微微颤动，跟罗伦佐一样的黑色眼睛，藏在浓密的睫毛下面，现在正好奇地往小窗里望，下巴仍旧是美帝奇家族遗传的地包天，但嘴唇却不像罗伦佐那么严厉刻薄，嘴唇上的汗毛在窗口透过来的淡淡烛光下像鳞片一样闪着金光，玫瑰色的嘴唇微微张着，露出里面珍珠一样的小牙。上帝果然是先用铁锤在花岗岩上大刀阔斧地凿出了罗伦佐，然后再用雕刻刀在大理石上精雕细刻地磨出了朱利亚诺。

小窗那边的卢卡·皮提不耐烦地站起来，焦躁地在屋子里走来走去。拿起酒杯又放下，走到窗前看了看夜景，又回来低头沉思叹息，嘴里还念念有词，看上去是在反复排练一套事先准备好的台词。看来罗伦佐打算让他在文火上烤一会儿，等外焦里嫩的时候再来享受。

杰斐洛一直觉得卢卡·皮提的这次政变，唯一占了天时的是美帝奇家族主要成员都不在佛罗伦萨，他可以打个时间差，趁机煽动议会造成美帝奇家族失势。但现在美帝奇家族两位重量级人物都已经坐镇佛罗伦萨，卢卡·皮提这场政变就从闪电战打成了温吞水夹生饭。罗伦佐大可疏通渠道买通议会，造成多数局面，然后在议会中压倒山地贵族派了事。现在，反对派领袖人物居然深夜跑到美帝奇宫。卢卡·皮提今天上午才刚刚在领主宫里信誓旦旦地号称要打倒“独裁者”美帝奇家族，罗伦佐几个小时前还在跟卢卡·皮提派来的刺客生死大对决，现在谋杀者却能登堂入室堂而皇之地跑到谋杀目标的家里，这的确让杰斐洛始料未及。他甚至觉得搞不好是罗伦佐和卢卡·皮提商量好了唱双簧，但是想到今天白天真枪实弹的对峙，看到现在卢卡·皮提忐忑不安的惶恐，两个人事先有商量肯定是无稽之谈。

罗伦佐还不来，这让杰斐洛也有点焦急。腿上丝丝拉拉地疼着，让他开始回过头来琢磨罗伦佐为什么突然之间对自己的态度从“待审囚徒”到“贴心密友”，刚刚才说要送他去刑讯，现在却又让他参观这么隐秘的监视隔间，把自己这场显然是精心策划的好戏即时演给他看。到底是什么目的？

罗伦佐过世之后，杰斐洛坐在牢房里又想起这段往事，无端地猜测罗伦佐大概是需要一个观众。弟弟朱利亚诺还年幼，就算看了也不会明白；父亲皮耶罗是个商人，估计对罗伦佐这些设计的微妙细节不以为然；诺里太过忠厚老实，别说是欣赏罗伦佐的表演，恐怕进了这小屋他就会惶恐地担心自己怎么能没有道德地去偷窥别人的秘密会谈；罗伦佐身边的其他人大多各怀鬼胎，各有目的，罗伦佐要么看不上，要么信不过。

多年以后的杰斐洛看着冷冰冰的牢房石墙，冬天凄惨的阳光透过高高小窗照进来，小窗的铁栏在他破烂的囚衣上打下斜斜的影子。他看着脚上生的冻疮，苦笑起来，罗伦佐，你怎么就看得上信得过我呢？你这个混蛋！当初一念之差怎么没让巴蒂斯塔一刀捅死你。

呵呵，杰斐洛，你这一路走过来，岂止是那一次一念之差，你多少次一念之差才造就了后来这种悲惨境遇。

其实，杰斐洛跟罗伦佐风风雨雨这么多年，也还是没看明白他这个人。罗伦佐这辈子可曾看得上谁、可曾信得过谁？只不过正好觉得杰斐洛在他周围的一群傻瓜中间还算比较聪明，虽然信不过，但是估摸着就算他真的背叛也很容易对付而不会造成太大后果而已。

当然，这些都是后话。罗伦佐在这个时候还是风华正茂蓄势待发的政坛新星，杰斐洛这个时候还是神龙见首不见尾的神秘公子，朱利亚诺这个时候还是无忧无虑被全家乃至整个佛罗伦萨城千娇万宠的黄金少年。

让我们从多年后杰斐洛的小牢房里再回到美帝奇宫的小隔间吧。

别说是卢卡·皮提，就连杰斐洛都有点等不及了。天气炎热，小隔间没窗户不通风，他猫着腰姿势又很别扭，腿上的伤口也越来越疼，不一会儿就满身大汗。就连少年朱利亚诺，鼻尖上也冒出细密的汗珠，瘪瘪嘴，显然也对罗伦佐这么拖延时间有点不满。忽然间，走廊里由远及近地传来急匆匆的脚步声、嘎吱开门声，纱帘随着门开突然抖了一下，罗伦佐厚重的鼻音跟着传了过来：

“卢卡·皮提大人！您这么晚来访，真是让我们蓬荜生辉啊！”

罗伦佐，你妈妈没有教你不能玩弄自己的猎物吗？

4. 胡萝卜与毛驴

1468年8月28日，佛罗伦萨

小窗另外一边的罗伦佐换了一身白色棉布衬袍，肩上披着一件织锦缎的对襟长罩衫，衬袍的领子随便开着，露出脖子和一部分前胸，脚上穿着便鞋，头发也还乱糟糟的，显然是在刻意营造出一种熟睡中被人惊醒急忙赶来的样子。

他风风火火地走进书房，一把抓住卢卡·皮提伸出来的手，像老朋友一样紧紧地握住，笑容满面地请他坐下，问他有没有吃晚饭、仆人们有没有怠慢之类有的没有的闲话，也不等卢卡·皮提回答，就走到卢卡·皮提身边的小圆桌前，给自己倒了一杯葡萄酒，揪下一颗葡萄扔到嘴里，端着酒杯，走到书桌另外一边，舒舒服服地坐在靠背椅里，胡乱把桌上的稿纸推到一边，腾出个地方放酒杯。然后身体前倾，手肘支在桌面上，双手合十，面带微笑饶有兴趣地看着卢卡·皮提，那表情就好像拿着放大镜看蚂蚁的小孩一样，“嗯，再稍微调整一下角度，就烧着了。”

跟准备充裕才粉墨登场的罗伦佐不同，卢卡·皮提从早上穿到现在的长袍已经沾满灰尘，下摆上蹭上几块泥污，两臂腋下也湿了一片，左臂靠近手腕的地方还有不知道被什么扯开的一条裂口。卢卡·皮提到了这个时候也顾不上形象，领子打开，拿着手绢一直擦汗。花白的头发一缕缕地贴在头皮上。他看着罗伦佐的酒，好像也想起了什么，转身也拿起自己的葡萄酒，喝了一口。好像是有了这口葡萄酒壮胆，他才抬起头来，看了罗伦佐一眼，遇到对方毫无笑意的目光，好像心虚一样又低下头。

又等了一会儿，卢卡·皮提明白罗伦佐是不会先开口的，于是假装环顾四周说："我们要等皮耶罗大人过来吗？"

罗伦佐微笑着说："家父身体欠安，我全权代表美帝奇家族。"

卢卡·皮提好歹也是大贵族，怎么能受得了一个暴发户家这么怠慢。自己忍气吞声跑过来，对方却派了个晚辈跟自己面谈，正经的会客室都不给进，让自己在大少爷的私人书房里等了这么久，不准备夜宵也就算了，居然只有葡萄酒和水果端上来对付。卢卡·皮提越想越觉得窝火，紧紧攥着拳头，觉得自己应该现在就马上离开，这样还可能保留一点尊严。但是，卢卡·皮提大人，您要真有半点尊严，当初就不会屁颠屁颠地跑过来了吧？

罗伦佐也看清了他这一点，不紧不慢地等着他运气再泄气。晚风一阵一阵地从敞开的落地门吹进来，别在门旁的窗帘，桌子上的稿纸和鹅毛笔的羽毛尖，偶尔会跟着晚风慵懒地动一下。卢卡·皮提又喝了一口酒，终于开口："议会不管怎么说都要改革！"

罗伦佐点点头："要改！"

卢卡·皮提仍旧别着脸，低着头盯着罗伦佐桌子上的卷宗，继续说："不能再让几个大家族霸占着议会的主要席位。佛罗伦萨是一个共和国，我们的理想就是要民主，被选为议员的人要来自人民并对人民负责！"

从这开始，卢卡·皮提终于把自己思前想后排演数遍的台词都说出来了，什么为了民主的信仰，为了佛罗伦萨共和国建国三百多年的传统不能放弃，什么公民不管出身高贵低贱，只要为城邦做贡献，就应该被选为议员，什么当上议员是公民的光荣，要承担更大的责任和义务，要有做困难抉择的心理准备，什么美帝奇家族和皮提家族都是佛罗伦萨的基石，要同舟共济一起为共和国做贡献，云云。先是坐着说，然后站起来说，说到最后他慷慨激昂地在屋子里走来走去地说。说到自己这次召集了一些志同道合的议员提出要改组议会，完全是为了共和国的前途着想。

“如果我们再不行动起来，”卢卡·皮提激动地说，“共和国就要毁于一旦啊！罗伦佐！我们有那不勒斯在南边虎视眈眈，有锡耶纳在我们家门口天天想要置我们于死地，有威尼斯在东边窥探我们的财富，教皇又想控制我们借机扩张自己在意大利中部的势力！我一想到佛罗伦萨所面对的这些外忧内患，就睡不着觉啊！罗伦佐……”说到这个时候，老家伙居然好死不死地掉了几滴鳄鱼的眼泪出来。他拿起手绢擦了擦眼睛，罗伦佐也跟着一起低头表示心情很沉痛。而杰斐洛在小窗另外一边强忍着就快要笑出声了。这时候还是要佩服罗伦佐，能够摆出一副为了共和国的现状痛不欲生的表情。

卢卡·皮提喘了一口气，郑重地说：“我们这个时候不能起内讧！要团结起来，一致对外！罗伦佐！美帝奇家族和皮提家族要为了共和国的未来同进退！佛罗伦萨的前途就在你我手中！”

这个时候，罗伦佐心里大概是很想笑骂：我操你大爷，谁他妈跟你“你我”啊！你丫今天早上还要派人来谋杀我老爹，晚上就跑来跟我演戏，为了共和国的未来同进退，同进退个屁啊！要不是美帝奇家今天下午去议会造势，前后送出去好几百金杜卡，又许诺了好几千，买通了几个骑墙派，确保你的议案无论如何也拿不到三分之二席位的大多数，议会现在搞不好已经宣布美帝奇家族叛国，你今天晚上就不是哭着跑来要跟我同进退，而是带着兵过来抄家吧！你个老不死的伪君子！

当然我们也不知道罗伦佐心里到底想说什么，他只是很肃穆地低着头，深吸了一口气，一拍桌子，站起来，一手放在胸口，说：“卢卡·皮提大人，作为晚生后辈，我对你一直充满敬佩，尤其是你对共和国民主的理想和坚持，一直都是我在议会中行事的楷模。家父身体不好，你在议会中对我也一直很关照提携。这些我都没齿难忘。你是美帝奇家族的朋友！我们绝对不会辜负朋友的！”

卢卡·皮提叹了一口气，说：“我就知道你理解我的用意和动机。为了共和国，一切都是为了共和国。我们要更紧密地团结在一起，我家和你家……”

终于要进入正题了。罗伦佐一边想，一边转身慢慢回到座位上，又喝了一口葡萄酒。既然是过来求人，就摆出个求人的样子吧。

卢卡·皮提看到罗伦佐回到书桌后面，也慢慢挪步，坐回到自己原先的圈椅里。慷慨激昂地说了半天高尚的情操，还真是有点口渴。

“现在议会里，我们的自己人还是太少，提出来的议案，总也无法顺利通过。就算通过之后，执行起来也要费一番工夫。”卢卡·皮提身体前倾，把手放在书桌上。

罗伦佐反而悠闲地靠在椅背上，一手拿着酒杯，一手架在扶手上。

卢卡·皮提也感觉到房间里的情势不知什么时候变了，他咽了一口吐沫，好像是在给自己下定决心一样，“我听说八人执法官现在正好有一个空缺。”

罗伦佐暗笑，你听说？你听我说的吧。下午寄出去那张便笺看来是收到了。行了，也要给他个台阶下。

罗伦佐坐起来，也凑到桌子前，有点焦急地说：“这个职位实在是太重要了。只有我们信得过，而且品行端正，刚正不阿，在领主宫议会中有声望的人才能担任。“

卢卡·皮提也假装皱起眉头：“是啊！我也觉得这是一个很要紧

的职位，要好好考虑人选。”

罗伦佐心想，你个老狐狸，难道还要我把执法官的职位放在银托盘里跪着献给你？但表面上做出一脸茫然的样子：“我实在是想不出谁比较合适，不知道大人你有没有推荐？”

卢卡·皮提见罗伦佐是无论如何也不会给自己这个坡下，就只能厚着脸皮把驴子牵出来：“我的兄长鲁吉·皮提，是个铁面无私、行事谨慎的人。他是自家人，所以绝对可靠！而且他也算是议会里的元老，大家都很敬重他。执法官的职位，让他来做再合适不过了！”

罗伦佐若有所思地点点头：“没错，没错！我怎么就没想到鲁吉·皮提大人呢！真是我的疏忽！”

罗伦佐没想到鲁吉·皮提，是因为这家伙在政治圈里一直都是庸庸碌碌默默无闻，是给他弟弟卢卡·皮提造声势的跟班而已。罗伦佐本来以为卢卡·皮提会毛遂自荐来担任执法官，没想到他是要把哥哥推上去做傀儡，自己仍旧在议会里兴风作浪。

“那大人下次在议会上，可以为家兄提名？”卢卡·皮提又追问了一步。

罗伦佐歪头看了看卢卡·皮提，没想到这个老家伙还有这手等着他。他把哥哥推到这种政府要职，自然不能自己来提，要是罗伦佐站出来提，就等于自己主动在佛罗伦萨面前表明美帝奇家族跟皮提家族的联盟关系。到时候议会肯定会以为美帝奇家族对皮提家族俯首称臣，出面给卢卡·皮提当枪使。卢卡·皮提看来是算计好了要把罗伦佐绕进自己的小陷阱。罗伦佐把身体凑上去，一脸真诚地看着卢卡·皮提说：“这个你放心，美帝奇家族定会跟皮提家族共进退，为了共和国的未来嘛。”说完，却把身体稍微退后一点，有点顾虑地说，“只是，如果由我来提名，那些对我们家族还有异议的议员恐怕不会认同这个候选人。”

卢卡·皮提马上回答："不会，不会！大家只要看到是家兄，就肯定会支持他。

罗伦佐没说话，默默地站起来在房间里踱步。卢卡·皮提的眼睛也紧跟罗伦佐的身影从这边转到那边又转回来，虽然没说什么，但是脸上一阵焦急，一阵不耐烦，一阵渴求，到了这个节骨眼上，看来他也是不在乎做样子了。

罗伦佐在房间里走了两圈，回头跟卢卡·皮提说："执法官这样的提名，我这么一个晚生后辈提出来总觉得有点底气不足。不过……"他却停下来吊卢卡·皮提的胃口。

卢卡·皮提这会儿都快坐不住了，赶紧追问："不过？"

罗伦佐转过身来说："不过，如果大人您能够先跟您熟识的议员说清楚我们两家的联盟，他们会明白我们美帝奇家族心里也只有佛罗伦萨的未来，如果他们能对我们，"说着用手比画了一下卢卡·皮提和自己，"两家的统一阵线表明自己的忠心，那我就更有信心了。"

罗伦佐这一招使出来，其实心里也并不太确定卢卡·皮提会不会吞掉这个吊钩。这样的要求等于让作为政变领导者的卢卡·皮提自己出面，不但承认自己已经背信弃义，而且要说服那些曾经跟他一起谋反的同道议员们支持他们原来要推翻的"独裁者"，投票支持"变节者"的哥哥获得政府要职。不管从哪个角度说，这等于让卢卡·皮提自己在光天化日众目睽睽之下挖一个政界自杀的大坑，脱光了跳进去，再让大家用口水把自己淹死。

果然之前还迫不及待的卢卡·皮提现在坐回到椅子里，深吸了一口气，手托着腮深思起来。

不能给他时间前思后想！罗伦佐果断地走到卢卡·皮提身边的圈椅里坐下，决定趁热打铁，把最后这一手也使出来：

"我听说大人有一个女儿，聪明漂亮，知书达理，跟我年龄相当。"

之前还皱着眉头的卢卡·皮提，这时候一脸无法置信地转过头来看着罗伦佐，嘴巴居然像傻瓜一样半张着。

躲在小窗后面的少年朱利亚诺不以为然地翻了个白眼，一副“又来这一套”的表情。杰斐洛看在眼里，意识到罗伦佐不是第一次把自己的婚事当成胡萝卜吊在毛驴面前，通婚这种许诺本来不应该随便拿来乱讲，他居然能用到自己的弟弟都看不下去，看来对于罗伦佐来说，什么都可以拿来当筹码。

卢卡·皮提还愣在那里，罗伦佐凑过去在他耳边语重心长地说：“就算有些议员和贵族们不理解大人对佛罗伦萨未来做出的牺牲，可能对你有成见，但是有了美帝奇家族做后盾，你还有什么可担心的？美帝奇家族和皮提家族，共进退嘛。”

卢卡·皮提眼睛睁得大大的，目光无神地盯着地板，舌头伸出来舔舔干燥的嘴唇，那样子活像一只看到油锅里的肉骨头想吃却怕烫嘴的饿犬。

罗伦佐在他耳边又说了点什么，无外乎共和国前途、自己女儿的前途、自己家族的政治前途、各种美帝奇家族能给卢卡·皮提的便利。如果真的有肩头恶魔这种东西，他一定长了一张罗伦佐的脸。

卢卡·皮提一边听，一边攥着的拳头慢慢放松了，原本木然的脸，渐渐浮上一丝笑容，显然是对罗伦佐给他描绘的美好前景充满了希望。最后，终于回过头看着罗伦佐，一把抓住他的肩膀，呼吸加速，咽了几口吐沫，终于说：“你放心！我，我，我明天就去跟他们谈清楚。他们肯定会明白的！肯定会的！”

罗伦佐见目标达成，慢慢从圈椅里站起来，卢卡·皮提还抓着他的手臂，从手臂滑到手掌，最后罗伦佐轻轻地把他的手甩开，踱步回到书桌后面，在靠背椅中心满意足地坐下，在桌子上翻来翻去，找出一张没写字的稿纸，抽出鹅毛笔递给卢卡·皮提。卢卡·皮提有点疑惑地看着纸笔，罗伦佐双手合十放在桌面上说：“那些跟你一起为了共和国的未来策划革命的议员们，麻烦你写个清单给我吧。”卢卡·皮提皱了皱眉头，罗伦佐笑眯眯地看着他说：“我们这边也要为争取他们的支持做些准备。”说着手指做出一个“点钱”的手势。卢卡·皮提脸上又挂上了安心的笑容，拿起鹅毛笔唰唰地写起来。

女士们，先生们！罗伦佐就是这样，翻手为云覆手为雨，把他最危险的政敌一夜之间变成一条摇尾乞怜卖友求荣的走狗。

5. 寄生虫

1468年8月28日，佛罗伦萨

送走了卢卡·皮提之后，罗伦佐又在桌子前坐了一会儿。已经快二十四小时没合眼，他却一点睡意也没有。每次都是这样，当完成了一场重要的谈判，不管胜负，都会有这种无可寄托的失落感觉。谈判桌上，他会仔细观察他的对手，揣摩他们的心思，预测他们下一步的行动，再考虑对策，那种在刀锋上玩平衡走钢丝，一步错则无可挽回的刺激感觉，让他甘之如饴。他像是一个刚刚从吸毒高潮中清醒过来的瘾君子，一边回想刚才的感觉，一边又渴望新的刺激。他心里没有满足，只有焦躁。他拿起卢卡·皮提写的主谋名单，上面的名字全在意料之中。罗伦佐早就知道参与者都有谁，让卢卡·皮提自己写出来也只不过是罗伦佐享受玩弄自己猎物的恶趣味而已。反正卢卡·皮提已经在棺材里，干脆让他心甘情愿地在自己的棺材板上钉钉。

就在他盯着名单发呆的时候，隔壁突然传来咚的一声响，隐约能听到呻吟。他笑了笑，把名单放下，走到隔壁小隔间的暗门，扮上一张扑克脸才开门。小隔间里还是漆黑一片，因为没有窗户不通风，两个大活人在里面闷了这半天，充满了汗味和潮气。监视小窗透出隔壁微弱的烛光，罗伦佐隐约看到杰斐洛靠在墙角，朱利亚诺跪在旁边正打算扶他。

看到罗伦佐进来，朱利亚诺扔下杰斐洛站起来，走到罗伦佐跟前，双手抱在胸前，偏着头说：“又是婚约？！你今年都订了多少次婚了！”

罗伦佐伸手弄乱朱利亚诺的头发，说：“你觉得我应该跟谁结婚？”

朱利亚诺跳着躲开罗伦佐的手，对哥哥扮了鬼脸回答：“我觉得你应该去当修士，一辈子不结婚！”

罗伦佐大笑：“上帝才不要我这样的修士！”

朱利亚诺走到门口，回头看看杰斐洛，又看看罗伦佐，罗伦佐朝他歪了一下头。朱利亚诺回头对着杰斐洛扮了个鬼脸，就跑出去了。

兄弟之间的亲密气氛一下子就消失了，取而代之的是冷冰冰的沉默。

“精彩的表演。”杰斐洛有气无力地说。

罗伦佐做了一个很夸张的鞠躬谢幕动作，微笑了一下说：“娱乐大众是我的天赋。”说罢，走过来，在杰斐洛身前的条凳上坐下，两只手肘支在膝盖上，弯腰看着杰斐洛。

“你还要送我去地下室？”

“我还在考虑这个问题。”

杰斐洛抬头看着罗伦佐，隔壁的烛光透过小窗洒在他脸上，硬朗的眉骨在眼睛上投下深深的阴影。杰斐洛突然间意识到自从自己进了美帝奇宫就一直从下往上仰视罗伦佐，让他觉得有点别扭，就环顾左右，发现周围漆黑一片也没啥看头，就又只能回过头来再迎上罗伦佐直刺人心的尖锐目光。

“你要借多少钱？开什么店？”罗伦佐没头没脑地问了一句。

“大概五千金杜卡吧。要开丝绸店。”杰斐洛把自己再撑起来一点，勉强能跟罗伦佐平等对视。

罗伦佐注意到杰斐洛一直使用威尼斯铸造的金币杜卡作为货币单位，对他的背景有了个大致的概念。明天给佛罗伦萨驻威尼斯大使写信，让他去调查一下这家伙的底细。

“你又不属于丝绸行会。”

“你怎么知道我不是会员？”

罗伦佐不耐烦地咂了一下嘴唇。

杰斐洛咕哝了一声没说话。今天下午在紧张安排晚上卢卡·皮提的好戏之余居然还不忘了到丝绸行会查我的底细，他暗想。不由得佩服这个人的心思缜密。

“不是会员就不能开店？”杰斐洛问，在威尼斯就没有这些问题，想开店就开了。其实威尼斯也有行会的问题，只不过杰斐洛在威尼斯的资助者都在后台帮他搞好。大少爷自己完全不知道在意大利城邦独立做生意，尤其是大行会旗下的店面买卖，到底需要申请多少种许可、走多少渠道、递出去多少钱包、需要多少初始资金。

罗伦佐盯着他看了一会儿，心想这家伙到底是从哪块石头下面爬出来的，看着人模狗样很干练的样子，怎么这么基本的商业问题都不明白，还要自己开店？最后说：“如果你愿意作为美帝奇家族旗下的产业，就可以使用家族的会员资格。”

轮到杰斐洛皱眉头，“作为美帝奇产业，有什么要求？”

“你的财务和账目向家族公开，由家族的会计师统一管理，进货渠道完全由家族控制，净收入抽五成。”罗伦佐不假思索地回答。

“太苛刻了！”杰斐洛抗议。

“我看在你的救命之恩上还给你打折了呢，普通的抽成是三七开。”罗伦佐笑眯眯地看着杰斐洛，刻意加上一句，“我七你三。”

“要不，你也可以去丝绸行会申请会员，”罗伦佐不在乎地耸耸肩，“想要可以独立开店的会员资格，五千弗洛伦可不够。”

杰斐洛想了想，说：“账目给你管可以，但是进货和加工要我来控制。”

罗伦佐摇了摇头，“不可能。丝绸行会和羊毛行会都不会答应的。不能为你一个外乡人开了先例。不过，如果你是从威尼斯进货加工，搞不好你的供货商和洗染工匠已经跟我们有了商业往来。只要把购买方从你变成美帝奇家族就可以了。”

杰斐洛叹了口气，原来在这等着我呢。这是要我告诉他我在威尼斯的背景和关系。杰斐洛折腾了这么一天，腿上又被戳了窟窿，现在坐在硬邦邦的地板上实在是非常不舒服。他不知道为什么罗伦佐跟他一样也是折腾一天，也受了伤，从早上到现在，一刻不休居然还能精力旺盛两眼放光，非得在闷热的小黑屋里坐在条凳上跟自己谈这个。

罗伦佐好像看出来杰斐洛已经无心再谈，直起身来说：“你好好考虑一下吧。等我把议会那边安排停当，可以找诺里过来一起谈细节。不过，你也要考虑清楚。你现在是我的客人，母亲大人今天给你的许诺我绝对不会食言，把这里当成你的家，想住多久住多久。你的所有要求，我都会尽量满足。”

说到这，罗伦佐站起来，搞得杰斐洛不得不仰起头看他。罗伦佐也不急着拉他起来，背着手站在那里，继续说：“不过，如果你要是想成为美帝奇家族旗下的产业，那你就是我的雇员。咱们亲兄弟明算账，一码算一码。”

回想自己狼狈离开米兰的时候，菲利普曾冷笑着跟他说：“你以为你自己真的能行？没了我们，你不过是一个被惯坏的纨绔子弟！”现在仰头看着罗伦佐一副爱来不来的样子，突然觉得有点凄凉。一股心气儿拱上来，把脸别到一边冷冷地说：“别把我跟你身边那帮人混为一谈！我不会给你当店掌柜！”

罗伦佐心里觉得好笑，但是又觉得这么扯破脸，就根本没机会搞清楚他的背景。于是弯腰伸手按在杰斐洛的肩膀上，哄小孩一样地说：

“你就不要乱闹脾气了。朱利亚诺看到了也要笑话你。这是佛罗伦萨，谁都有求于谁，大家都是互相利用。你就算是独立入了丝绸行会，也是给人打工，搞不好一开始还是学徒工，想当店掌柜人家还不让你当呢。不如给我当店掌柜。”

杰斐洛被人当作小孩子对待，反而变本加厉地把肩膀甩到一边，赌气地说：“你怎么知道我没钱去申请一个可以开店的会员资格？”

罗伦佐站直身体，长叹了一口气，他这一天从早上到现在一直不得闲，耐心也快到头了。

“因为就算你是法国国王的私生子，有教皇的金库做后盾，但你没有佛罗伦萨大家族的支持也无法以独立会员的身份进入丝绸行会！你以为佛罗伦萨的高级行会是随便谁都能进的吗？独立会员除了享受各种垄断资格之外，几乎全都会在议会任职。佛罗伦萨行会不仅仅是一个商业组织，也是一个政治力量。为什么我要这么晚站在这种漆黑闷热的地方给你讲佛罗伦萨政界启蒙课？！你丫马上给我爬起来，要不然我把你锁在这里！”罗伦佐越说越快，声调越来越高，到最后终于挂上脏字，斥责起来。

杰斐洛像小孩子闹觉一样，偷偷回头看着罗伦佐，然后垂头丧气挣扎着站起来。罗伦佐不耐烦地走过去一把抓住他的肩膀，生硬地把他拽起来。杰斐洛借力站了起来，疼得直咧嘴，靠在墙上喘气。罗伦佐皱着眉头看了他一眼说：“哪有那么严重啊。”杰斐洛没好气地说：“我这可是为了你才让十字弓戳了窟窿！”

罗伦佐拉过他的手臂架在自己肩膀上说：“今天晚上请你看戏算是还清了。”

“还清个屁！你老妈今天还跟我说，美帝奇家族对我的救命之恩没齿难忘！”

“少他妈跟我胡扯！把我老娘扯进来，等我打断你的狗腿！”

“我这条狗腿上已经有了窟窿，不怕你打！”

杰斐洛一瘸一拐被罗伦佐搀扶着回到自己的房间。躺在床上，看着渐渐变白的天空，清晨清新的空气吹进来。他感到一阵寒气，拉了拉被子。鸟儿也都起来了，叽叽喳喳地唱着。杰斐洛闭上眼睛，很快就迷迷糊糊地进入了梦乡。

隐约中好像又看到菲利普恶毒的笑脸和他刻薄的声音：你就是一个寄生虫，你永远都要寄生在有权有势的贵人身上，靠他们的怜悯和施舍为生。

6. 首席公民

1468 年初秋，佛罗伦萨

为了哥哥当上执法官，为了女儿嫁给美帝奇，卢卡·皮提果真不负重任尽心竭力地给自己挖了个大坑。他第二天就跑到各位跟他合作的贵族家中，表明美帝奇家族已经决定放权并会转过头来支持山地派贵族们的任何要求。

“我们当初的确说要推翻美帝奇家族，”卢卡·皮提大概是这么说的，“但是他们毕竟在议会和市民中都还是很有影响力的，不如让他们自愿加入我们的阵营，这才是真正的民主啊。如果我们暗地里搞鬼把美帝奇家族搞下台，那跟暴君有什么不同。”

这话说的，好像他几天前就没有想要暗地里玩个时间差，操纵议会把美帝奇家族挤出权力中心似的。虽然他的同谋们对这种一百八十度的大转弯有点惊讶，但是也都决定暂时看看情况再说。

就在山地派的贵族们犹豫观望的时候，美帝奇可没闲着。罗伦佐天天在议会里游说“议会改革”，卢卡·皮提也在一旁附和。不明就里的旁观者可能真的以为罗伦佐和卢卡·皮提一唱一和形成了统一战线。明眼的山地派贵族却慢慢意识到这场所谓的政变还没开始恐怕就要胎死腹中，笑到最后的人到底是谁已经差不多水落石出。不少聪明人决定趁事情还没最后明朗赶紧向胜利者表忠心。于是，不断有看上去满脸焦虑的官员富商鬼鬼祟祟地从侧门进入美帝奇宫请求面见族长皮耶罗。族长大人仍旧是称病不见客，搞得这一大票人最终就只能坐在卢卡·皮提曾经如坐针毡的圈椅里，向罗伦佐唯唯诺诺地表示自己其实对美帝奇家族一直都是忠心耿耿：

“我跟皮耶罗是老朋友了，”山地派的阿奇亚乌里低着头对罗伦佐说，“我们被卢卡·皮提蛊惑，我们心中其实都是为了共和国的前途而担忧，罗伦佐大人，你一定要体谅我的心。”

如果说阿奇亚乌里还扯扯理想主义，诺瑞利两兄弟就连这点颜面也不要了，当即就要跪下来乞求美帝奇家族的原谅，挖心掏肺地向美帝奇家族表示自己愿意为了皮耶罗肝脑涂地，听任美帝奇家族调遣。

称病在家的皮耶罗紧锣密鼓地跟美帝奇亲信密谈，并撰写了一份“议会改组”的草案。方案包括设立新的“议会改革委员会”，审查现有议会法案通过流程和每个被选举议员的资格。当然，委员会成员都是美帝奇家族精挑细选的议会同僚和商业伙伴，由十九岁的罗伦佐牵头，确保议会流程的“民主”和“公正性”，杜绝少数特权阶层从背后操纵议会。罗伦佐在议会中游说的时候，会信誓旦旦地宣称：“有这样受人尊敬的一群人为佛罗伦萨兢兢业业保驾护航，谁也不用担心共和国的未来了。”不知道皮耶罗密谋的时候是否也会谈到这样崇高的理想，估计大约是一提到“民主”，几个人就会在皮耶罗的办公室里忍不住窃笑。

当然这些台前幕后的好戏杰斐洛一点也没看到。

罗伦佐再也没有邀请他去办公室隔壁的暗室，也没有半夜跑到他房间里翻弄他的随身物品或者用刑讯室吓唬他。事实上，杰斐洛除了晚饭之外，很少见到罗伦佐。就算是在餐桌上，罗伦佐也基本无视他的存在，要么询问朱利亚诺的学业，要么快速地跟皮耶罗讨论议会的问题，或者跟诺里商谈美帝奇银行的各种生意进展。杰斐洛也乐得借此机会近距离地观察罗伦佐和美帝奇家族的人。罗伦佐和皮耶罗父子俩的默契简直是无与伦比，他们俩的谈话通常更多的是靠手势、口气甚至是眼神，罗伦佐可能说一个名字或者一件事情，皮耶罗回复另外一个名字或者另外一件事情，两个人眼神交换一下点点头或者摇摇头，然后就迅速转换话题。罗伦佐在领主宫一天的商谈进展，可能在晚餐上几句话之内就给皮耶罗交代得清清楚楚。当然也并不是说两个人都有读脑术，皮耶罗很可能早就通过往来于领主宫和美帝奇宫的信使们在第一时间就获得各种信息，晚餐的讨论不过是把白天已经知道的情况再最后碰一下头而已。

诺里偶尔也会过来吃饭，罗伦佐跟他之间的交流就吃力一些。诺里会一笔一笔地把他觉得罗伦佐应该关注的买卖都讲清楚，罗伦佐有时候会不耐烦地打断他，并说出自己的决策。碰到某些比较重大的问题，他会回头看一下皮耶罗，然后两个人默不作声地对一下眼光，罗伦佐就会继续快速地说下去。

在跟美帝奇家人一起共进晚餐之后，两个仆人会护送杰斐洛回到二楼的客房，医生会照例来查看他腿上伤口的情况。仆人在服侍他躺下之后，关上门之前肯定要说："如果有什么需要，请尽管开口，我就在门外。"明白告诉他，外面有人守着，半夜不要到处乱跑。

至于说美帝奇家族的其他成员，除了第一天见到的美帝奇夫人、罗伦佐和少年朱利亚诺之外，杰斐洛在住进美帝奇宫第二天就去拜见了美帝奇家的族长皮耶罗。

皮耶罗虽然在 1468 年的时候才五十二岁，但看上去起码比实际年龄衰老十岁。他头发花白，额骨和颧骨都很突出，眉心有刀刻一样深深的川字纹，两腮深陷让颧骨显得更加突兀。方正饱满的下腭跟罗伦佐和朱利亚诺一样有点地包天。嘴唇很薄，紧紧地抿在一起，给人一种坚韧而刚毅的感觉。皮耶罗年轻的时候应该比罗伦佐更帅气吧，但现在因为被痛风折磨得食不下咽，已经瘦得一把骨头。怪不得族长大人很少出席公众活动，这样的形象很容易让人觉得美帝奇家族跟皮耶罗一样已经是风烛残年。受人爱戴的老族长考斯莫已经过世，本来就没什么存在感的皮耶罗这么病恹恹的样子，也就只剩下不到二十岁的罗伦佐像好斗的小公鸡一样奓起毛来充门面了。

皮耶罗那天正好痛风有所好转，所以能够在自己的办公室里接见杰斐洛。朱利亚诺说得对，皮耶罗的办公室整理得井井有条一丝不苟。因为痛风的缘故，上下楼比较困难，所以皮耶罗的卧室和办公室都在一楼。办公室比罗伦佐的要大一些，除了办公桌和两侧的通顶书架之外，靠墙还有一个秘书使用的小桌子，书籍和卷宗都很整齐地分门别类放在书架上。皮耶罗和秘书的小桌上纸张规整地分成一摞一摞。地上很干净，完全不像罗伦佐办公室里书籍地图到处乱堆，没处下脚的感觉。一进门的会客区域也比罗伦佐的办公室看上去更正规华丽，厚厚的波斯地毯上摆着看上去就很舒适的沙发，茶几上有大盆鲜花和葡萄酒。办公室面对中庭，落地门开着，能闻到泉水和草叶的香味，偶尔还会有鸟雀叽叽喳喳在屋子里绕个圈又飞出去。

杰斐洛拄着拐杖刚要行礼，皮耶罗马上挥手让他不要拘礼，并请他入座。他很和蔼地询问了杰斐洛腿上的伤口，感谢他出手救了自己的儿子。

“杰斐洛这个名字，”他转头看看在秘书桌子旁边翻阅卷宗的罗伦佐，“总归不太好吧？”

罗伦佐好像背后长眼一样回过头来，满不在乎地说：“他自己不愿意说真名。”

皮耶罗盯着罗伦佐看了一会儿，父子俩交换了一下眼神，皮耶罗转过头，脸上又挂上和蔼的笑容跟杰斐洛说：“请一定把这里当成自己的家。”

杰斐洛觉得这句话简直是比冬日的寒风还更加空洞无物。

虽然腿上伤口还没有痊愈，但杰斐洛根本没心情在床上躺着。不顾自己一瘸一拐的样子，在美帝奇宫兴奋地走来走去。他门口总有一个仆人轮值，不管他去哪里，都会不紧不慢地跟在五步以外，他并不觉得厌烦，但也很明确地意识到无论何时自己都被严密监视，最好不要轻举妄动。虽然会有仆人跟随，罗伦佐好像并不特别限制杰斐洛在美帝奇宫内的活动范围。除了官邸前面的办公待客区域以及女眷们的闺房他不能进之外，他可以到处参观，就算碰到在收拾打扫的仆人，也一般默默地对他行个礼，然后继续工作。于是杰斐洛白天在美帝奇宫走廊里欣赏美帝奇家族世代收藏的名画珍品，或者到图书馆里翻阅各种古籍，或者在中庭的喷泉边晒太阳。相比美帝奇宫外佛罗伦萨整个的紧张气氛，杰斐洛反而悠闲自在。

在这期间，他偶尔会在走廊里碰到皮耶罗或者罗伦佐，两人一般都被一群秘书谋士包围，急匆匆地走过，皮耶罗看到他还会点点头，罗伦佐根本就无视他的存在，大步流星地冲过去，搞得周围的人都一路小跑跟着他。他在中庭碰到过几次美帝奇夫人，也只是点头问候，再没有第一天吻他额头的那种温情。

这几天下来，唯一跟他有所交流的居然是少年朱利亚诺。

8月最后一天下午，杰斐洛决定天气这么好，应该去中庭坐一坐，就从图书馆里随手挑了一本拉丁文的诗选，走到喷泉旁边，听着水声，不禁停下脚步，转头欣赏多纳泰罗的青铜大卫像。他在米兰的时候就听说过多纳泰罗这尊惊世骇俗的青铜像。它不但是古希腊以来第一尊真人大小独立无支撑的青铜像，而且跟之前的各种大卫像，甚至多纳泰罗自己的早期作品都不一样，这位少年大卫是全裸出现，全身上下除了帽子和靴子，一丝不挂。

杰斐洛仰头看着站在基座上的少年大卫，神气活现扬扬自得的少年，左手叉着腰，右手拿着宝剑，脚下踩着巨人哥利亚被砍下来的脑袋。想到多纳泰罗当年在美帝奇族长考斯莫的资助下，创作了这尊雕像，肯定是轰动全城的创举。多少街头巷尾的窃窃私语会说到那个富商美帝奇家，居然在中庭里摆了一尊道德败坏的裸体铜像啊，但同时又都很想去看个究竟。这样的一尊开创性的杰作，现在就这么若无其事地站在他面前，任凭鸟儿落在肩上、树叶掉在脚边，一副恬静安然的样子。

他正想在喷泉旁边坐下来继续欣赏大卫铜像，却发现大理石条凳上早已有了一个人。少年朱利亚诺静静地躺在条凳上，一本书倒扣着压在胸前，右臂枕在脑后，左手垂进喷泉的水池中，一条腿曲起来，脚放在长凳上，另外一只脚大剌剌地随便垂在地面。不知道是在闭目养神还是真的睡着了。少年朱利亚诺这天没有穿短外套，只是一件棉布衬衫，外面套了一个织锦缎的小马甲，下面是棕色红色双色裤袜，脚下一双便鞋。袖口松松地耷拉着，露出纯净橄榄色的皮肤，黑色的头发随便散落在大理石条凳上，和马甲上的刺绣一起在阳光下鱼鳞一样泛着金光。

佛罗伦萨的金色少年，水边的纳西索斯，今天也这么无忧无虑。杰斐洛并不想惊扰了这位小少爷，于是悄悄地转身打算离开。

刚刚转身却听到少年朱利亚诺懒洋洋的叫声："杰斐洛。"

杰斐洛转过身来，发现朱利亚诺仍旧躺在条凳上没变姿势，只是头转向他这边来，眼色迷离地看着他。

"我手臂发麻，过来给我当枕头。"

杰斐洛对于这种近乎于撒娇的要求有点惊讶，但是又实在想不出什么方法拒绝，于是只能走过去，坐在条凳上，任凭朱利亚诺调整姿势一头压在他腿上的伤口。杰斐洛嘴唇抽动了一下，腿也抖了抖。如果朱利亚诺有所感觉，他也没什么反应，仍旧是大模大样闭着眼睛。

“我听哥哥说，你从很远的地方来？波斯？印度？马可·波罗故事里面讲的中国？”

杰斐洛笑了，原本以为是罗伦佐派他过来刺探，看来的确仅仅是小少爷百无聊赖地在撒娇而已。于是故作神秘地说：“大致是那个方向。”

“到底是哪儿嘛！你一定要告诉我！”

杰斐洛看着躺在自己大腿上的少年，突然想起自己也曾经这么躺在乳母的腿上缠着她讲故事。当时乳母给他讲了什么故事来的……杰斐洛清清嗓子，讲了起来：

“尊贵的王子，我的确是从东方古国而来，一路旅行到佛罗伦萨。在这一路上，我见过很多地方，遇到过很多人，也听过很多故事，其中有一个故事，真的是非常有趣。很久很久以前，在离这里很远很远的地方，有一位国王名叫山鲁亚尔，他是一位很贤明的国王，统治东方大片的地区，他的人民都很爱戴他。但是山鲁亚尔国王的王后跟别人有染，而且非常淫乱，所以他一气之下就把王后处死了。但就算杀掉了自己的王后，山鲁亚尔仍旧认为全世界所有的女人最终都会背叛他。所以他决定每夜娶一位处女，共度良宵之后，第二天早上就处死她。他吩咐宰相维奇尔每夜都给他找一个处女，直到有一天，全国都没有适龄的女孩子了。维奇尔非常害怕，因为如果他交不出处女，自己也会被处死。宰相回到家里，唉声叹气地准备后事。”

杰斐洛低下头，发现少年朱利亚诺已经不再假装懒洋洋地闭目养神，而是目不转睛地盯着他。见到杰斐洛停下来低头看自己，急切地问：“然后呢？”

“然后，维奇尔的女儿山鲁佐德是一个很漂亮也很聪明的女人，她博览群书学识非常渊博。冰雪聪明的山鲁佐德看到父亲神伤，马上就猜到了大概是因为国王要找处女结婚的事情。她想了想，决定自告奋勇嫁给国王，希望能借一己之力，拯救国家的其他女孩子。宰相想要劝阻自己的女儿去送死，但是山鲁佐德回答父亲说她自有办法脱险。于是，宰相就把山鲁佐德送到宫中。国王跟山鲁佐德举行了盛大的婚礼，到了晚上，国王看山鲁佐德神色不安，便问她有什么心事。山鲁佐德说：‘尊贵的陛下，我有一个妹妹，我知道明天早上我就不在人世，求陛下开恩让我们姐妹最后再见一面。’国王看到山鲁佐德楚楚可怜的样子，就把她的妹妹也召进宫来。姐妹见面之后，格外开心，拉着手一起坐在卧榻上说笑。妹妹跟山鲁佐德说：‘我最喜欢听姐姐讲故事了，你就给我们讲一个故事吧。’山鲁佐德回头看了看国王说：‘如果国王允许，我当然是很乐意的。’”

这时候，朱利亚诺早就坐起身来，一只脚放在石凳上，书本合起来放在一边，双臂围着膝盖，歪着头专心致志地听故事。杰斐洛深吸一口气，说：“从前有一个渔夫，他每天只撒三次网……”

杰斐洛怎么也想不到，自己年幼时候乳母讲给他听的传说，现在居然又由他讲给美帝奇家族的二少爷。这些充满苏丹、真主和魔瓶精灵的异教故事，就这么在天主教教廷的地界，讲给美帝奇家族娇生惯养将来搞不好会当上大主教的二少爷。真可谓世事难料。虽然乳母讲了很多，但是杰斐洛只隐约记得几个故事，他怎么样也无法像聪明博学的山鲁佐德那样坚持一千零一夜吧。

他突然意识到，自己现在的境况居然跟山鲁佐德异常相似，他也是自告奋勇跑到当权者身边，自己也有隐含的目的。当初山鲁佐德进宫是为了拯救全国的少女，杰斐洛的目的却远没有那么高尚纯洁。他能不能在罗伦佐手里活下来，其实大致也要看他能不能给罗伦佐讲述亦真亦假的故事，但最后，罗伦佐终归不可能像故事里的国王，被自己的故事感动吧。终归会有那么一个清晨，罗伦佐会看清他的本质，让他人头落地。

小朋友就是这样，很容易被一些有的没有的伟大目标而感动，然后就陷入见花流泪见月伤心、为赋新词强说愁的境地，幻想自己悲壮的结局。但是事实往往一点都不伟大，一点都不悲壮，大多人最终是因为一点点小事就无端丧命的。

但是，十八岁的杰斐洛可不这么想。他出身高贵的血统，这一辈子是注定要伟大，注定要悲壮的。他幻想着刻骨铭心的背叛和辉煌的死刑，嘴上就慢了下来。少年朱利亚诺皱着眉头推了推他的肩膀说：“然后呢？然后呢？然后渔夫跟魔鬼怎么说？”

杰斐洛回过神来，对少年眨眼一笑说：“讲到这里，就已经天亮了。国王在这个时候，照例要处死自己的新婚妻子。但是，他跟尊贵的王子你一样，急于知道后来的故事，于是没有杀死山鲁佐德，而是想等她讲完这个故事再杀她也不迟。尊贵的王子，天色已晚，我们这个故事的后来明天再讲了。就当这是我们的小秘密，如果你告诉别人，可就听不到下文了。”

杰斐洛可不想还没开始兴风作浪，就先被当成异教徒处死。

少年朱利亚诺大笑着跳起来，头发在午后斜射的阳光下闪着金光。他左手叉在腰上，右手握着一把假想的宝剑，划过杰斐洛的眼前，做了一个砍头的动作，低头跟杰斐洛说：“讲得不好就是死刑哦！”那扬扬自得的神气样子，跟他身后的大卫铜像如出一辙。

这种百无聊赖的情况持续到9月2日早上，杰斐洛还在睡梦之中就被仆人叫醒，不由分说地帮他洗漱更衣，等他明白过来，已经站在镜子面前，看着仆人在身边忙来忙去，自己不知道什么时候已经穿上了一件深棕色织锦短上衣，前胸绣着美帝奇族徽，金色盾牌上有五个红球和一个缀有法兰西百合的蓝球，下身穿着灰鼠色的裤袜，脚蹬黑色软皮靴，仆人们正在帮他系鞋带。他上下看了看镜中的自己，问仆人：“今天有什么安排？”

“罗伦佐少爷要求你在9点的时候在前庭等他。其他的我们做下人的也不太清楚。”

杰斐洛皱了皱眉，转头跟帮自己整理后摆的女仆说：“在靠窗的木箱里应该有几条蓝色丝绸，给我拿那条蓝底绣金花的。”

女仆有点抱歉地笑了笑说：“罗伦佐少爷额外嘱咐了，只能穿他安排的衣服，不能有额外的装饰，他说，如果大人问起来，就回答，今天不是你出头的场合。”

杰斐洛一股傲气拱上来，有点气鼓鼓地瞪了女仆一眼。姑娘也知道这句话说得硬，字正腔圆地复述完，就马上低下头。杰斐洛看到对方低眉顺眼的样子，无声无息地把火头压下去。正所谓在人屋檐下，不得不低头。不知道今天罗伦佐又要请自己看什么好戏。

被仆人们收拾停当之后，他一瘸一拐地下楼。腿上的伤口虽然已经渐渐愈合，不需要拄拐杖，但走起路来仍旧有点跛，上下楼尤其困难。到了前庭，发现罗伦佐已经站在那里，没有穿普通的长袍，而是穿着一身漂亮的盔甲。盔甲的设计明显是以美观为优先实用为其次，并不显得很臃肿，反而让他看上去更高大，肩膀更宽。胸甲上雕刻着美帝奇家族族徽。他一边跟诺里说话，一边让仆人们做最后的调整。看到杰斐洛从楼上跛着脚慢慢往下走，皱着眉头说：“别磨蹭了！”

杰斐洛没理他，仍旧自顾自地慢慢下楼，走到罗伦佐跟前才说：“今天是什么节日啊？”

罗伦佐抬起头，让仆人们帮他整好领子，斜眼看着杰斐洛说：“也可以算是‘民主节’吧。”说完之后，自己忍不住笑了起来，连忠厚的诺里也微笑着摇了摇头。

罗伦佐摆手让仆人们退下，在镜子里又看了看，朝大门走过去。诺里和杰斐洛慌忙跟上去。马童在门口已经准备好三匹骏马，罗伦佐心爱的坐骑柏加索斯不耐烦地跺着脚。三个人先后翻身上马，杰斐洛渐渐习惯罗伦佐这种行事风格，很多事情只有他一个人能够纵观全局，其他人不过是他的棋子，自然只能看到周围的情况。他也不再继续追问今天的安排，只是默默地跟着随机应变。

接近大门，杰斐洛开始隐约听到门外的喧哗，好像很多人在欢呼呐喊。越走近大门就听得越清楚。美帝奇宫正门缓缓打开，欢呼声夹杂着花瓣像潮水一样涌进来。

“美帝奇！美帝奇！”

罗伦佐在马背上挺了挺身，缰绳抖了一下，就慢慢地走出美帝奇宫的大门。

就算是经历过大场面的杰斐洛也被这阵势吓了一跳。街道两边站满了士兵组成的人墙维持秩序，他们全都穿着美帝奇家族卫队制服和盔甲，头盔和盾牌在初秋的阳光下闪闪发光。每隔几个士兵就有一个人拿着美帝奇家族的旗帜，晨风吹过，布面相继呼啦呼啦地飘起来。围观的平民挤在士兵组成的人墙后面，向罗伦佐欢呼招手，并向他投掷鲜花和丝带，甚至有女士的手绢和扇子扔过来。罗伦佐慢慢地走在前面，面带微笑，不时左右招手。甚至在中途正好接住一朵扔过来的玫瑰，他闻了闻，把玫瑰别在马鞍前面。那架势好比将领得胜回朝，可是谁也搞不清楚罗伦佐这次是打败了什么人。

诺里默默地跟在后面，一队跟杰斐洛一样穿着棕色短外套胸前缀有美帝奇族徽的随从在大门外加入罗伦佐一行人，杰斐洛瞬间淹没在这群年轻人里，只能隔着好几个马身看到罗伦佐的斗篷和背影。随从小队后面则是两列重装骑兵，再后面是四列步兵。一行人马浩浩荡荡地跟着罗伦佐在欢呼声和飘忽的花瓣中穿过佛罗伦萨市中心，从美帝奇宫走到领主广场。

锡耶纳驻佛罗伦萨大使齐奥涅·拉维当天晚上写信给自家主子汇报道：

“卢卡·皮提在美帝奇宫举行的议员紧急会议中提出在9月2日

召开全民大会。您注意到，这个紧急会议并不是在领主宫里举行，而是在美帝奇家里举行。然后就宣布了诏令，估计是皮耶罗自己撰稿，召集了三千名士兵进驻佛罗伦萨，我从来没见过佛罗伦萨市区里聚集了这么多士兵。官方的说辞是鉴于8月底发生的一些变动，希望有军队来稳定民心，并全力推行议会改组。我上次向大人您汇报的‘革命’，现在已经变成了‘改组’。可想而知这次谁才是最后的赢家。这最后的阅兵则是美帝奇家族对山地贵族派的一次示威。什么也不如真刀实剑更有说服力的了。”

罗伦佐像凯旋的将军一样骑马来到领主宫前面的广场上，领主宫大门口早就搭起了一个简易木台，佛罗伦萨主要家族的代表、议会轮值主席“正义旗手”、执法官等等政界要人都站在木台上等着他。罗伦佐矫健地滚鞍下马，诺里、随从小队也跟着接连下马。杰斐洛随大流地跟着随从小队在台前站好，看着罗伦佐神气活现，三步并作两步地走到台上，台下顿时一片“美帝奇！美帝奇！”的欢呼声。罗伦佐得意地拿眼睛扫了全场，举手让群众们安静。等欢呼和吵闹声平静下去之后，才郑重宣布了改革提案：组成议会改革小组，授予全权审核议会现有的流程和议员的资格，全面保障佛罗伦萨议会的民主和平等，云云。还没等罗伦佐说完，杰斐洛身边的随从小分队就又开始欢呼，四散在广场周围的士兵也跟着高喊，一瞬间，整个领主广场从内到外从地面上到二楼三楼探出身子的观众都开始欢呼支持美帝奇。就好像安排好一样，领主广场四周建筑物二楼三楼的窗户里滚出缀有美帝奇家族族徽的旗帜，扑啦啦地把整个领主广场装点成美帝奇家的地盘。议会改组就这样在一片掌声和欢呼声中顺利通过，为佛罗伦萨勉强还能称得上是寡头政治的“民主议会”画上了完美的句号。

杰斐洛站在欢呼雀跃的人群中，看着台上的罗伦佐，先跟身边的议员们握过手，再向台下激动的观众们挥手，微笑的脸上掩饰不住鹰一样俯视众生的神色；围绕在罗伦佐身边的议员们一边鼓掌或崇拜或畏惧地看着他；周围此起彼伏的美帝奇族徽，身边欢呼雀跃的人群，天空飘着花瓣、丝带，一群鸽子正好这个时候飞过广场。在这个明媚的初秋上午，台下的杰斐洛和台上的罗伦佐大概同时意识到：佛罗伦萨——意大利的新雅典，迎来了美帝奇家族的时代。

美帝奇不再是普通的公民，不再是一个单纯的银行家，不再是随时可能被选下去的议员，美帝奇是 Primus inter pares（拉丁文：平等公民的首席），美帝奇是从高卢凯旋的恺撒，美帝奇是佛罗伦萨的幕后主宰，而现在美帝奇帝国十九岁的太子正在挥手享受他人生的第一次全面胜利。

7.《以赛亚书》42 章

1468 年，佛罗伦萨

当然，鲁吉 · 皮提没有当上执法官，卢卡 · 皮提的女儿也没有嫁给罗伦佐。卢卡 · 皮提那天晚上写给罗伦佐名单上的名字，一个一个被勾掉。有的被放逐，有的被逮捕，有的被刑讯，有的干脆被处死，他们的财产充公。那些还算敏感、事先逃跑的人，全部被宣判为城邦的敌人，永世不能返回佛罗伦萨。跟历史上各种“秋后算账”一样，许多被逮捕拷打的人根本就没有参与政变，仅仅是因为生意或者血缘关系就被认为是同党，也平白成了这场无妄之灾的牺牲品。

参与政变的山地派贵族中，唯一没有失去官职的就只有卢卡·皮提一个人。但是这位曾经不可一世的派系领袖，现在却只能默默地苦守在家里，连出门都不敢。议会里没有一个人认为他是美帝奇家族的同党，而他原来的那些贵族伙伴们，大半已经被逮捕或者流放，剩下那些没有受到太大牵连的贵族也觉得他是背信弃义的小人，不愿意跟他往来。

马基雅维利在他的《佛罗伦萨史》中对卢卡 · 皮提后来的境况

有这样的描述：

> 不久前，他的宅邸还是高朋满座，如今却是空空荡荡，一片凄凉；在大街上，亲戚朋友见到，不但不陪他走路，甚至连向他行个礼都不敢；这些人当中有的失去了在政府里的荣誉职位，有的被没收了财产，每个人都受到威胁；他已经开始修建的那些宏伟的邸宅已被建筑者扔下不管；过去人们给他的是好处，如今却是伤害；过去是荣誉，今天却是羞辱；因此过去送过贵重东西给他的人们当中，有许多又把东西要了回去，说当初只是借给他的；过去关于吹捧他，说他是出类拔萃的那些人，现在则说他是残酷无情，忘恩负义。
>
> ——《佛罗伦萨史》马基雅维利，商务印书馆，1982年版，李活译，第 373 页

卢卡·皮提大概这个时候会发现自己彻底被罗伦佐耍弄了，不应该像一头蠢驴一样只看到眼前的胡萝卜而不知道自己正在被引入深渊。但是，这个世界上没有后悔药可吃。可惜，卢卡·皮提 1472 年就死了。如果他能活到 1478 年，或许会指着罗伦佐大笑说：你也有今天！

佛罗伦萨就是这么一个反复无常的城市，她的子民也一样朝秦暮楚。特权阶层翻手为云覆手为雨，升斗小民就都跟着起起伏伏。但是日子要过，生意要做。失势的贵族党们很快就被遗忘，佛罗伦萨很快恢复了平常热闹繁华的样子。

罗伦佐也终于喘过一口气来可以对付这个不知所谓的外乡人了。

他在遇到杰斐洛的第二天发给驻威尼斯联络人的便函很快就收到了回音：

尊敬的大人，

我们按您说的年龄相貌和其他特征做了一些简单的调查，但并没有特别满意的结果。如果这位少年如您所说是十六或者十七岁，自称东方来，意大利文带点米兰和威尼斯的口音，并推测有些贵族血统，我猜测他或许是1453年君士坦丁堡陷落前后逃难过来的贵族后裔。当时威尼斯收留了大批难民，很多人并没有记录在案，尤其是那些并非嫡出的子女。但是，在没有任何其他线索的情况下，我们很难有针对性地进行调查。

您忠实的仆人，

马尔蒂诺

这也是意料之中的。罗伦佐放下便函，踱步到落地窗前，看着窗外阴郁的秋景。进入9月之后，佛罗伦萨一改夏天明媚灿烂的晴天，开始接连下起秋雨。铁灰色的天空下，圣母百花主教堂的红色拱顶也失去了亮红色的色泽。中庭里的草木在雨中垂头丧气地轻轻摇动，树叶还没来得及泛黄就被打落，地面上净是落叶和泥水，看上去一派萧瑟的景象。他突然打了个寒战，转身从椅背上拿起织锦长袍裹在身上。

最大的可能性当然是某个小贵族或者小商人家里自作聪明的私生子，因为某些机缘得到卢卡·皮提要雇人行刺的消息，守株待兔居然就撞上好运，然后再假扮神秘人物试图接近他。作为美帝奇家的长子，这样的人他见得太多了。那些有求于他的人，为了吸引他的注意力而刻意营造的氛围，设计的“偶遇”，这种雕虫小技实在是屡见不鲜。但是正因为他见过太多故作姿态哗众取宠的人，反而觉得杰斐洛跟那些家伙又的确有所不同。

杰斐洛面对自己有一种少见的不卑不亢的态度。自己一时兴起给他起了个宠物狗的名字，本想等他忍受不了报出自己的真名实姓。没想到却被他毫无顾虑地当作名字来使用。罗伦佐这几天里刻意把他要得不知东南西北，甚至偶尔会吓唬他一下，杰斐洛虽然也有紧张出汗、攥拳咽口水的时候，但总能及时掩饰自己的情绪，多少有点跟他年龄不符，宠辱不惊的城府。他记录账本使用的密码，一把奇特的金色弯刀给他要得那么漂亮，随身携带的那些贵重宝石和随手把玩的怪异小玩意儿，都说明他不是普通人家出身。而仆人们也跟他汇报说杰斐洛一看就知道是很习惯于被人伺候的大少爷，自然而然心安理得地让人服侍，完全没有半点窘迫。

与此同时，他身上又充满了各种矛盾点。看上去好像是见过大世面的人，却不了解最基本的商业运作。不了解商业运作，却要一门心思开店，随手拿出来戴着玩的宝石装饰品明明都很值钱，结果开店却要借债。好像是很了解佛罗伦萨的政治场，出去调查一下却发现根本没人听说过他。看行李就知道应该是一个四处流浪的人，却没有普通旅行者风尘仆仆不修边幅的态度，对自己的外表精雕细刻，半点不含糊，仆人们会跟他抱怨服侍杰斐洛少爷穿衣服，蓝色丝绸腰带的皱褶都要一丝不苟地调整到完美。说可能是个间谍，派到美帝奇宫来刺探情报，但是谁见过这种一门心思要在人群中像只孔雀一样显眼，走在街上恨不得大家都看自己的间谍！奥尼桑提酒店的人只是说一个月前有一堆行李运过来，他们正不知道怎么办才好，杰斐洛大摇大摆地用“乔瓦尼”这种满地都是的普通名字登记，一口气付清了三个月租金，结果只是见他早出晚归，白天也不知道在哪里游荡。

不，不。罗伦佐越想越懊恼，又拿起便函，把它揉成一个小球，扔进垃圾桶中。这个外乡少年，怎么想都不符合罗伦佐给人定位的所有预设条件和标准。

罗伦佐从十二岁就开始代表父亲和美帝奇家族执行各种外交任务，别家的少爷还在跟着自己的家教念拉丁文的《圣经》，罗伦佐就已经走遍了意大利甚至欧洲各大城市，跟比自己年长好几倍的人斗法。当然，一开始大部分人都当他是个小孩子，只不过是派来充充门面。罗伦佐也不作声，默默观察这些在欧洲举足轻重的大人物，他们的言谈举止、一颦一笑，都被罗伦佐看在眼里，记在心里。这样的经历，加上他天生的洞察力，让他能够迅速对人做出评估。有时候甚至都不是他刻意要去观察，而是信息就这么自然而然地被他记录在脑海中，迅速分析之后，获得结论。当然，他也没有特异功能，不能直指人心，对方具体背景历史动机目标，他如果不做调查也不会平白就知道。但是，不管是谁，罗伦佐在初见几次之后都能拿捏个八九不离十。

而杰斐洛，罗伦佐把他软禁在家里，从旁观察，又派人去做背景调查，设下各种测试，像小白鼠跑迷宫一样把他折腾个够，居然过了好几个星期也还是不知道他到底是什么来头。

罗伦佐皱了皱眉，程序性地开始思考：最坏会怎么样？

最坏的可能性当然是杰斐洛也是个刺客，等待机会要对罗伦佐和皮耶罗不利。罗伦佐笑了笑，这种可能性微乎其微，几乎可以不计。他深吸一口气，决定不管这家伙是何方神圣，自己都有办法应对。

想好之后，罗伦佐吩咐信使发短笺给诺里，让他今天下午到美帝奇宫来一下。既然杰斐洛要开店，那就看他要怎么开吧。

罗伦佐的办公室貌似比杰斐洛上次进来更乱了。办公桌、靠背椅和两大排书架还是老样子，但是一进门的地方也跟皮耶罗的办公室一样，摆了一圈沙发和茶几。看来罗伦佐也终于开始在这个办公室里接见客人了。挤在罗伦佐书桌边上的是一张秘书的小桌，新来的小文员腓力坡正在埋头紧张地抄写口述笔录。因为多了家具，办公室就显得更加拥挤杂乱，纸张卷宗到处乱堆，地上都是稿纸也不知道哪些是记录，哪些是废纸。因为天气渐冷，所以落地窗都关得紧紧的。早上开始下的雨到现在已经停了，但是外面仍旧是铁灰色的天空，偶尔有乌鸦飞过。

杰斐洛坐在罗伦佐办公室里新增的小沙发里，一只脚支在茶几上，手里玩弄着装了半杯葡萄酒的酒杯。诺里坐在他旁边，把账本和卷宗在茶几上摊开，很不舒服地弯着腰算账。

“总得给他雇个经理。”罗伦佐一边看卷宗一边有一搭没一搭地跟诺里说，“安托尼在克洛斯可那边不是老觉得屈才吗，让他到这边来主事。”

“又是一笔费用，”诺里嘟囔着并在账本上又画下一笔，“店员和小工也要算进去。”

说到这，他抬头看了一眼杰斐洛，说：“虽然经理会帮你照看店铺，你没必要天天坐堂，但是，作为投资方，我们还是希望你能多少关注一下你自己的店。”

就连老实的诺里都明白开店完全就是做样子，估计心里是不满为什么罗伦佐要跟这种明显不懂做生意的人合作，这种投资不就跟打水漂一样，有去无回嘛。

罗伦佐好像听见诺里的想法，从卷宗里抬起头来，对他说：“如果你这么不放心，就走抵押贷款那条路。这家伙有的是珠宝，全押给我们。他那柄金色弯刀和一对匕首，看看能熔出多少金条。”

杰斐洛皱着眉头瞪了罗伦佐一眼，罗伦佐笑了笑，低下头继续看文档。诺里来回看了看两个人，叹了口气，继续算账。

“算下来，一共一万两千五百金币。”诺里回头跟罗伦佐说，“算投资还是借款？”

罗伦佐头也不抬地说：“投资。收入三七分成。”

“喂！”杰斐洛抱怨，“你那天还跟我说五五分成，我白救你一命啊！”

罗伦佐有点不耐烦地抬头看着杰斐洛说：“你当初还说只要五千金币呢。你要是想当商业贷款也可以，百分之十的年利率，利滚利。”

杰斐洛把脚从茶几上放下来，对罗伦佐翻着白眼说：“你别开玩笑了！”

罗伦佐眉头一皱，心里一股无名火拱了上来，刚才还笑眯眯的脸马上冷了下来，手里的鹅毛笔一扔，转过身来对着杰斐洛就开骂：“开玩笑？成，咱们今儿个就打开天窗说亮话，你丫还真别跟我来劲！我早就说了，你要想做我的恩人，可以，美帝奇宫随便你住。你要想做我的客户，那就是另外一种玩儿法。明着告诉你，我他妈根本不指望你这家店能赚钱。说白了就是我罗伦佐出钱出人给你在佛罗伦萨找一个落脚之处。普通人没有抵押谁他妈借得出这么一大笔现金？美帝奇银行平白无故地给你贷款也好，投资也罢，凭什么啊？不就是因为在紧急关头你的确帮了我一把！我好歹是做生意，不是做慈善，我给你面子，不求利润，只求保本，你丫也别给我蹬鼻子上脸。”

房间里一时间安静下来，小秘书还不习惯罗伦佐的火暴脾气，吓得动都不敢动，手上抄写也停了，又不敢抬头，不知所措地僵在那里。诺里明显早就对罗伦佐翻脸如翻书的情绪变化习以为常，默默地在稿纸上继续写写算算，就当什么都没发生过一样。而一辈子养尊处优到处都是人家给他鞠躬的杰斐洛糊里糊涂没头没脑地就被痛骂了一顿，一时间愣在那里根本说不出话来。

罗伦佐一口气说完，回头跟诺里说：

“起草个合同，按投资算，杰斐洛和美帝奇家族三七分成，产权算美帝奇家族的，经理和店员我们负责安排，但是工资由杰斐洛承担。美帝奇家族年底查账。税务双方独立清算，进货渠道和所需各种许可证由我们搞定，店面选择，”罗伦佐犹豫了一下，继续说，“让安托尼去找市政厅的科伽罗，我也给他发个便函，让他把托伦大街拐角那家店面，原来是面包店的那个，你记得吧，把那家店盘下来。”

诺里低声说：“那家店地段那么好，多少人想要买，要价很高的……恐怕现在的预算下不来。”

“那就再加点钱，反正九十九拜都拜了，也不差这么一哆嗦。”

诺里眼睛翻了一圈，叹了一口气，又在稿纸上唰唰唰写了一行。

“小子，你丫也跟我撂脸子？”罗伦佐看他一副不情愿的样子，眼睛又瞪起来。诺里马上举手告饶，缩着肩膀说：“不敢，不敢。”

罗伦佐白了诺里一眼，继续说：“那家店后面还连着住宅，让这兔崽子，”转过头看了杰斐洛一眼，“赶紧搬过去。别他妈没事在我眼前闲晃惹气。”

诺里咕哝着“好，好”，手底下唰唰地在稿纸上不停闲地写。

罗伦佐用手捏了捏眉头，“还有什么没想到的？”

诺里看了看手里的文件，说：“大致差不多了，找律师来修改一下，应该就可以签字了。”

罗伦佐转过头来看着杰斐洛，一脸“没事就滚吧！”的表情。

诺里回头看了看罗伦佐，又看了看面色阴沉的杰斐洛，归整好茶几上的稿纸和账本，夹在腋下，站起来对罗伦佐行了个礼，罗伦佐不耐烦地摇摇手。诺里走到杰斐洛身边，拍拍他的肩膀，杰斐洛坐在那里一动不动，还跟罗伦佐对视。诺里看看这两个人，又回到第一次见面的时候，两只猛兽对视，只不过，其中一只在衡量自己扑过去撕碎对方喉咙的胜算有多大，而另外一只则是得意扬扬地用眼神说：有种放马过来。这一次，又是杰斐洛先打破对视。他翻了个白眼，默默地站起来，跟着诺里离开了罗伦佐的办公室。

第二天，诺里在领主宫门口把已经在大堂等候多时的安托尼介绍给杰斐洛，然后点了点头就急匆匆地进里面办事去了。安托尼是一个乐呵呵的矮胖子，非常符合杂货店老板的形象。他先是给诺里鞠躬，然后又冲着诺里已经渐渐远去的身影喊了起来："请带我向罗伦佐大人和皮耶罗大人问好！"喊完，又有点手忙脚乱地转回来给杰斐洛鞠躬，满脸堆笑絮絮叨叨地说自己"绝对不会让大人失望的！店面交给我尽管放心"之类的废话。

安托尼果然效率很高，从申请行会许可到租店面到安排进货渠道，一切安排得井井有条。杰斐洛也不干涉他，由他随便去搞。虽然最终是杰斐洛给他发工资，但是大家心里都明白安托尼的老板到底是谁。罗伦佐可能不指望这家店有什么前途，但杰斐洛心里的小算盘打得飞快，他可是要依靠这个小门脸飞黄腾达呢。

杰斐洛在 11 月盘下店面的时候，没等订购的家具送到，就迫不及待地搬出了美帝奇宫，罗伦佐不乐意看到他这个"兔崽子"在他眼前闲晃，他也受不得罗伦佐那个暴君对自己的忽视和脾气。他吩咐仆人们把自己的东西收拾好运到店面，连招呼道别都没有，就悄悄地离开了美帝奇宫。

波斯蓝洗染店坐落在托伦大街，距离美帝奇宫只有十几分钟的路。前面的店面很宽敞，不但可以摆下展柜，还能放一张小桌，几把椅子供客人休息。后面则是库房，挨着库房的是小小的仆人间，现在是一个看门打杂的小工住着。二楼则是一间敞亮的套间。外面一间小房间可以当办公室兼会客室，里面一间正方形的宽敞卧室，朝南的墙上开了三扇大窗，冬日的阳光射进来，把屋徒四壁的房间照得透亮透亮的。从美帝奇宫搬过来的行李杂七杂八地堆在地中间。杰斐洛勉强打地铺凑合了几天，直到订购的家具都陆续送到。没几天的工夫，楼下的店面还一片杂乱，杰斐洛在楼上已经把自己的小窝搞得有声有色了。

外屋的办公室很朴素，靠窗采光最好的地方放着一张简单的办公桌，烛台和木头椅子，两个书架靠墙摆着，现在还空着，一只带锁的木箱用来装重要的物品。

里面的卧室完全是另外一种风格。三面大窗前挂起来厚厚的丝绸窗帘，颜色并不统一，蓝色红色绿色杂拌在一起喧闹得好像是木偶戏的幕帘。对着窗户是壁炉，旁边是一张核桃木大床，上面是羽毛床垫，蓝色的丝质床单和被褥。厚厚的波斯地毯铺在床边。床头两侧是配套的核桃木床头柜，上面摆着精致的银烛台。床脚放着他运过来的大木箱，里面乱七八糟地堆放着杂物。屋子另外一边是雕刻精美的丝绸屏风，屏风里面则是他跑遍佛罗伦萨才买到的木澡盆。这帮野蛮的欧洲人可以十天半月不洗澡，他杰斐洛可是来自文明世界有良好卫生习惯的上等人。

于是，杰斐洛站在自己的卧房里，看着不伦不类的各色家具装饰在初冬的阳光下泛着温和的光泽，朦胧地觉得之前在威尼斯在罗马在米兰都只不过是练手，佛罗伦萨才是他真正的开始。

不管他要开始什么，钱是一切的基础，而杰斐洛这段时间捣鼓自己的小窝把身上的现金差不多都花光了。丑媳妇总要见公婆，躲也躲不过去。怎么样也该去见见佛罗伦萨的联络官了。杰斐洛一边想，一边抓起斗篷出了门。他飞快地在佛罗伦萨小巷里穿行，时不时回头看看自己有没有被跟踪。他今天穿得很普通，既没有系蓝色丝绸腰带，也没有戴各种夸张的珠宝首饰。连金色弯刀都用布包起来背在身后，两枚金色匕首插在夹克里面，外面罩着黑色的斗篷。他虽然很确定罗伦佐早就兴高采烈地投身于新一轮的议会斗争，对自己已经丧失兴趣，绝不会浪费人力物力派人全天跟踪自己，但是小心驶得万年船。他最后看了一圈，迅速拐进一条小街，在一扇毫不起眼的小门上以某种特定的节奏敲了几下。门马上就打开了，杰斐洛一侧身就消失在里面。

等他再从小门里冒出来，身上已多了一个小包裹。

杰斐洛到家之后，吩咐楼下小工在临下班之前给自己烧一大锅热水，再把壁炉烧旺。他到了佛罗伦萨四个多月之后，终于舒舒服服地泡了一个澡。两个小时水都快凉了，杰斐洛才浑身酥软地从澡盆里钻出来，随便擦了擦身体，就跌进床上一大堆枕头里面。他在床上歪了一会儿，裹着被单，盘腿坐在床头，打开白天取回来的小包裹。包裹里面有几张写满拉丁文的稿纸，他看也没看就扔在一边，一张借据他明天就去收账，还有一小包珠宝，他随手扔进床脚的大木箱里，然后就只剩下一个黑色的木匣。

他打开木匣，黑色天鹅绒衬里上端端正正地摆着一个水晶八角小瓶，里面装着深色液体。杰斐洛迫不及待把小瓶拿出来，拔出瓶塞，伸出舌头，小心翼翼地把小瓶里的深色液体滴在舌头上一滴，想了想又滴了一滴，然后闭上眼靠在身后的枕头上，像贪吃的小孩一样一口咽进去。然后心满意足地长长出了一口气。熟悉的感觉像潮水一样涌上来，暖暖地从腰间慢慢向上蔓延直到后脑，呼吸渐渐变缓，体温上升，一切都暖洋洋软绵绵，身上每一个毛孔都说不出的舒爽。他瘫在那里不知道多久才睁开眼睛，手里还攥着小瓶，蜷在身下的腿已经发麻。目光散乱地盯着天花板过了好一会儿才勉强聚焦。他艰难地坐起来，伸直发麻的双腿，再把滑到一边的木匣拿过来，在边缘摸索到一个小突起，轻轻按进去，衬里无声无息地弹出来，露出下层的密槽。杰斐洛把隔层拿出来，里面是一本《圣经》。

杰斐洛笑了笑，不得不佩服这些间谍密探们诡异的幽默感。他翻到《以赛亚书》42 章，整页都用小刀没有什么规则地挖了洞。他把刚才扔到一边的几张纸拿过来，把这一页书盖在稿纸上，开始慢慢阅读。过了好久杰斐洛才看完了所有的稿纸，闭着眼睛想了一会儿，翻身下床，刚打算站起来，却一阵头晕，又坐回到床上捯了半天气。等他缓过来，才又慢慢站起来，把《以赛亚书》的那一页纸撕下来，跟几页稿纸一起扔进壁炉的火中，他蹲在壁炉前用通条捅了半天，确定所有纸张都烧成灰烬，才走到大木箱旁边蹲下，翻来倒去地把里面的首饰宝石都拿出来，装在木匣的密槽里，再把隔板和水晶小瓶原样摆好，啪的一声盖上盒盖，跟缺了一页的《圣经》一起扔进床头柜。

做完这些，杰斐洛觉得这一天真的是非常充实，他翻身上床，一口吹熄了蜡烛，听着窗外的风声，在壁炉渐渐熄灭的余火中进入了梦乡。

8. 岁月静好，现世安稳

1469 年，佛罗伦萨

波斯蓝丝绸店在 1468 年圣诞节之前悄无声息地开张，连个庆典都没办。头天门还关着，第二天就开门营业，一切平平淡淡顺理成章。

杰斐洛想保持低调，但佛罗伦萨人可不会放过这么好的谈资。很快，街头巷尾的流言蜚语就开始提起一个神秘的外乡人在离着美帝奇宫和领主广场只有几步路的地方开了一家丝绸店。

“店主好像不是本地人，皮肤不像咱们佛罗伦萨的小伙子那么白皙。”

“我听说是东方来的阿尔巴尼亚人。”

“不对，我听说是从莫瑞雅逃难过来的贵族！不过，杰斐洛是什么名字啊。谁家爹妈发神经给自己孩子起这种宠物狗一样的名字。”

“肯定不是真名啦！你这个人脑子还真是不够用啊！这都不明白！”

安顿下来的杰斐洛也开始大肆打扮起来。他在出门的时候常常把娟秀的栗色头发向后包在蓝色丝绸头巾里，头巾上面总是看似随随便便缠了些宝石坠链，不过仔细调整过的宝石珠花恰到好处地挂在眼睛旁边，好像是特意为了证明那双犀利的蓝眼睛比最昂贵的蓝宝石还光彩夺目。他虽然紧跟佛罗伦萨三天一变的最新潮流，比如他今天就穿了件最近几天最流行的绛红色平绒蓬袖外套，上面用金线绣满了华丽的茉莉花图案。不过在追赶潮流的同时，杰斐洛却好像是挑衅一样在这些时髦的服饰上加上些东方异国风味，比如腰间像波斯人那样缠着宽宽的丝绸腰带，上面点缀着细细的金链，一对金色的匕首插在腰带里。配套的亮蓝色丝绸披风斜搭在左肩上，一角拖地，另一角松松地挎在他的右臂上。有很多人悄悄地议论着波斯店主总是斜挎在腰间的那把做工精细的金色弯刀，刀柄上镶着一块深色翡翠，不但显示出主人的财力和品位，更肆无忌惮地标明了自己来自异国他乡的事实。反正也瞒不过去，不如干脆把标签贴在脑门上，随便你们看。不过，出门之前杰斐洛总不忘把一根挂着小小十字架的细银链缠在左手腕，时不时就拣人多的时候去教堂转一圈，众目睽睽中跪下来祈祷一下。不管怎么说，佛罗伦萨毕竟还是一个天主教城邦，该做到的总要做到。

过了一阵，消息灵通的“内部人士”又开始绘声绘色地讲到这个异国人居然是得到美帝奇银行的融资，用美帝奇家族的丝绸行会资格才开了这家店。

“要不然，丝绸行会怎么能让一个不知底细的家伙在那种寸土寸金的地方开丝绸店！”

“怪不得！我上次去那家店还碰到了美帝奇兄弟！跟那个年轻店主人谈笑风生的。惊得我赶紧鞠躬。我之前只在圣母百花大教堂里才远远地见过两位大少爷咧……”

从波斯蓝买过东西的人汇报说，相对于佛罗伦萨本地或者威尼斯进口过来的丝绸或者织锦，这家店的货物质量可能的确好点，颜色图案种类多些，价格跟其他地方也差不多，但也没有什么特别出奇的地方。他店里还出售一些夫人小姐们喜欢的小首饰小玩意儿，都是些从威尼斯或者国外进口的彩色玻璃珠花和坠饰的便宜货，用买布后找的钱就可以买几个戴着玩。碰到店主人开心，更会随手送给喜欢的客人。

“环境蛮不错哦，”到了第二年夏天，富商太太们就会坐在一起喝着蜂蜜酒，兴致勃勃地跟女伴们推荐，“不像其他丝绸店，进去之后就是货架，老板店员都围着你推荐。这家店靠窗还有一个小桌子，可以坐着慢慢地喝葡萄酒，帅气的老板会一块一块地把丝绸织锦样品拿出来给你看。而且……”

太太低下头，凑过去跟女伴悄声说：“而且，这家店还有其他东西出售哦。”

没错，杰斐洛当初根本也没打算靠卖布赚钱。

东方那些让人飘飘欲仙的麻醉品；放在茶水里无色无臭的致命毒剂；据说能够咒死仇人的异教灵符；能让公子们在小姐面前百战不殆赚足面子的壮阳春药；在波斯蓝丝绸店里与暗恋情人“偶遇”甚至握手的机会；情书安全递给恋人的保证；甚至秘密会面的场地……凡此种种，不一而足。

杰斐洛这些小动作当然瞒不过罗伦佐，杰斐洛也没打算要瞒他。他有几次甚至把自己从驻佛罗伦萨联络员那里获得的信息传递给罗伦佐。有些信息罗伦佐从其他渠道验证，有些信息则是让杰斐洛抢了先机。罗伦佐迅速意识到了杰斐洛的价值，他那天出现在白马客栈果然不是撞大运。于是，罗伦佐理所当然把他当成自己的一张牌，攥在手里盘算着该怎么用。杰斐洛经手传递的信息，有一多半是进出美帝奇宫的；罗伦佐自己也经常半夜借他后面的库房会见一些秘密客人。杰斐洛还曾以“进货”为名去威尼斯和罗马给美帝奇家跑腿送信。毫无疑问，杰斐洛的神秘渠道更成了罗伦佐调查他底细的新契机。杰斐洛对这点也并不担心，他那些“秘密”，那些留在树林的面包屑，随便罗伦佐去查。

“罗伦佐，”杰斐洛有一次醉酒，发神经地跟罗伦佐挑衅说，“你不是第一个查我的人，也不会是最后一个。”

“我或许不是第一个，”坐在他对面，也醉得抬不起头的罗伦佐口齿不清地说：“但我肯定是最有钱的那个，而佛罗伦萨没有买不到的秘密。”

罗伦佐，你对你的经济后盾也太有信心了吧？

虽然罗伦佐对自己经济情况的错误估算最后的确酿成了苦果，但是在这个时候，我们不能说罗伦佐的信心完全是无中生有。按说杰斐洛也是大家族出来的少爷，外加从小旅行在外，什么奢华没见过，但是就连他也对美帝奇家族雄厚的资金叹为观止。别的不说，光是米兰公爵在美帝奇银行的贷款就有十八万金币，外加教皇的十一万金币贷款，换算过来等于美帝奇银行账面上常年有一个五亿两千万人民币的窟窿。说美帝奇银行是拆东墙补西墙，罗伦佐到底要拆多少墙才能补上这一块。

在对待金钱的问题上，罗伦佐更像是一个大手大脚的贵族世家子，而不是一个商人的孩子。他生于富贵，虽然不至于跟现实脱节到“何不食肉糜”的地步，但是对普通工薪人家到底怎么过活，也并没有特别直观的概念。画家这样的高级手艺人一年收入也不过两三百金币，对罗伦佐来说只是口袋里的零钱；普通人一辈子能攒到几千金币就能养老，他花出去眉头都不皱。对罗伦佐来说，家族财富是一个既成的事实，像阳光空气水一样，源源不断取之不竭。他在做选择的时候往往也不会把经济利益放在第一位，宁愿牺牲一点金钱获得政治影响。这样他就给人造成一种花钱大手大脚并不在意的印象。了解到这些，杰斐洛又回想当初因为开店在罗伦佐办公室里被他臭骂的情形，当时他还以为罗伦佐是吝啬不愿意出那一万两千金币，又高傲不肯承认，所以恼羞成怒地拿他出气。现在想想，那一顿脾气，纯粹是罗伦佐装出来玩弄他的，万八千金币对他来说算屁啊。他认识罗伦佐两年，仍旧不知道他那些情绪爆发是真生气还是演戏给人看以达到某种目的。

罗伦佐的私人会计诺里顺理成章地当上了美帝奇银行佛罗伦萨总行的行长。年纪轻轻就有了相当于上亿人民币的签字权。但是这对老实的诺里未必是件好事，估计他当上行长之后就再也没睡过一天安稳觉。诺里是一个非常出色的会计，账目管理得清清楚楚，而且在所有美帝奇支行和生意伙伴中间大力推行复试簿记，一下子减少了很多错账坏账。但是罗伦佐让诺里当美帝奇银行总行的行长，大半不是因为诺里的金融头脑，而是因为他在账务相关的事务上，只信得过诺里。

相对于罗伦佐跟他之间时不时就充满火药味的关系，美帝奇小弟对杰斐洛却一直很友好，这的确是让他始料未及。刚见面的时候还是个身量未足的小朋友，这两年不但个子噌噌地往上蹿，眉眼间也脱去了稚气，多了一份英气。眉骨、颧骨和下腭都长得更有棱角，直挺挺的鼻梁，原来花瓣一样精致的鼻翼现在则像是大理石雕出来的，浓密的眉毛并不像罗伦佐那么严厉地挑起来，而是微微下垂，给人一种温柔又轻浮的感觉，加上嘴角自然地向上翘，看上去不管什么时候都笑眯眯的，任何事情在他眼里都是一个只有他自己才懂的笑话。

杰斐洛从美帝奇宫搬出来没几天，朱利亚诺就过来找他，成为杰斐洛二楼小窝的第一位访客，接下来就成为了出入最频繁的常客。每次他来都是如入无人之地地走上二楼，默默地歪在床上的枕头里，或者像他们最初在花园里那次一样把头枕在杰斐洛腿上。

杰斐洛早就讲完了山鲁佐德的故事，只能搜肠刮肚地把自己在各国游历时道听途说的故事、见闻，甚至在书里看到的内容都改改人名地名统统拿出来凑数。他有时候觉得自己搞不好讲了几个朱利亚诺可能已经读过的故事，但是如果朱利亚诺注意到这类重复，也并没有表现出来。朱利亚诺有时候甚至会拿给杰斐洛一本诗集，让他随便翻开一页读给自己听。朱利亚诺在美帝奇宫或者有其他人在场的时候，总对杰斐洛保持一种不远不近的礼貌态度。但在杰斐洛的小屋里，就会显出一种小孩子一样的任性。对于朱利亚诺来说，什么都是“一定”。

“你一定要跟我去卡法基洛！”杰斐洛去了，朱利亚诺却对他仍旧是人前那种不冷不热。

“你一定要把这个戒指送给我！”杰斐洛给他了，却从来没见朱利亚诺戴过。

“你一定要来参加我的聚会！”杰斐洛没去，朱利亚诺第二天就会来杰斐洛的小屋里兴师问罪。

在对待杰斐洛的问题上，朱利亚诺跟他哥哥一样反复无常。

罗伦佐和朱利亚诺各自的聚会可以说是佛罗伦萨最高级的社交盛事，每个人都希望能够在被邀请的名单里。第一次被罗伦佐请去参加他的哲学家聚会，杰斐洛还小小地兴奋了一下。一方面觉得自己这两年的努力耕耘，总算是有点结果，自己终于也算进入了罗伦佐小圈子。另外一方面，他在米兰的时候听说过哲学家费奇诺的大名和他的新柏拉图主义。费奇诺是一个面色和蔼的小老头，穿着朴素的灰色袍子，像父亲一样拥抱罗伦佐，问他的身体状况和最近佛罗伦萨的新闻。然后两人旁若无人地开始谈起柏拉图，以及用《圣经》如何来解释柏拉图的哲学思想。先用意大利文，然后又扯上拉丁文，最后拿起柏拉图的书，开始对着念希腊文。到了这个时候，杰斐洛已经无聊到抓耳挠腮，站起来到院子里看风景去了。在他看来用基督教来解释柏拉图根本就是风马牛不相及，硬要把古典哲学和一个经不起推敲的宗教混在一起，这里面的逻辑谬误就够他头疼了。

杰斐洛或许有点小聪明，但是费奇诺对神学和哲学的研究则完全超出了他的理解范围。他一直也没有理解新柏拉图主义的人文意义何在，为什么对他来说这种充满各种逻辑谬误的学说能成为整个文艺复兴的理论基础。

朱利亚诺也经常会邀请他出席自己的小聚会，跟罗伦佐的哲学家和学者小圈子不太一样，朱利亚诺更喜欢跟诗人、艺术家和音乐家凑在一起，话题也相对更加优雅轻浮。朱利亚诺是鲁特琴的高手，变声之后声音也很高昂漂亮，不像鼻音浓重的罗伦佐，虽然不至于走音，但是很难说能余音绕梁。所以只要两兄弟在一起，必然是弟弟站起来献声。

罗伦佐的聚会一般会在几位德高望重的老学究困乏回房之后开始变得热闹起来，罗伦佐会跟费奇诺的年轻学生们，外加几个狐朋狗友跑到周边的酒馆喝酒唱歌随口作打油诗，在大家都醉醺醺的时候，就像蜂群一样嗡嗡地喧闹着，一股脑儿地跑去逛妓院，叫几个歌女出台，或者拜访哪家的女郎。如果条件允许，比如在美帝奇比较偏僻的卡法基洛别墅或者佛耶索里别墅，大家就都会带着女孩子或者男孩子——假如那天兴趣正好向那个方向偏转——回到自己的房间。

罗伦佐总是被各种绯闻包围。他的秘密情妇是一位身材娇小的金发女郎，露卡瑞莎·博纳罗提，安吉罗·博纳罗提的老婆。其实也不能算是很秘密，大家谁不知道罗伦佐晚上没事就会去给安吉罗戴绿帽子。安吉罗也因为自己老婆被佛罗伦萨的太子睡，在税务部谋到一份肥差。除了露卡瑞莎之外，罗伦佐还有一长串的各色小情人，据说男女都有，他本人也没有特别挑剔。他对古希腊的崇尚，基本上是从书本贯彻到实际行动上。杰斐洛见过露卡瑞莎，罗伦佐在聚会中经常带她出席，然后就消失在某个卧室里。美帝奇大少爷其他的猎艳事迹，则大多都是街头巷尾的传言。

朱利亚诺则比较腼腆，他的聚会大多以一大群人醉倒结束。至于参加聚会的人在聚会之后会不会自己跑去搞一些其他事情，朱利亚诺并不关注。他一般都是到了快结束的时候，偷偷跑掉去找自己那段时间钟情的女孩子，两个人一起卿卿我我到天明。其他人看主角都跑了，也慢慢散了。

杰斐洛对这种行为抱着一种无可无不可的态度，并不是他对兄弟俩的这种放纵生活有什么看法，毕竟这种事情无论是在自己的家乡还是旅途中都早就习以为常。只是性这种东西对杰斐洛来说就跟撒尿拉屎一样是普通的生理需求，感觉来了就一定要发泄一下，发泄完了的确很舒服，但是过程也并非人间天堂。如果找不到人，自己解决也没什么不好，有或者没有，自己搞还是有别人，对他来说都没有太大区别。

于是两兄弟几乎是心照不宣地分工合作，引领佛罗伦萨各个方面的社交需求，从曲高和寡的哲学家聚会，到风雅轻浮的艺术家诗人小沙龙，再到年轻人在酒馆里喝酒胡闹，最后到妓院里歌楼上的红烛昏罗帐，美帝奇兄弟的聚会都能拔头筹。

但是，这并不是说佛罗伦萨所有人都对两兄弟像明星一样崇拜。

在一次聚会上，朱利亚诺把杰斐洛介绍给一个金色头发的年轻人。

“山德鲁，亲爱的，”喝得醉醺醺的朱利亚诺像猴子一样双臂紧紧搂着年轻人的肩膀，“这就是我跟你说过的蓝眼睛波斯人，是不是有一张值得让你画肖像的脸？”

“山德鲁·波提切利，”金发的年轻人有点不好意思，因为身上挂着一个大活人，有点艰难地伸出右手。

“久仰！”杰斐洛高兴地握住对方的手说，“我已经去看过您的大作了！”

波提切利有点难为情地说：“不敢不敢，三王朝圣在结构上还是有问题的。”

这个时候的波提切利是刚刚从老师菲利普·利皮工作室里独立出来的无名画家，虽然的确有天赋，但是像他这样年轻的艺术家能够获得三王朝圣这种大型作品的委托，也完全是因为有美帝奇家族的推荐。没有罗伦佐这个强大的保护人，波提切利就算是有八个胆，也不敢在天主教廷眼皮下面绘制《维纳斯的诞生》这样的异教作品。

当然这都是后话，1469年的波提切利还只是一个有点腼腆的二十四岁年轻人，完全没有后来那种从画作里看着观众的自信。他脸形很方正，罗马人的鼻子，很有肉感的弓形嘴唇，浅灰色的眼睛会因为周围的环境变深或者变浅。

朱利亚诺也不管他们俩，松开波提切利，像花蝴蝶一样摇摇晃晃从屋子这一头飘到另外一头，挂在另外一个人身上。

“很有魅力吧，”山德鲁看着朱利亚诺的背影，像是自言自语地说，“朱利亚诺，他从来不说任何人的坏话，我也从来没听过有人说他坏话。在佛罗伦萨能做到这一点你知道有多难吗？”

“也是因为罗伦佐吧，”杰斐洛说，“谁敢说他弟弟的坏话？”

山德鲁笑了笑说：“你知道有多少人当面背后骂罗伦佐吗？”

杰斐洛当然知道，他就曾经当面骂罗伦佐是目光短浅的小本商人，当然被后者骂得狗血喷头。

“你有空就来我的画室坐坐，”山德鲁换了话题，“我的确很想给你画肖像。”他歪着头看了看杰斐洛的脸，用手比量了一下说：“比例很完美，线条也很清晰。我的赫尔梅斯需要一个模特。”

杰斐洛下意识地用手摸了摸脸颊，居然有点脸红，再也没有比被一个天才艺术家这么就事论事的称赞更满足自尊心的了。就在杰斐洛想要跟年轻画家继续攀谈的时候，屋子另外一头的朱利亚诺突然尖声笑起来。杰斐洛和波提切利都转过头去，隔着嘈杂的人群隐约能听到朱利亚诺说：

“帕奇大人！我们这样的低贱平民怎么能跟您这样高贵的人共处一室！我有这种想法，真是太可笑了！”

杰斐洛有点担心地拨开围观的人群走过去，发现已经快醉到站不住的朱利亚诺红着一张脸笑得前仰后合，虽然手里还拿着酒杯，但是里面的酒早就被他洒得一干二净。朱利亚诺对面站着一个身材单薄面色苍白的青年，看上去二十四五的样子，稻草颜色的头发很精致地卷起来，金发下面是一张清瘦的脸，眉毛很细，跟头发一样修剪得一丝不乱。深陷的眼窝里是一双灰蓝色像豺一样的眼睛，此刻正紧紧地盯着美帝奇小弟。薄薄的嘴唇抿成一条线，嘴角露出按捺不住的得意。

杰斐洛在议会里见过帕奇家的二少爷佛朗西斯科，对他最深的印象就是他浑身上下每个毛孔都流露出来的高傲。佛朗西斯科努力掩饰，试图做出平易近人的样子，但是言谈举止中又忍不住流露出对平民甚至小贵族的不屑。不过，在佛罗伦萨如果有谁能够为自己的族谱而骄傲，那也就数帕奇家族了。他们是佛罗伦萨最古老的贵族之一，家族历史可以追溯到第一次十字军东征。据说帕奇爵士从耶路撒冷圣殿山拿回来的一块石头，现在还被供在帕奇的家族教堂里，多少人千里迢迢过来朝圣。

帕奇是少数没有受到卢卡·皮提政变波及的山地派贵族之一。除了现任族长雅克布有先见之明没有跟着卢卡·皮提瞎掺和之外，也是因为帕奇家性格软弱的长子吉罗拉莫娶了罗伦佐的姐姐碧安卡。亲家的关系，到底是给他们多加了一层保护伞。帕奇上代族长放下贵族的架子，也跟着美帝奇家族的势头一起做起了金融业。帕奇银行虽然不如美帝奇银行财大气粗，但也有不少忠实的客户。两家银行经常会一起合作做生意，帕奇银行是少数几家在美帝奇银行有无限贷款额度的客户。

怎么看来帕奇家族和美帝奇家族都应该是最好的盟友。但是美帝奇家族虽然在生意上会跟帕奇家族合作，但是在议会里对待帕奇家族却跟其他贵族一样，像扔肉骨头给忠犬一样随便给他们几个荣誉官职敷衍了事。帕奇家族的任何人，包括罗伦佐的大舅子吉罗拉莫，都与美帝奇家族掌控的佛罗伦萨权力中心绝缘。帕奇家对这样的安排虽然充满怨言，但是卢卡·皮提的惨状还在那儿摆着，大家也都老老实实地接受现实。

只有二少爷佛朗西斯科·帕奇拒绝接受自己的地位。因为同样是二少爷，佛朗西斯科经常会拿自己跟美帝奇家的二少爷比较，然后觉得自己无论从哪个方面都比对方优越好多。但是他对自己的评价却并不被佛罗伦萨接受。首先他比朱利亚诺大了好几岁，朱利亚诺还是千娇万宠的金色少年，帕奇就已经被当成成年人看待了。他跟朱利亚诺闹气，从道理上就先占了“以大欺小”的道德弱势。其次，他身材矮小单薄，脸色过于苍白而没有血色，虽然很仔细地弄头发甚至化妆，但跟朱利亚诺站在一起马上就被后者天然的优雅甩出好几条街。最后，帕奇二少爷脸上要么是一副假笑，要么是盛气凌人的鼻孔朝天，实在是没有美帝奇兄弟的亲和力。虽然美帝奇家族对所有帕奇家族都一视同仁，但是佛朗西斯科却觉得美帝奇和全佛罗伦萨的低贱平民合起伙来欺负他。所以帕奇家的二少爷不敢对付罗伦佐，就欺负他弟弟出气。

“朱利亚诺，你喝醉了。酒品也是需要几辈子的贵族培养才行的。回家吧，别在这里给你哥哥丢人。”帕奇看已经把朱利亚诺逼急了，就火上浇油。

朱利亚诺果真是喝醉了，舌头转了半天愣是说不出一个字。周围的客人都围着两个人窃窃私语，有些还在捂着嘴偷乐。杰斐洛几步走过去，拽着朱利亚诺的胳膊连推带拉把他揪出了酒吧。朱利亚诺踉踉跄跄地跟着他，眼里满是泪水。两个人在漆黑一片的小巷中深一脚浅一脚地走着，杰斐洛抱着朱利亚诺的肩膀，几乎是拖着他艰难前行。走到一半，朱利亚诺突然停下来，嘴里一鼓，哇的一声弯腰开始呕吐。杰斐洛默默地用手帮他拉起头发，一边轻轻拍他的后背。朱利亚诺一边吐，一边号啕大哭。吐干净之后，杰斐洛把自己的丝绸披风拿过来给他擦脸。朱利亚诺一声也不吭，眼睛茫然地聚焦在杰斐洛身后，任由他摆弄。杰斐洛擦完，刚要扶着他继续走，朱利亚诺抓住他的手臂说：

“我不能回家。我不能这么回家。我不能让哥哥看到我这个样子。”说到这，眼泪又掉了下来。

杰斐洛把朱利亚诺带回波斯蓝二楼自己的小房间里。一路上朱利亚诺也没说话，眼泪停了又开始掉，掉了一会儿又停下来。杰斐洛每走几步就要停下来用丝绸披肩帮他把脸上的眼泪和鼻涕擦掉。回到家，杰斐洛先把朱利亚诺安置在壁炉前，又给他围上一件裘皮保暖。自己换上比较舒适些的家居便服，就开始烧水。澡盆里放好热水之后，把在壁炉前一动不动的朱利亚诺牵到澡盆前，把他的衣服脱掉，半拉半抱地把他放在水里，然后开始按部就班地帮他洗头洗澡。

折腾了半小时，终于把呕吐物眼泪鼻涕尘土都洗干净了，整个过程朱利亚诺都一动不动地任人摆布，不过总算是不哭了，要不然怎么洗也洗不完啊。杰斐洛放下手巾，坐在澡盆边上满意地看着仍旧一动不动的朱利亚诺。朱利亚诺黑色的头发紧紧地贴在头皮上，眼睛哭得红肿，鼻头也因为反复擦鼻涕所以红彤彤的一片。杰斐洛突然觉得朱利亚诺看上去好小，还是个孩子。

他叹了一口气，站起来拿起一块浴巾搭在肩膀上，抱着朱利亚诺的肩膀让他站起来，用浴巾把他裹起来，再用力把他抱起来，朱利亚诺真轻，像抱小狗一样。杰斐洛把朱利亚诺放在壁炉前，背靠着床沿，用浴巾把他从头到脚擦干，再拿了一件自己的丝绸睡袍给他套上，再盖上刚才那件皮草。刚要站起来，一直一动不动的朱利亚诺突然抓住他的袖子，紧张地看着杰斐洛说：“你要去哪儿？”

杰斐洛蹲下，用手捋了捋朱利亚诺的头发说：“我去给你拿杯水，醉酒呕吐之后很容易脱水，更何况你又哭了这大半天。”边说边捏了捏了朱利亚诺的脸颊。

他下楼到用人使用的厨房拿了一罐水和一点面包。朱利亚诺肯定是没有食欲，但是自己折腾这大半夜可着实要吃点什么。端着托盘上楼，他突然意识到自己这辈子也没有这么伺候过一个人，也从来没有这么被人依赖过。一直以来，他都理所当然地认为，别人都能照顾自己不需要他的帮忙；自己也能照顾自己不需要别人的帮忙。但是今晚如果自己真的把朱利亚诺扔在半路，他大概就会倒在路边一边哭一边吐，最后被自己的眼泪和呕吐物呛死吧。这么想来，他简直就是捡了一只路边受伤的野猫，抱回来先洗洗干净，现在则要喂食喂水。

他回到卧室，朱利亚诺还老老实实地靠着床沿坐在壁炉前，他把托盘摆在脚边的地板上，倒了一杯水递给朱利亚诺。少年一脸茫然地接过来，抿了一口。杰斐洛不耐烦地咂了一下舌头，用手指轻轻碰了碰杯子底，说：“都喝完。”朱利亚诺顺从地把一杯水都倒进嗓子里。杰斐洛也一屁股跌坐在朱利亚诺身边，长长地出了一口气。掰下一块面包默默地干嚼起来。

“哥哥肯定会生气的。他肯定会说我嘴怎么那么笨……话都接不上……”裹在裘皮里只伸出一个小头的朱利亚诺茫然地说。

杰斐洛转过头来，看着朱利亚诺。在炉火的映照下，朱利亚诺的轮廓又变得像他们第一次见面的时候那么柔和，鼻翼像花瓣一样精巧，随着呼吸轻轻颤动。嘴上的汗毛在火光中像鱼鳞一样闪着光。泪水慢慢滑下来，在脸上留下一道亮亮的水痕。

“他肯定会说我是个不争气的美帝奇。念书也不好，诗篇都背不下来……”杰斐洛皱了皱眉头，美帝奇家众星捧月的二少爷，佛罗伦萨万众瞩目的金色少年，受了欺负却怕因为不够强硬不够机敏而被哥哥责骂。

他从床头柜的抽屉里拿出一条丝绸手绢，给朱利亚诺擦了擦眼泪，然后说：

“尊贵的王子殿下，请允许我再给你讲一个故事。”他停了停，朱利亚诺仍旧是一动不动眼神涣散地看着前方。

“很久很久以前，在很远很远的国度，有一个少年。他父母双亡，被寄养在埃克特爵士家里。他个头矮小，身体也不怎么强壮，而且笨手笨脚经常跌倒。埃克特爵士的长子凯，不喜欢这个笨手笨脚的孩子，经常欺负他。但是少年一直都很努力，他对周围的人也非常好，不像凯那样经常欺负比自己弱小的人。王子会很努力地跟着埃克特爵士的孩子们一起学习各种知识。

“这个国家的国王去世了，国家也陷入混乱。大家都拜托魔法师寻找一个合格的继承人。于是，魔法师把宝剑插进一块大石头里面，说只有能够领导这个国家的人才能把这把剑拔出来。埃克特爵士带着他的孩子们一起去尝试。凯先跳出来，但是不管他怎么用力，就是拔不出来。大家都尝试了一遍，最后只剩下瘦弱的王子还没有尝试。大家都觉得这位少年绝对不可能把剑拔出来，那么多人都努力尝试了。但是魔法师说，让他试试看吧。

“少年走过去，在众人的目光下，不费吹灰之力就拔出了宝剑。这个时候，魔法师才宣布说这个少年其实是老国王的儿子，魔法师担心他被人陷害才把他偷走藏起来。后来少年成为一个贤明的国王，领着他的骑士们完成了很多丰功伟绩……”

“然后他跟他姐姐有染，”朱利亚诺转过头来，面带讽刺的微笑着继续快速地说，“生下一个乱伦的儿子，他老婆背着他跟手下的骑士乱搞，最后他被自己的孩子杀掉。你以为我没听过亚瑟王的故事？”

“哈！”杰斐洛大笑了一声，低下头叹了一口气，回答，“我觉得石中剑的故事寓意是说，一个人的价值不在于他身体是不是够强壮，反应是不是够灵敏，口舌是不是够犀利，而是在于他有没有一颗正直的心。亚瑟能拔出石中剑是因为他是一个心灵纯洁的人。”

两个人都不说话，默默地盯着炉火。虽然他们谁也不相信朱利亚诺是佛罗伦萨的亚瑟王，但是听着柴火噼噼啪啪地响着，外面偶尔传来犬吠和乌鸦的叫声，在这样静寂的夜里，朱利亚诺和杰斐洛都可以安安静静地做一个“命运之子”的美梦。

第二天，朱利亚诺像什么都没有发生过一样回到美帝奇宫。杰斐洛送走他之后，自己也套上不起眼的黑斗篷，去拜访了佛罗伦萨的联络人。

杰斐洛风风火火地走进罗伦佐的办公室，把一沓卷宗啪的一声放在罗伦佐的办公桌上。

罗伦佐的办公室还是一副被龙卷风扫过的混乱样子。小秘书已经下班，只剩下罗伦佐一个人穿着衬衫和裤袜在稿纸上嚓啦嚓啦地奋笔疾书。他停下笔，有点不耐烦地拿起卷宗翻看了一下说：

“我不知道帕奇家老二还有胆子贪污。”

“他没有。”杰斐洛面无表情地说。

罗伦佐抬起头，看了他一眼，把卷宗推回去说：“我不能用这些。”

“这些怎么查都是真品。”

“我不是信不过你的文书伪造技术，”罗伦佐摇了摇手，“如果佛朗西斯科没有贪污的话，官方排查必然会引起整个帕奇家族的反抗。调查过程中，必然会出现数字不符的情况，你不可能把两边的账本都换成伪造的。最后肯定会搞得狗咬狗一嘴毛，谁也得不到好处。我不能因为我弟弟在酒吧里被人抢白几句就跟帕奇家族公开宣战！你也不想清楚这个事情的后果，脑子喂狗了！”

“那你就坐视帕奇这么嚣张?！”杰斐洛本来觉得自己干了好事，没想到又被没头没脑地数落一顿，一屁股坐在罗伦佐书桌前的圈椅里，脸都气红了。

罗伦佐放下鹅毛笔，有点疑惑地盯着杰斐洛了看了一会儿，似乎是不太理解他在闹什么别扭。叹了一口气，又翻开卷宗看了看，最后微微一笑说：“不过，正如那句谚语说的：给猫扒皮不止一种办法。”

他合上卷宗，双手合十放在桌面上说：“杰斐洛，你知道佛罗伦萨人除了钱之外，最喜欢什么？”

这显然是一句自问自答的话，杰斐洛没心情附和，只是没好气地瞪了他一眼。

“流言蜚语。”

“流言？流言能把帕奇怎么样！顶多把他名声搞臭，他名声已经够臭的了！”

罗伦佐像狼一样露齿一笑说：“赌十个金币，我三个月内让帕奇家二少爷自动离开佛罗伦萨，帕奇族长雅克布从政府职位辞职。”

领主宫很快就传出了流言，说一个低阶的小文员被辞退，但是很奇怪的是，他居然获得了一大笔辞退金，这是只有在政府做了一辈子的老文员才能享受的福利。接着，酒馆里就开始流传公积金居然无端出现了亏空，而领主宫已经组成秘密调查委员会开始调查，一方面又企图掩盖事实不让公民们知道真相。到了夏末秋初，一个文员被辞退变成了一个有鼻子有眼的“政府阴谋”。

“我告诉你，”人们在街头巷尾兴致勃勃地传递着最新信息，“帕奇家利用职权贪污了公积金，他们家从族长雅克布到几个儿子都得利了！”

“哎哟，可不是吗！怪不得他家老二佛朗西斯科最近这么嚣张啊！”

“没错，更出格的还在后头呢！那个被辞退的文员是发现账面对不上的人，结果帕奇通过自己在议会的关系，把人家辞退了，还付了一大笔封口费！”

“那钱呢？”

“早就挥霍没了呗！我听说他们全家都赌马！”

“你说，怎么议会监管会也不管管啊！”

“当然在查了，但是帕奇家毕竟跟美帝奇家族是亲家，能把他们怎么样啊。”

“哎哟……这真是世风日下啊……”

养肥了流言蜚语，罗伦佐看火候差不多了，就在9月的一天晚上，把帕奇族长雅克布请到家里，最后加一把火。罗伦佐把杰斐洛伪造的卷宗给雅克布看。帕奇老人家当然矢口否认，罗伦佐低着头表示同情，任由他指天咒地地表清白表忠心。

“我当然相信你们是清白的。”他沉痛地说，“但是白纸黑字，我们也不能坐视不管。街上的流言你也不是没听到，咱们去年还刚说要议会改革，要清廉执政。现在就出现这么大的丑闻，而且添油加醋，越扯越邪，涉嫌家族从帕奇到美帝奇，又牵连到其他本来毫无关系的家族，再这么压下去，恐怕议会也不答应吧。”

雅克布皱着眉头，额头冒出细密的汗珠。

罗伦佐叹了口气说：“这要一查起来，多少河底泥都会给翻出来。咱们本来就是一家人，这种事，我总得要跟你先通个气。你回去看看账面上需不需要再归整归整，该烧的烧，如果有敏感人物，就先到外面躲一躲风头吧。要是等监察会的特使把你家的账本查封起来，可就没有回旋的余地了。”

说罢一转身，好像说完话就要送客了。

雅克布睁大眼睛盯着罗伦佐说：“这么严重？！”

“也可能是我多虑吧，”罗伦佐转过身来摇摇头，“不过，我今天在领主宫听到消息说，要召集一个紧急议会投票，决定是否组成临时独立监察会来调查这个事情。我给你看的文件，议会的其他议员肯定也通过其他渠道已经拿到。就算我销毁这一份，也无济于事。这事儿只要一拿到议会，就没有退路了。”

雅克布一下子靠在圈椅里，呼吸也变得急促起来。

佛罗伦萨的富商，哪家没有漏税小金库贿赂私人账本，平常大面上过得去就行，一旦较真就肯定露馅。这次帕奇首当其冲，怎么也躲不过监察会进驻，且不说能查出什么，就说账本被封，所有银行业务都要暂时歇业，这要损失多少钱。

他默默地站起来，跟罗伦佐点了点头，一言不发步履维艰地离开了美帝奇宫。

三天后，佛朗西斯科·帕奇卷铺盖去罗马管理帕奇银行罗马分行。雅克布以年迈身体欠佳为由，辞退了政府职位。杰斐洛从荷包里数出十个金币给罗伦佐。

从旁观者的角度说，帕奇二少爷因为跟醉酒朱利亚诺发生了一些无关痛痒的口角，就被罗伦佐和杰斐洛两个合伙算计，最后不但自己在佛罗伦萨待不下去，连家族都受到牵连，实在是美帝奇家族欺人太甚。但是从罗伦佐和杰斐洛的角度来说，他们俩反而觉得帕奇这小兔崽子居然敢在太岁头上动土，打狗还要看主人，没把你佛朗西斯科整到自挂东南枝就算便宜你了。但是真的刨根究底，他们就是为了朱利亚诺吗？如果能翻手为云覆手为雨地操纵一个人乃至一个家族的兴亡，谁又能抗拒这种权力的诱惑和满足感呢？

这其中没有对错，只有权力。普通人不会刻意去踩蚂蚁，但是如果有蚂蚁胆敢爬到脚背上，肯定会先扒拉下去，然后一脚踩死吧。

虽然有这些小事小非，一切倒也过得平静，杰斐洛对自己的现状也非常满意，情绪来了，掏出玻璃小瓶往嘴里滴两滴爽一下。套用一句烂俗的话，这算不算岁月静好，现世安稳？

9. 那位女人

在他的心目中，她才貌超群，其他女人无不黯然失色。

——《波希米亚丑闻》，阿瑟·柯南·道尔

1470年5月，佛罗伦萨

1470年仲春的一天，杰斐洛收到罗伦佐的一张便函，上面是罗伦佐龙飞凤舞几乎无法辨认的字："有时间过来。"换行还有一句，字迹更潦草，像是临递出之前草草加上："无时间亦来，——行李。"

中间有几个字母实在看不清，不过大致意思应该是"带着行李一起"。

杰斐洛急急忙忙收拾了短途旅行的行李，心想罗伦佐估计又是想到他郊外的那个别墅去骑马打猎。一路小跑赶到美帝奇宫，他却被仆人告知罗伦佐大人已经带着朱利亚诺少爷、艺术家音乐家诗人和一小队随从出发前往米兰。今天晚上大概会在卡法基洛别墅落脚。杰斐洛气得说不出话来，罗伦佐颐指气使的态度也是欺人太甚。他怎么知道自己就会同意跟他去米兰？他怎么知道自己没有其他事情要在佛罗伦萨处理？凭什么你一张烂纸就把我呼来喝去……仆人看杰斐洛阴沉着一张脸，马上又说：“罗伦佐大人给你留了一匹马，并准备了一些行李。”说完就逃跑一样去给他牵马过来。

杰斐洛仍旧绷着脸一言不发地翻身上马，仆人仰头看着他说：“他们走得很慢，带的东西也多，今天晚上肯定会在别墅过夜的。大人放心。”

杰斐洛也没理他，心想：我有什么不放心的，他死不死跟我有什么关系。

他缰绳一抖，策马朝北门奔过去。这一路上，杰斐洛还真想要不然干脆不给罗伦佐面子，直接去米兰等他；或者干脆现在折返，根本不去，晾着他！他一边策马飞奔，一边想着给罗伦佐各种难堪的方法，等他回过神，已经出城好久，天色渐晚，树影昏黄。仲春傍晚的暖风吹过，身边的柏树沙拉沙拉地响着。一群野鸽子从树顶上飞起来，向夕阳飞去。杰斐洛放慢脚步，吹了吹风，已经在脑海里出了各种恶气，心情好些之后，杰斐洛突然觉得自己这个样子很像受气的小情人，心里想着要怎么对付那个薄情的人，但人家小手一勾，他还是屁颠屁颠地跑过去。他摇了摇头，实在想不通罗伦佐这个时候这么大张旗鼓地跑去米兰干吗。

前几天传来消息说，米兰公爵的大女儿终于要履行跟那不勒斯太子阿方索的婚约，费兰铎国王已经派了阿方索的弟弟佛德里克王子去米兰举行“代理人婚礼”。佛德里克借道佛罗伦萨的时候，罗伦佐还设宴好好款待他一番。杰斐洛也参加了，记得佛德里克虽然比朱利亚诺还大一岁，但明显不像美帝奇家的两位少爷那么落落大方。他腼腆地坐在罗伦佐身边，整个宴会似乎只跟罗伦佐说悄悄话。若是其他人，肯定大家都会嫌弃这位客人的骄傲，但是佛德里克看上去真的是很害羞不太习惯人多的宴会场景。谁也猜不到，这个小朋友后来居然当上了那不勒斯国王。

但是，罗伦佐当时就已经跟佛德里克道歉说自己本次无法成行，而且紧接着也发出公函给米兰公爵说父亲身体欠佳，自己无法离开佛罗伦萨。现在又出尔反尔地跑去，实在是不符合罗伦佐说一不二的风格。而且，皮耶罗的身体的确是越来越差，说不好哪天就会去见上帝。罗伦佐不管从哪个角度来说，都没必要去米兰凑这个热闹。

杰斐洛这么左思右想，慢条斯理地溜达到卡法基洛别墅的时候已经入夜。离着别墅还有段距离，杰斐洛就听到人声嘈杂中隐约传来的音乐声音。他腿上用力，策马快赶几步，转过一道月桂树丛，就看到被照得灯火通明的卡法基洛别墅。

卡法基洛是美帝奇家族最早的田产之一，一开始是某旁系亲属的住宅，后来变成了打猎小屋，经过皮耶罗和罗伦佐两代的修整，到现在初具规模。虽然不如卡雷吉别墅那么奢华精致，但因为有些野趣和不同的风味，反倒非常受罗伦佐青睐。他喜欢在这种清静的乡村别馆里跟哲学家费奇诺讨论新柏拉图主义，也享受在无人打扰的情况下写诗作曲，更愿意跟一群年龄相当的同伴去放鹰打猎。而且，他如果想要搞点什么疯狂派对，又不想搞得太招摇，一般都会在卡法基洛举行。

今天晚上看来罗伦佐要大搞特搞。

通往卡法基洛的道路两旁插着一排火把，大门口，一个身穿希腊风格短袍的仆人探头探脑地张望，看到杰斐洛过来，马上走过去牵马，说："请大人这边走，罗伦佐大人吩咐说要麻烦您先去换衣服。"

杰斐洛绕开大门，从侧门进入马房，下马之后，马上被仆人领进一个小小的更衣室，椅子上放着一件白色绲蓝边的罗马托加长袍。几个仆人已经在那里等候，看来罗伦佐为今晚到来的客人都准备了托加还安排了仆人们帮助客人更换。毕竟，和历代富人们才有资格穿戴的服饰一样，托加并不是一个人就能搞定的衣服。

更换停当，杰斐洛在镜子里看了看自己的样子，右臂和肩膀裸露，小衣外面是托加长袍，脚下是角斗士的系带便鞋，头上戴着金色桂冠，黑发随便地散在肩上。跟他在古书里看到的罗马人画像也差不太多嘛。仆人们恭顺地退到一边，低着头。杰斐洛离开更衣室，穿过狭窄的走廊，进入宴会大厅。

一进门，就感到一阵热浪袭来。卡法基洛那不太宽敞的一楼宴会厅被装点一新，烛台都换成了火把，柱子之间挂起白色的纱帘，有的垂下来，有的被别在一边。几天没来这里，罗伦佐居然模仿罗马公馆的风格，在地当间挖了一个浅浅的水池，铺上蓝色的瓷砖。水光映着火光，把整个大厅照得通亮。池水大概有腿肚子深，上面漂着玫瑰花瓣，里面坐着几个漂亮的女孩，正互相戏水，玩得好开心的样子。她们当然也穿着罗马贵妇人们会穿的斯多拉，但薄薄的丝纱被水浸湿，各种风情尽收眼底。

跟杰斐洛一样穿着托加的客人或者站在水池旁边，或者半卧在软榻上吃喝聊天。一个小乐队在屋子一角演奏着欢快的托斯卡纳民乐，感觉稍微跟现场的古典风格有些不符。但说实话，当时谁也不太清楚一千五百年前的罗马人到底听什么音乐，所以就只能拿当代曲目来凑数了。除了小乐队之外，还有杂耍演员表演杂技供人娱乐。卧榻旁边的长条桌上摆满了各种食物，穿短袍的侍应生端着小食和酒水在人群中穿行。大厅的墙上居然都画上了古罗马风格的壁画，只不过估计是罗伦佐临时雇人赶工，只能远观看效果，近看质量简直是惨不忍睹。大厅里充满了嘈杂的音乐声、谈话声，偶尔从哪个角落还会爆出一阵笑声或者欢呼声。

“墙上的壁画，还好是临时的。”杰斐洛正在左顾右盼地找自己熟悉的面孔，山德鲁从背后拍了他一下。

杰斐洛回头，看到年轻的画家也穿着白色托加，头戴金冠。金色的头发，罗马人的鼻子和嘴唇，山德鲁明显比自己更适合这身打扮。

“我跟罗伦佐说好了，明天就找工匠全都漆成白墙。”山德鲁左右看了看，有点难为情地说，“罗伦佐前天才告诉我要在卡法基洛搞‘酒神的盛宴’，而且这次居然除了人要装扮，整个别墅也都装点了。我只好带着工匠赶工，一进门的地方，”他伸手指了指，“是我自己画的，总觉得要给人一个比较好的第一印象，后面这些就全都是工匠们照猫画虎了。”

杰斐洛这几年个头蹿起来，居然比画家要高了一点，他伸手过去搂住山德鲁的肩膀说：“狄俄尼索斯（希腊酒神，对应罗马神为巴克斯）不会在意的！来！干杯！”

跟山德鲁干完这一杯，杰斐洛又开始左顾右盼。山德鲁好像读懂他的心思说：“罗伦佐在外面，应该是在炫耀自己的新马。朱利亚诺在乐队那边，要唱歌了。”

果然，杰斐洛透过人群，看到穿着白色绲金边托加的朱利亚诺正在跟乐队指挥拿着一张乐谱指指点点，旁边已经围上一群人兴致勃勃地等候。准备好之后，朱利亚诺像舞台演员那样先俯视众生地看了一下观众，音乐开始，整个大厅都充满了朱利亚诺嘹亮的男高音。先是一首歌唱春天和情人的短歌，然后是一首咏叹逝去青春的慢调，嗓子有点哑，观众们都把自己手里的酒杯递过去，朱利亚诺一路走过来，每个杯子都抿一口。然后以一首欢快诙谐的情歌结束。在热烈的掌声中，朱利亚诺优雅地低头谢幕。然后就被几个年轻人拉走嬉闹灌酒。

“我弟弟没等我来就唱歌了吗?！”门口传来罗伦佐浓重的鼻音，他显然已经喝了不少葡萄酒，他的喝得越多鼻音就越重。杰斐洛转过头，透过纱帘和戏水的女孩子们，看到罗伦佐穿着黑色绲红边的托加，在一片白色托加中显得分外显眼。他一只手搂着的露卡瑞莎·博纳罗提，穿着亮红色绲金边的斯多拉长袍，金发也以古希腊风格盘起来，露出天鹅一样纤细的脖子和肩膀，在罗伦佐黑色的托加衬托下，格外精致优雅。

罗伦佐搂着露卡瑞莎径直走到屋子中央的水池里，女孩子们识相地爬到水池两侧，乐队也停下来。罗伦佐站在腿肚子深的水里，黑色的袍子在水里飘忽不定，红色绲边更显得妖艳。他环顾左右，等所有人都安静下来，都看着他，才举起酒杯说：

“致狄俄尼索斯！”

所有人也都举起酒杯：“干杯！”大家一饮而尽，然后又开始闲聊，表演杂耍的又开始扔球，乐队继续演奏，罗伦佐放开露卡瑞莎，抓住水池里一个女孩，跟她一起跌进水中，大笑起来。他这个举动好像有某种暗示意义，其他客人也都跳进池水中嬉戏起来。

杰斐洛皱了皱眉，虽然他知道罗伦佐的私生活很放荡，但是这种风格的聚会，还是让他有点吃惊。杰斐洛厌恶地把头扭到一边，接下来要发生什么，他太清楚不过了，不管是东方西方，有钱没钱，一群男女在一起又加上酒精，到最后都是这种结果。果然，罗伦佐已经在水池旁边的软榻上跟露卡瑞莎和另外一个水池中的女孩热火朝天地搞起来。别的客人也像得到许可一样，抓住身边穿着清凉的女孩子玩弄起来。有些长得漂亮的侍从也跪在客人面前前前后后套弄着。只有乐队还像什么都没发生一样一首一首地奏下去。整个大厅一时间的谈笑声变成了呻吟声和肉体碰撞啪嗒啪嗒的声音。杰斐洛漠然地靠着柱子站在各种颜色的肉体中，水中扯下来的衣服被扔在一边，音乐声和呻吟声在他周围此起彼伏，这些都混合在一起，旋转成为一个充满爱欲的空虚泥潭，杰斐洛觉得自己站在这个泥潭当中慢慢下陷，周围不认识的人正把自己最隐秘的一面展现给他看，他却觉得自己仍旧是一个局外人。

杰斐洛突然觉得实在是乏味至极，正想离开，突然发现身边一个棕色头发、长着一双小鹿眼睛的小姑娘正看着他，别看脸上长着可爱的小雀斑，好像很纯洁的样子，其实一双小手早就伸到他的托加里面，在他胯下搓弄起来。杰斐洛几乎是程序性地抬起女孩的下巴，轻轻地吻了她的嘴唇，她的舌头很小很软，带着葡萄酒的甜味。杰斐洛像被海妖诱惑的海员一样，茫然地跌入自己面前爱欲的泥潭，一瞬间，淫欲向水一样漫上来，从胯下一直冲上后脑，他们皮肤相连，不知谁的头发在他胸前扫过，不知是谁的嘴唇抚过他的身体，又离开，有人按着他的手，有人吻着他的唇，有人咬着他的肩膀、他的舌头，嘴唇也接触了不知道是什么粉色、橄榄色、红色、紫色的湿漉漉的表面，各种味道，香水味、葡萄酒味、汗味、体液、血腥味，全都混合在一起。他想喊出声，却发现嘴里已经塞进了不知是谁的什么东西，而他自己也不知道是在谁的那个洞里抽动着。他眼泪流下来，马上被人吻掉，他又想笑又想呕吐，想呼喊救命却又不想停下来。

他茫然地盯着天花板，山德鲁在四面墙壁上画了古罗马风格的壁画，天花板却仍旧是古旧的天使和圣母。他突然觉得很可笑，在圣母圣婴下，平常道貌岸然品格高贵的商贾贵胄以异教酒神的名义做这种苟且之事。他觉得好像也离开了自己的身体飘浮在半空中，像个旁观者一样冷眼看着眼前交混在一起的一群人。一时间，光影重叠，自己好像又回到了另外一个金色大厅里，到处是红色的躺椅，金色的器皿，他依偎在乳母怀里，紧张地看着曾经陪着自己读书的侍女在哥哥身下，手抓着被撕碎的衣服，眼睛里充满惊恐。他的乳母紧紧抱着他，用手遮住他的眼睛，但是他还是拼命地扭过头去看。

杰斐洛不知道过了这么多年，自己怎么还会记得侍女的脸，记得她的名字，埃西亚，和她身下的一摊血，她苍白的脸和失去聚焦的眼睛，仆人把她的尸体拖走的时候留下长长的一段血迹。

这些毫无关系的古旧回忆从脑海深处浮上来，杰斐洛有点想吐，刚挣扎着想要起身，突然一阵疼痛，发现自己面朝下趴着，半截脸埋在水里，努力仰着脖子才不至于被呛死，他感觉肩膀好像着火一样，一个人从背后扭住他的手臂正要强行插入。他的右肩膀已经脱臼，根本使不上半点力气。他浑身汗毛都奓起来，使劲挣扎却怎么也挣不脱。他想大喊，却因为半截脸埋在水里只发出了咕噜咕噜的声音。他突然慌了，他的现状和必然要发生的事情像铁锤一样重重地砸在后脑，嗡的一声，他狠狠地咬着嘴唇，尝到自己鲜血的味道，整个人僵在那里。身边的一切都变得模模糊糊，是金色的大厅还是水池里，他完全分不清楚。压在身上的到底是陌生人，还是哥哥。自己到底是埃西亚还是杰斐洛，自己会不会也被人拖走留下长长的血迹。

就在这个时候，他身上的重量突然没有了，一只手拉着他左臂把他往水池边缘拖。他觉得还有人在拽着自己的脚腕，把他往回拖，他拼命抓住拉着自己的手臂，同时听到自己前面一个浓重的鼻音说：“滚！”

杰斐洛像抓住救命稻草一样，抓着黑色绲红边的长袍不放。他被人半扶半拖着，勉强爬出水池，踉踉跄跄爬到水池边的卧榻上，一丝不挂地缩成一团，白色托加，金冠，小衣，就连角斗士系带鞋都不知道哪儿去了。脱臼的右肩仍旧火辣辣地疼，膝盖紧紧贴着前胸，心脏嗵嗵嗵地跳，呼吸又急又浅，眼泪无声地哗啦哗啦地流下来，脸旁边的软垫更湿了。他紧闭着眼睛，不敢看身边的人，但左手仍旧抓着黑色的衣襟不敢放开。他身边的人就这么默默地坐在矮凳上，一句话都不说，任由他抓着衣服，如磐石一样屹然不动。

不知道过了多久，杰斐洛才敢睁开眼睛，看到罗伦佐光着上身，湿漉漉的黑色托加长袍胡乱缠在腰上，有的地方撕破了，就被他随便打了结。他坐在矮凳上，手肘支在膝盖上，面无表情地看着水池里仍旧在纠缠的一群人。从杰斐洛这个角度看不到他的表情，只看到眉骨和颧骨的轮廓。

杰斐洛突然觉得刻骨的寒冷，开始发抖打战。罗伦佐听到杰斐洛牙齿碰撞的嘚嘚声，左右看了看，随便找了一块不知道是什么的布包在杰斐洛身上。把他的左手握在手中反复摩擦，产生一点热气。

“你看他们……”罗伦佐自顾自地说，“这就是人的本性。人类，每一个个体可能有好有坏，有人崇高有人卑微，但是聚在一起，人群永远会体现人本性中最卑鄙最残忍的兽性。”

沉默了一会儿，罗伦佐回过头说：“埃西亚是谁？”

杰斐洛脸上露出掩饰不住的惊恐，然后意识到自己的失态，咬着嘴唇没说话。

罗伦佐眯着眼睛笑起来，低着头看着杰斐洛说：“能走吗？”

这并不是一句问话，因为罗伦佐说完就有点疲惫地站起来，扶着虚弱的杰斐洛去后院马厩旁边。没有叫醒马童，大少爷自己从井里拉出一桶水，把托加脱掉，撕下一块布条，就着桶里的水擦身。洗干净之后，又给杰斐洛拉出一桶，递给他另外一块布条，自己则赤身裸体地跑进去拿东西。杰斐洛蹲在水桶旁边，拿布条勉强在身上擦来擦去，右臂仍旧挂着，肩膀疼得要死，心里抱怨正是需要仆人的时候，人都不知道死哪儿去了。

换上便装的罗伦佐拿着一件看上去是棉布睡袍的衣服，从侧门冒出来，看到杰斐洛还在很艰难地抹来抹去，就把衣服搭在井沿上，拿起一桶水哗啦一声全都浇在他身上。杰斐洛干号了一声，罗伦佐走过去，拉他站起来，抓住他的右臂，杰斐洛有点紧张地看着罗伦佐，罗伦佐瞪了他一眼说：“放松！朱利亚诺小时候经常肩膀脱位，我很在行的。”杰斐洛把脸别到一边，都不敢看。罗伦佐把他右臂先向外转，然后再向内一使劲，杰斐洛觉得肩膀被人踹了一脚，然后疼痛马上就减轻，手臂也能自由活动了。

罗伦佐叹了一口气说：“快点把衣服穿上吧，明天若是着凉发烧，我就把你扔在这儿！”

杰斐洛把睡袍套上，两个人一起往屋里走。

杰斐洛颤着声问：“我的行李呢？”

罗伦佐把他带到一间小储藏室里，各种行李和包裹都堆在一起。杰斐洛因为来得晚，所以堆在最上面，正好方便拿到。罗伦佐看他抱着胳膊半死不活的惨状，伸手把行李帮他拽过来。杰斐洛赶紧翻弄起来，几分钟后，他所有的衣服物品都像被抢劫一样扔得到处都是，但是他最最重要的水晶小瓶却没有找到。

罗伦佐站在一旁有点迷惑地看着他："你要找什么？"

杰斐洛皱着眉头，随口回答说："我的药没带。"然后马上意识到自己说漏了嘴。

"你生病了？"

"没有……算了。"

他有点垂头丧气地又把自己的东西归整在一起，试图装回旅行袋里。但是因为只有一只手能用，装了半天也没搞好。

罗伦佐在他身后说："明天再说吧，我给你先安排一个卧室。"

罗伦佐把杰斐洛安排在二楼的一个小房间里就离开了。杰斐洛在床上艰难地转身调整到一个肩膀疼痛最小的姿势，床单整洁干净，有薰衣草的香味。但是却睡不着觉，一合眼，就看到埃西亚的脸和地上的血迹，没来由地觉得恐惧。他浑身每条肌肉都在疼，冷汗一茬一茬地出，他想吐，却站不起来。如果这个时候能含一滴就好了，如果能含一滴，他干什么都可以。

门忽然又开了，罗伦佐走了进来。他搬了一把椅子坐在他床边，一只脚架在他床上，恍惚中跟杰斐洛在美帝奇宫第一天晚上的情景完全一样。

罗伦佐坐下之后，从兜里掏出一个小瓶，不是杰斐洛的小瓶，但是杰斐洛的直觉使他知道那里面的液体应该跟自己小瓶里的成分差不多。

"这是什么？"杰斐洛装傻地问。

"鸦片精。"罗伦佐看了看小瓶，平静地说，"家父有时候疼得受不了会用。但是这种药只有通过威尼斯的特殊管道才能得到，数量很少，价格也非常昂贵，而且听说用多了对身体不好，所以家父也很少使用。但最近两年，疼痛实在太厉害，用得比较多。他原来经常会到卡法基洛消暑，所以在这里备了一瓶。”

杰斐洛贪婪地看着小瓶里的棕色液体，舔了舔嘴唇。

罗伦佐的胳膊肘架在座椅扶手上，拿着小瓶，目不转睛地看着杰斐洛。

杰斐洛真是烦透了现在这种境况，自己又一次被罗伦佐逼到死角。自己的秘密又有一个被罗伦佐发现。他拼命制造的“神秘异邦人”的形象，现在正像劣质染料一样被水冲走露出自己的真相。

“我不需要。”杰斐洛盯着那个小瓶，口是心非地说。

“从这里到米兰，以我们的速度大概要一周左右。我中途还有一些杂事要顺便办理，所以恐怕时间会更长。我估计你到了米兰，就会有渠道获取类似的液剂。不过，你真的能坚持到米兰？你是打算半死不活地窝在车里被我们拉过去吗？”

“你不会那么好心地免费给我吧？”杰斐洛觉得现在再瞒着也没什么意义了。

“呵呵，”罗伦佐笑了笑，“天底下哪有免费的午餐！”

“有话快说！”杰斐洛有点忍不住了。

“我要你的进货渠道。”罗伦佐冷冷地说。

“看这样子家父是坚持不了几年了。痛风也没得治，只能挨到死。我不能看着他这么一天一天除了痛苦就是痛苦。家族现在的进货渠道非常不稳定，有时候能搞到，有时候就要等好几个月。你的进货渠道应该更稳定。钱不是问题，但是一定不能断货。”

“你怎么知道我有渠道？”

“让我掰开了揉碎了给你解释吗？”罗伦佐皱着眉头有点不耐烦，“你的房间，我每个月派人去查一遍。你的小瓶每个月款式都不一样，明显是经常换新的。别摆出那种受伤害的样子，跟我就别玩这套了。你现在住的地方产权是我的，我去自己名下的房产里看看又怎么了？你不也早就知道我经常去查看，什么抽屉上抹白粉，衣橱的门上系一根头发，我派去的人也不是白吃饭的。我让他们随便翻，也就是明摆着不想瞒着你。你不是早就说过随便我查吗？我也早就说过，我不是第一个查你的人，但我肯定是最有钱的一个。你是谁，从什么地方来，到佛罗伦萨来干什么，为什么要削尖脑袋钻到我身边，我早晚都会查清楚的。你如果识相，现在就摊牌。你要是想继续玩家家酒，扮演你的神秘角色，我也不拦着你。”

罗伦佐这一巴掌打过去，现在又要揉一揉了：“说到底，你其实根本没必要煞费苦心地玩这种花活。我们可以是开诚布公的合作伙伴，你在佛罗伦萨的目的，如果对美帝奇家族无害，又何必瞒着我。有我们的财力和人脉做后盾，那还不是要什么有什么，大家互惠互利不是更好？”

杰斐洛笑了笑，心想：我想要的，就算是你，就算是全欧洲最有财力的美帝奇家族，也给不了。如果我的愿望实现了，那你所有的财产，佛罗伦萨的每一寸土地，都是我的。到时候搞不好就是我趾高气扬地把你送到地牢里去。

但是，现在还不行。现在他还得低头。

“可以给你提供供货渠道，你需要多少？”

“一个月这样的一瓶就足够了。家父一般是混合蜂蜜酒一起喝，喝完能睡觉就行，不需要太多。”

说完，罗伦佐站起来走到杰斐洛跟前，扶他坐起来靠在枕头上，把小瓶放在他手里。然后又坐回到床边的扶手椅里面去。杰斐洛看他完全没有离开的意思，也就不客气，打开小瓶，熟练地在舌头上滴了两滴，咽进去之后，皱了皱眉。

“怎么？”罗伦佐问。

“有点淡。”杰斐洛说，“我给你的质量会更好。”

说完又滴了两滴。

鸦片精的功效马上就体现出来。他又感到了那熟悉的热流从腰间像潮水一样冲到他后脑，然后又沿着身体的血管经络，传遍每一条肌肉每一个毛孔，肩膀也不疼了，冷汗也不出了，浑身上下说不出来的舒服。不知道过了多久他才慢慢睁开眼睛，有点惊愕地发现罗伦佐居然还坐在那里。

“我从来没见过吸鸦片精上瘾的人。我听医生说过，在书里读到过，但是从来没见过。”杰斐洛还没发问，罗伦佐就回答了。

“皮耶罗大人没有上瘾？”

“他长期使用，当然是有瘾，但是他没有供货的时候就会在床上翻来覆去地疼，我都不忍心看。喝下药酒之后，一般都很快入睡，并没有书中提到的那些状态。”

大概是药物作用，杰斐洛也忽然间长了胆子。他靠在枕头上，带着迷茫的微笑跟罗伦佐说：“你想不想玩游戏，你一句真话，换我一句真话。”

“你今年十二岁吗？”罗伦佐皱着眉头说，“朱利亚诺都不跟他的小情人玩这种无聊的游戏了！”

“你不敢？”

“我怎么知道你说的都是真话？”

“我现在嗑了药，肯定不会撒谎的。”杰斐洛口齿不清地说。

罗伦佐笑了笑说：“好吧，我可不保证会说真话。”

“你先来，我今天心情好。”杰斐洛笑着说。

“你从哪儿来？”罗伦佐问。

“君士坦丁堡。”杰斐洛回答。

杰斐洛本来满心期待罗伦佐会被惊到，结果对方仍旧是面无表情的老样子，让他有点失望。

"轮到我了，"杰斐洛说，"如果皮耶罗过世后，议会要求你跟朱利亚诺两个人一起共同执政，你要怎么办？"

"我已经在安排朱利亚诺进教会。"罗伦佐居然说了真话！这实在是太好玩了。杰斐洛有点兴奋起来了。

"你为什么离开君士坦丁堡？"罗伦佐继续问。

"因为我爸爸想让我出来见见世面。"杰斐洛回答，这话其实也并不能算是谎话。

罗伦佐眯着眼睛说："这算什么？"

杰斐洛左手放在胸前，做出发誓的样子，说："句句属实！换我！我听说美帝奇夫人在罗马给你找了新娘，现在定了是哪家？"

罗伦佐皱着眉头说："奥斯尼。你是在罗马有线人，还是偷看了家母的来信？"

杰斐洛说："我在罗马有线人。还是我！你今天为什么要搞这种噱头？"

罗伦佐头一次显出了惊讶的神情，估计并没有想到会问这种问题，想了一会儿，有点沮丧地看着窗外说："总要维护我的形象吧。"

杰斐洛皱着眉头说："什么形象？谁会在乎你这种形象？"

突然间，杰斐洛脑子里灵光一闪，所有的线索终于对上了。为什么罗伦佐先是大张旗鼓地说不去米兰，然后又大张旗鼓地搞这种疯狂派对，还特意邀请了米兰大使。杰斐洛停下来，嘴巴像傻瓜一样张着，罗伦佐察觉到，也停下来回头皱着眉头看着他。

原来杰斐洛在米兰听说的那些流言蜚语都是真的。原来少年罗伦佐果真曾经不自量力地追求过米兰公爵的长女，米兰宫廷的女主人，能用希腊文和拉丁文写诗，已经有成册诗集的大才女，那不勒斯未过门的太子妃，全意大利最有权力的女人：

艾波莉达·玛丽亚·斯福尔扎。

杰斐洛想到这里，忍不住一下笑出声，他越想越觉得可笑得无以复加，捂着嘴大笑起来，不一会儿就更是笑得前仰后合。

罗伦佐阴沉着脸站起来，恶狠狠地说：“赶快睡觉，明天还要赶路。”然后就离开了房间。

杰斐洛一个人在屋里又笑了一会儿，拍松枕头躺下来，抹去笑出来的眼泪，自言自语地说：“罗伦佐，我一定帮你把这个高傲的女人搞到手。”

杰斐洛认识罗伦佐两年，终于取得了第一次胜利。

第二章　米兰

1. 叙事人

15 世纪后半叶，意大利

15 世纪的女人，不管身份高低贵贱、相貌美丽或者丑陋，说来说去这辈子就只有一个出路：被当作一件商品从娘家转手卖给夫家。反正不管怎么样都是要嫁人的，要么嫁个男人努力生孩子传宗接代，要么就是嫁给上帝从此与世隔绝。嫁人的对象也并不由自己说了算，商品嘛，怎么能有自己的要求！一般是父母决定，找一家跟自己门当户对的男人，带着嫁妆嫁过去维护家族关系。普通人家可能还稍微有点自由，一旦到了贵族阶层，婚姻嫁娶就完全是家族事务，一定要找对家族有利的关系才行。这一点上，其实跟中国古代传统的父母之命、媒妁之言也差不太多。

跟中国不一样的是，意大利男人并不会很早就结婚。15 世纪下半叶，男人的平均结婚年龄大概是三十一二岁的样子。而女人则不然，大多都是到了法定年龄十四岁，就都开始谈婚论嫁。毕竟，女性有生孩子的重大任务。十四岁的小姑娘嫁给三四十岁的大叔，然后十五六岁就做妈妈，二十岁不到就子女成群，不到四十岁就当上祖母的大有人在。当然，十几岁就生孩子然后难产死在床上的也大有人在。在那个时代，做女人真的是比男人还危险。毕竟只要不打仗，普通男人一辈子也不会有机会面临生死关头。女人则不同，在卫生条件那么落后的情况下，不管是平民家的女孩还是公主，每次生产都跟在前线战斗一样是在搏命。

因为家里的女儿出嫁，一般都是要给一笔跟自己地位相当的嫁妆。夫家当然也会给聘礼，但是数目上比嫁妆要少很多。不管平民还是贵族家庭，生女孩怎么算都是赔钱的买卖。如果妈妈肚子不争气，生闺女生太多，也有不少因为付不起跟自己地位相当的嫁妆而强迫自己的女儿去嫁给上帝当修女的。这种情况在贵族中比平民更多见，因为平民反而不会像贵族那么好面子，宁愿让亲骨肉一辈子蹲监狱守活寡，也不能因为嫁妆不够所以下嫁而丢人现眼。

当然，进修道院也是要给钱的。跟我们想象中的不同，修道院不是慈善机构，收进来的修女修士都要给饭吃、给衣服穿、给地方住，还要花钱让他们受教育。送孩子进修道院，就跟咱们现在送孩子去读小学到大学最后还管就业的学校一样，是要付学费生活费的。当然这个费用比嫁妆要少很多，而且给多给少，也不存在丢人不丢人的问题。多给点儿就能进比较好的修道院，离家近一点啊，离大城市近一点啊之类的；少给点儿就只能去比较偏远的修道院，一辈子过清贫的生活。

如果付不起嫁妆又没钱送给教会呢，那就是属于穷得叮当响的贫民。一般这种女孩反而可能在对象选择上稍微有点自由，反正我家给不起嫁妆，你家也给不起聘礼，那就凑合在一起搭伙过日子，大家看对了眼，父母也不反对，就随便找个神父去把仪式办了。佛罗伦萨后来设立的公积金市民福利，是专门给贫民家的女孩支付嫁妆，让她们能够顺利结婚。罗伦佐在佛罗伦萨跟教皇打仗的时候从这个公积金里贪污了一笔钱去支付军费，成为他统治中后期的一个重大污点。

贵族的联姻基本上全都是做买卖。按照家族的高低贵贱，适婚男女被分成三六九等，嫡出男找平级嫡出女，长女嫁继承爵位的长男。非长男或者私生子如果没有爵位可以无视，私生女则一般都是嫁给比自己家族地位低一级的嫡出长男，或者有爵位的非长男或者私生子。这里面的条条框框，真的比普通商业操作还要复杂。佛罗伦萨和威尼斯在这个问题上算是特例，因为两个城邦从本质上可以看成是早期的资本主义“共和国”。佛罗伦萨和威尼斯的权贵不是来自血统而是来自金钱。所以，像罗伦佐和朱利亚诺这样的人，虽然仍旧是娶不到嫡出的公主或者公爵女儿之类，但是娶小贵族家的大小姐或者大贵族的私生女这种事情，也是完全可以安排的。

当时的婚姻，只有夫妻两人行房之后才算是正式有效。由此连带出来不少问题，首先是男女双方都可以以“没有圆房”为借口离婚。因为“没有圆房”这种事情真的很难证明，所以有贵族男借口根本没上过老婆，老婆也没有孩子为由休掉结婚多年的老婆，比如亨利八世休掉自己第四任老婆；也有贵族女借口老公不举根本没被上过，到现在也没有孩子为由休掉结婚多年的老公，比如教皇私生女露克西娅·博基亚休掉自己倒霉的斯福尔扎老公。

当然也正是因为不断有贵族男女以此为借口休夫休妻，撕毁商业合同，各家也都有对策。最有效的当然就是圆房的时候要有证人。特别是重要的皇家婚礼，不少王子公主新婚之夜，国王爹王后妈在旁边看着小夫妇俩隔着纱帘干那种事。根据时代和风俗不同，“圆房”的定义也不同。有些地方，就一定要插进去才算。有些地方只要两个人躺在一张床上就好。据说还是太子的路易十六跟玛丽·安东尼德的新婚之夜，他老爹路易十五和一大帮贵族在房间里等着看两个中二小朋友圆房。当然路易十六等了七年才正式跟玛丽·安东尼德圆了房也的确是因为他自己有问题，而不是说他爹每天晚上都在小夫妇俩的房间里等着看。

就算是新婚之夜有证人，也不是说完全的保险。再举一个亨利八世的例子，他的第一个老婆阿拉贡的凯瑟琳开始是亨利六世他哥哥亚瑟的老婆，两人的新婚之夜有人见证，后来亚瑟房间里一直有起码四个仆人随侍，结果亚瑟死后，仍旧是以“没有圆房”取消了婚姻，凯瑟琳才得以嫁给比自己小十二岁的小叔子亨利。

所以不管怎么说，在那个时代结婚和爱情完全是两回事。男人不会在婚姻中寻找爱情，明理一点的女人基本上一开始就会放弃对爱情的追求。但是，或许正因为婚姻对于所有人都是商业行为，而从古至今我们对爱情都是如此执着，当时的人对出轨，尤其是男人出轨养情妇，跟有夫之妇有染这类事情抱着一种几乎比现在更宽容的态度。虽然作为男权社会对男人的“道德问题”会更包容，但是似乎当时舆论对女性出轨，特别是跟比社会层级高的男人出轨，也并没有我们现在这种对小三、二奶“街头老鼠人人喊打”的疯狂热情。

罗伦佐的公开情妇露卡瑞莎·博纳罗提是个有夫之妇，朱利亚诺后来追求的西蒙妮塔是从热那亚嫁到佛罗伦萨的，教皇主教大多都有公开交往或者包养的情妇，不少都是有夫之妇。比如后来的教皇亚历山大六世著名的情妇朱莉娅·法奈西也是有老公的。像米兰公爵或者那不勒斯国王这样的重量级贵族更是情妇经常换，私生子女无数。

或许那个时代的婚姻在商业合同生效之后，两边的男货物和女货物只要能产生一系列小货物就算是完成了合同的法律要求。在此之外，双方是不是保持专情，这不在合同规定中，当然双方也没必要遵守。女性跟别人出轨可能对夫家种族延续会产生问题，但是如果出轨的对象是比自己和夫家的社会等级要高，生出来的私生子，财大气粗有权有势的情夫自然希望能够认领。别忘了，私生子也是货物，将来也要待价而沽的。

一个女人要在那个年代出头，首先要生在富贵之家。文艺复兴时期的贵族和富商一般都会给自家的女儿提供跟男孩子一样的教育。有些家庭学习的内容可能不一样，但是贵族小姐大多起码能说自己的母语和拉丁文，能读能写，琴棋书画不敢说无所不能，但至少都有涉猎。有一个例外，如果女孩子生在威尼斯，就算不是富贵之家，只要长得漂亮，就可以去当艺伎。威尼斯的高级艺伎全欧洲有名。比如后来的维罗妮卡·弗朗科，自己写诗出版不说，还编辑同时代诗人的作品，备受尊敬。

如果不是生在威尼斯，长得一般，那就只能祈祷上帝让自己能嫁给一个有权有势的人做老公。这位权贵如果性格软弱，老婆可以借操纵老公出头，比如卡特琳娜·斯福尔扎跟瑞亚利欧伯爵；这位权贵如果识时务地意识到自己老婆是个人物，自然会听她的建议，让她参与自己的事务，比如皮耶罗·德·美帝奇和他老婆露卡西亚。

说了这么多，你大概也猜到了，这一章就是要讲结婚和女人的故事。

2. 心上的丝线

这双如此美丽的眼睛，流露出最深沉的厌倦，更糟的是，流露出找不到快乐的绝望。

——《红与黑》，司汤达

1466 年 4 月，米兰

艾波莉达·玛丽亚·斯福尔扎躺在床上，百无聊赖地看着窗外灰色的天空。从她现在的角度只能看到窗外法国梧桐的树枝在晨风中轻轻晃动，有一下没一下地打着窗框。透过树枝能看到灰色乌云慢慢地滚动，偶尔会有鸽子或者乌鸦飞过。这样阴郁肃穆的天气，实在是举行葬礼的好日子。

艾波莉达可以现在起来叫仆人过来帮她洗漱准备，也可以这么躺着等仆人们过来叫早。无所谓，反正不管怎么选择，最终的结果都是一样的：艾波莉达洗漱完毕，把金色的长发小心地绾起来梳成自己最喜欢的发髻，不特别张扬，但每一缕都仔细安排好。把腰束得细细的，然后穿上白色的衬衣和衬裙，外面再套上白色的蕾丝夹衣，夹衣外面穿上黑色绣暗花的孝衣，套上袖子用丝带系好，小心地把里面的白色蕾丝一点点地从绑袖子的丝带中揪出来一点。

艾波莉达默默地站在镜子前，任由女仆们对自己的妆容和衣服做最后的整理。一个小书童低头站在她身边，捧着几张稿纸（稿纸上是她今天要在葬礼上宣读的拉丁文悼词）放在她面前，以便她做最后的复习准备。她瞥了一眼，自己写的拉丁文悼词仍旧是那么华丽。她能背下来自己写的所有诗作和文章，根本没必要复习。但是她的几位导师都觉得无论如何最后看一下不会有坏处。于是，可怜的书童一大早就起来在她面前举着几页纸，完全是为了几位老人家能够放心。

十八岁的艾波莉达，人生完美到不能再完美。她是米兰公爵的长女，十岁的时候就许配给那不勒斯的太子阿方索，卡拉布里亚公爵，从那之后她就一直是卡拉布里亚公爵夫人，虽然她从来没去过卡拉布里亚。艾波莉达从小在米兰宫廷里接受人文主义教育，能说包括拉丁文和希腊文在内的数种语言，自己的拉丁文诗集很快就要出版。她还是一个公认的舞蹈天才，有两位欧洲有名的舞蹈家来辅导她。她爸爸3月去世，哥哥格莱亚佐即位成为米兰公爵。米兰公爵的妹妹，那不勒斯的太子妃，早晚会成为那不勒斯王后，她的子女会成为国王、公爵、公主、王后、公爵夫人……她会子孙成群，颐养天年，无疾而终，最后被葬在华丽的皇家墓穴里。

十八岁的艾波莉达，全意大利再没有比她更幸运的女人。上天能够给予一个女人的所有优势和天赋，美貌、才华、出身、门当户对的亲事，全都给了艾波莉达。她整个人生都已经被安排得井井有条，完全不用她做任何决定，做任何努力，王子和公主会幸福地生活在一起。

她站在镜子前，对父亲的死一点都没有悲伤，对很快要在众人面前致悼词一点也不紧张，对自己未来的婚礼和作为王后的人生更没有一星半点的期待。她的人生就是这么无聊地、顺理成章地、按部就班地走下去。

而她今天也这么按部就班地扶着侍女的手，迈着轻盈的步伐，昂着高傲的头，却谦恭地垂着眼睛，一步步地从王宫跟在父亲的灵柩后面走到主教堂。透过遮在眼前的黑纱，她隐约看到哥哥新任米兰公爵格莱亚佐穿着丧服走在她前面，周围则是侍从、侍女、贵族，再外层是卫队，重甲骑士跟在后面，能听到他们的盔甲摩擦和马蹄的声音。再外围应该是来吊唁或者围观的普通市民，但是她基本是看不到的。

艾波莉达机械地走着，觉得这一切都枯燥得让人窒息。她早几个星期就跟负责策划的内务大臣反复商量过每个细节，侍从侍女应该穿什么衣服，在葬礼上谁坐在哪里，葬礼后的宴会在哪里举行，邀请谁不邀请谁，酒单菜单，娱乐活动，事无巨细，她全都一一审核。她母亲死后，艾波莉达顺理成章地成为米兰宫廷的女主人。哥哥格莱亚佐是一个轻浮的酒鬼，这种事情完全指望不上。她几乎是有点幸灾乐祸地猜测将来她嫁到那不勒斯之后，格莱亚佐要怎么应付宫廷的这些大事小情。

这次的葬礼又是一个开销。艾波莉达的心思转向比较不那么开心的事情。她在母亲死后接手宫廷的管理才知道她老爹公爵大人居然欠了美帝奇银行那么一大笔钱，光是还利息就已经成为财政支出的重大负担。但是，她转念又一想，很快就不是我的问题了。

就在她左思右想的时候，大队人马已经到达教堂。她被侍女引到祭坛侧面的休息室做最后的准备。隔着厚厚的橡木门能隐约听到圣堂里唱诗班已经开始诵经。她让侍女们把橡木门打开一条小缝，像舞台督导一样从后台默默地看着整个流程。先是大主教致辞，然后是她哥哥照着稿子把她给准备的悼词念好。啊！念错了。真没用。艾波莉达撇了撇嘴。轮到她了。橡木大门慢慢打开，她跟着一对男童辅祭慢慢地走向祭台，提着裙子，迈着轻盈优雅的小碎步，裙子摩擦石板发出细碎的声音。站在本来计划好的位置，她发现教堂外面的光线透过彩色玻璃射进来，打在她肩膀上。她不动声色地向右边稍微挪了挪，让光线正好打在她脸上。在祭台前站定，她恭顺地低着头，酝酿了一下，缓缓抬起头，虽然被窗户射进来的光线晃得什么都看不见，但是没关系，下面看到她的效果肯定神圣得不得了。宛若圣女一样的艾波莉达带着沉痛的声音开始背诵拉丁文悼词。

这是罗伦佐第一次见到艾波莉达·玛丽亚·斯福尔扎。柔软浓密的金发梳成发髻盘在脑后，白皙精美的鹅蛋脸圣洁得就像壁画里的圣母马利亚一样微微发着光，一双纯净的蓝眼睛现在正茫然地看着天空，好像在看着自己已经上天堂的父亲。眉骨和颧骨都很柔和，一滴眼泪慢慢地从玫瑰色的脸颊慢慢滑下。精巧的小鼻子下面是两片像花瓣一样的嘴唇，天鹅一样优雅的脖子，如雕似刻的锁骨，大理石一样圆润的肩膀，纤细的腰身紧紧地包在黑色的孝服里，束出完美的沙漏体形。艾波莉达的拉丁文悼词写得很美，也很空洞无物，几乎可以念给其他任何“英年早逝”的贵族。随着她柔和的女中音消失在圣堂，观众很快给予雷鸣一样的掌声，简直不像是葬礼而是一场表演。罗伦佐身边的诺里也站起来拼命地鼓掌，眼睛里都是泪水。罗伦佐也不得不跟着站起来有点惊讶地看着被感动得落泪的诺里。台上的艾波莉达也低着头用手绢小心地擦眼睛。

“多么悲伤啊……”诺里一边鼓掌说，“太可怜了……”

罗伦佐心想：她哪里悲伤，她明明是跟我一样无聊到死。

对于艾波莉达来说，罗伦佐跟她其他的仰慕者没什么区别。如果罗伦佐身边聚集了希望通过罗伦佐而获得种种好处的人，那么艾波莉达身边也聚集着希望能够借助跟艾波莉达的关系而获得公爵青睐的人，当然还有一群拜倒在她石榴裙下附庸风雅的无聊公子哥。人们为了获得罗伦佐的注意，可能还有点创意；但是男人吸引女人注意力的手段却异常的单一。在这个问题上，雄性保持了自然界亿万年进化的固执程序：要么就是打扮得漂漂亮亮显示自己的外表，要么就是没完没了地写情诗情书情歌显示自己脑力上的惊人才华，要么就是跑去跟人决斗显示自己武力上的英勇无畏，要么就是一掷千金显示自己雄厚的财力。总之，男人求爱大多是表现自己，而不是去问女人“你想要什么”。他们大多固执地认为，只要自己足够好，女人就应该接受他们的求爱，只要自己足够好，就理所应当获得女性的青睐。这当然也可以被认为是一种交易，只不过男性单方面强制性的付出后，觉得女性不管接受不接受，都理所当然地应该给予自己一定的回报。

最终，这对艾波莉达来说都是过眼云烟而已。闲来无事的贵族公子们冲着自己的地位和美貌，像爬山一样要争着第一个登顶。自己又何必对他们客气，既然站在这样高高在上的位置，被人当作奖杯来征服，那就干脆没事往下扔几块石头，听听惨叫权当消磨时光。

她有时候也想，自己如果像书里写的那样公主假扮民女，会不会获得真爱？别开玩笑了，她自顾自地笑起来，没有头衔没有美貌，自己跟身边的侍女们也没什么区别吧。她的内心是这么寂寞空虚，层层剥开那些外表身份才学风度，又剩下什么？怎么会有人喜欢这样一个苍白的自我？

没有地位美貌的人，往往会希望别人看到自己美好的心灵。多少女孩子梦想男人能够看透自己那平凡的外表，发现自己金子一样的内心；又觉得那些看不到自己内心的人，都是平庸肤浅的傻瓜。而那些生来就有地位和财富的人，往往会愤世嫉俗地认为旁边人对自己好，都是冲着自己的地位和金钱，有一个算一个的势利眼，没人是真心。

中二是病，但是很多人都很享受这种自怨自艾的心情，没有动力去改变。

十七岁的罗伦佐很快就充满热情地加入了孔雀战团。这当然不是他第一次追求女孩子，甚至这不是他第一次追求贵族家已经许配甚至已经婚配的女孩子。在佛罗伦萨，罗伦佐在各色女性面前有着战无不胜攻无不克的纪录。追女人有什么难？罗伦佐跟自己说。写几首情诗，说几句甜言蜜语，送几块宝石玩意儿做小礼物，无不手到擒来。稍微矜持一点的可能要用些小伎俩，忽冷忽热啦，让她捉摸不透啦，哎呀呀，这些我罗伦佐早在十五岁的时候就已经全都掌握了。

这一切开始得不能再俗套。罗伦佐借口要查看美帝奇家族在米兰的置产和其他业务情况，拖着不回佛罗伦萨。顺利买通艾波莉达的女仆，给她送去几封拉丁文的情诗，含蓄地表达了一个外乡年轻骑士对城堡女主人一见钟情。他本来没对这几封情诗抱多大希望，虽然罗伦佐的确没有追求过像艾波莉达这样的高高在上的公爵夫人准王后，但在罗伦佐的经验里，越高贵的女人就越要摆摆架子，矜持一下，起码要到第二阶段送小礼物才会有点回应。没想到没过几天收到了“请务必光临下午茶”的邀请。

罗伦佐笑了笑，全米兰最高贵的贵妇人，也没有那么难嘛。

他精心打扮了一下，不能太华贵否则会被嘲笑为张扬的暴发户，不能太低俗否则会被认为是没受过教育的乡下人，装饰不能太多，否则会被认为太轻浮。他思前想后，还是穿上自己最喜欢的黑色绲红边外套，黑色和深棕色双色裤袜，鹿皮便鞋，腰上挂着短匕首，戴上一枚小小的宝石十字架，右手戴着带有个人徽章的戒指。他在考虑到底是应该引用贺拉斯的诗还是谈论柏拉图来吸引公爵夫人的注意力，最后决定还是用柏拉图，毕竟他更喜欢柏拉图。

罗伦佐本来以为“下午茶”仅仅是一个小型的聚会，在庭院里摆上甜点，请几个客人过来聊天消遣而已。他被仆人引入米兰宫廷后花园才发现自己的理解错得离谱。后花园里面星星点点地支起了好几个蓝色和白色条纹大帐篷，里面有供人闲坐的卧榻和摆满食物的条桌。院子原本就有一排排精心修剪的树丛，现在又植入了月桂、橘树和盛开的夹竹桃，花盆被仔细地埋在土里，完全看不出来是临时植入。夹竹桃本来到了夏天才开花，估计是养在温室里，就是为了这样的时候才拿出来装点门面的吧。身着盛装的客人三人一群五人一伙地聚在一起闲聊，端着食物盘或者酒盘的仆人们穿梭在客人中间。罗伦佐看了一下自己黑色红色的便装，突然发现自己穿得有点太寒酸了。他正在门口犹豫是不是要回去换衣服，一位仆人快速走过来，说："美帝奇大人，公爵夫人正等着您呢。"

公爵夫人正等着我？罗伦佐有点喜出望外，然后马上克制住自己，点了点头，就跟着仆人穿过花园，走进最靠里的最大一个帐篷。帐篷四面挂着白纱帘，里面随便摆了几个暗红色的软榻，中间是一个摆满食物和酒水的小方桌，四月下午的暖风把纱帘吹得轻轻摇曳。罗伦佐透过纱帘，看到艾波莉达像一只波斯猫一样蜷在卧榻上，正跟坐在旁边的一位英俊男士轻声聊天。艾波莉达这天穿着一条深绿色绣金百合图案的裙子，金发一部分盘在头上，插着珍珠发饰，剩下的则像金色小瀑布一样滑过圆润的肩膀流到深红色的卧榻上。她的头微微向男伴偏，蓝色的大眼睛慵懒地垂下来，隐藏在金色的睫毛里。嘴角微微向上，似笑非笑地不知道在说着什么。天鹅一样的脖子上戴着一条珍珠项链，项链坠是一块深色的祖母绿。她就那么优雅地倚在卧榻上，手里拿着白瓷茶杯，一只穿着墨绿色丝绸便鞋的小脚从裙子里漫不经心地探出来，纤细的白色脚腕在深绿色的裙褶中分外显眼。

看到有人过来，艾波莉达金色的眉毛挑起来，猫一样的蓝色大眼睛别过来看着罗伦佐，上下打量着他，金色的睫毛像蝴蝶翅膀一样扇动，但仍旧在跟身边的男伴聊天。她看到罗伦佐也盯着自己，嘴角扬起一丝微笑，低下头吹了吹手里的茶水，没有喝，眼睛越过茶杯的金边，仍旧盯着罗伦佐。罗伦佐的心跳没来由地加快，一时间周围的一切都变得模糊起来，周围的音乐人声也混合起来变成嗡嗡的杂音，他忽略了给他带路的仆人，他忽略了周围的客人，月桂树和夹竹桃都变成一片飘忽而过的色斑，他只看到那双蓝色的大眼睛，他想要这双美丽的大眼睛这一辈子只看着他。

但是，艾波莉达又把注意力转移到身边的贵族，罗伦佐觉得自己心里好像缺了一块什么，怅然若失。还在迷茫的时候，仆人已经高声通报了他的名号：

“佛罗伦萨的罗伦佐·德·美帝奇先生。”

没有爵位，没有头衔，只有干巴巴的“先生”。罗伦佐突然觉得自己的名号跟自己的衣服一样寒酸。他低头行了个礼，还没等他站起来，就听到艾波莉达腻死人的女中音说：”哦，亲爱的罗伦佐，请别这么拘束！”那口气好像两个人不是第一次正式见面，而是早就是老朋友了。罗伦佐抬起头，发现艾波莉达已经放下白瓷茶杯，伸出手来。罗伦佐赶紧快步走过去，握着艾波莉达的手才发现因为卧榻很矮，如果自己要吻艾波莉达的手，就一定要跪下，像普通吻手礼那样仅仅是弯腰，双方的姿势都会很别扭。他握着艾波莉达的手，僵了一会儿，众目睽睽之下，像古典骑士一样屈膝跪下吻了她的手背。她的手背像蛇一样光滑冰冷。

他正有点窘迫地站起来，艾波莉达说：“哎呀，谁给罗伦佐大人腾个地方坐嘛。”一个贵族站起来走到艾波莉达的身后，罗伦佐说了声谢谢，有点尴尬地坐下。旁边的仆人马上问他是要蜂蜜酒还是葡萄酒。罗伦佐悄悄地问艾波莉达喝什么，仆人回答是公爵夫人自己特配的药茶，味道很特殊不是所有人都能接受。罗伦佐说自己就要和公爵夫人一样的药茶。仆人拿起小桌上倒扣的白瓷茶杯给他倒了一杯。正在跟身后贵族聊天的艾波莉达看到罗伦佐这个举动，笑着说：“喝下去不许吐出来哦，里面的配料可是很贵重的。”罗伦佐笑了笑，抿了一口，果然味道很诡异，但仍旧强迫自己咽进去。

“你从佛罗伦萨来？”罗伦佐身边的一位贵族小姐问。

“是的。“罗伦佐觉得自己今天真是发挥不利，这明明是他最擅长对付的场面。现在却好像舌头被猫吃了一样，半句诙谐的话都说不出来。虽然坐进艾波莉达的帐篷，但是艾波莉达明显对自己毫无兴趣。而身边坐着的人，自己只是隐约有点印象，有些好像是美帝奇客户的子女，其他则一概不认识。

“你猜艾波莉达的那块祖母绿值多少钱？”贵族小姐在他耳边窃窃私语。

罗伦佐皱了皱眉头，回过头看了一眼，略微估算了一下，“起码一千金币吧。”

“一千五呢！”小姐小声说，“跟她的裙子搭配起来还真漂亮啊。”

罗伦佐准备好的贺拉斯或者柏拉图，完全说不出来。他正窘迫得不知所措的时候，音乐忽然响起来，人们都向庭院中心聚集，罗伦佐这才注意到后花园中间的空场被铺上了木板，成了临时舞池。四对年轻人已经伴随音乐跳起了四组舞。罗伦佐站起来，正要走过去，一只小手忽然伸到他胳膊肘里，罗伦佐转头一看，心脏差点停跳半拍，艾波莉达挽着他的胳膊，正仰着头笑眯眯地看着他。罗伦佐一下子跟艾波莉达离着这么近，几乎能闻到她头发的香味。他这才发现艾波莉达个子很娇小，刚过他肩膀，长长的金发留到腰际。

“罗伦佐，亲爱的，”艾波莉达说，“你一定要陪我跳个舞。”

对于艾波莉达来说，罗伦佐是一个她身边并不常见的玩物。艾波莉达的小圈子里一般都是达官贵人，很少有平民。就算是偶尔有一两个佛罗伦萨或者威尼斯来的大使，一般也都是无趣的老头子。而罗伦佐是美帝奇家族的大少爷，虽然是个平民，但自己也听说过不少关于美帝奇家少爷的传闻。听说他会讲拉丁文和希腊文，而且导师居然是著名的拉丁文诗人杰特利·德·柏齐和柏拉图学派的哲学家费奇诺。这一点艾波莉达觉得稍微有点气不过。为什么从君士坦丁堡逃出来的希腊研究者都跑到佛罗伦萨去！米兰宫廷也一样愿意为这些满腹经纶的老学究们提供舒适的生活和研究条件，而冰雪聪明的自己难道不比一个平民暴发户家的孩子更值得教导吗？

拜托，艾波莉达殿下，哪有用“冰雪聪明”来形容自己的？你当你真的是玛丽苏的主人公吗？

十岁就当上公爵夫人的艾波莉达当然是玛丽苏的主人公，全世界都应该以她为中心旋转。在她按部就班的生活中，艾波莉达暗暗向往着激动人心的冒险，但却因为太懒惰而不会特别去追求。她本来并没有注意到罗伦佐，没想到他写给自己的几首拉丁文短诗居然还算不错，看来有两位大学者做导师果然还是有区别的，这水平多少能在她身边一群矬子里拔个将军出来。我还从来没有给一个平民写过情书呢，艾波莉达想，这该是多么刺激啊！如果被发现，将是多大的丑闻啊！我怀疑那不勒斯会不会取消跟斯福尔扎的婚约呢！

她越想越觉得激动，不由得紧紧地圈住罗伦佐的手臂。

罗伦佐当天晚上就收到了艾波莉达的信。短短两行字，他就着烛台的灯光反复看了三遍：

“我亲爱的朋友，

“我不知道外乡的骑士对城堡女主人居然有这样真挚的感情。如果王后觉得自己深陷阴暗的城堡里被枯燥和孤单包围，骑士果真会冲破重重险阻来拯救她吗？”

落款是艾波莉达的首字母，“I”。

读到第三遍，他有点不情愿地意识到这封蹩脚的信大概不是艾波莉达本人写的，尤其是重重险阻这个词，中间断了一下，好像是有人要特意告诉写信的人要怎么拼写。况且，这跟她流传在宫廷里的拉丁文诗作，她在公爵葬礼上的悼词，水平实在差太远。

他把这封信扔在桌子上，犹豫着是不是要继续跟这个高傲的女人玩游戏。但是，说实话，他对自己信手拈来的孤独骑士创意还是很钟情的。“权当是练笔。”罗伦佐对自己说，抽出一张稿纸，脑子里想着艾波莉达今天下午坐在红色软榻里的样子，写了一首意大利文十四行诗。诗人果然还是需要缪斯的，罗伦佐沾沾自喜地反复念了几遍写好的情诗。最后，他想了想，有点画蛇添足地在纸上随便滴了几滴水，当作眼泪，拿火漆封好就寄出去了。可以进入第二阶段了，他躺在床上想，珠宝首饰什么的，跟着下封信寄出去吧。

艾波莉达每次聚会都会邀请罗伦佐，但是在聚会上总是对他忽冷忽热。这一次要他坐在自己身边，整夜挽着他的手臂，每个舞都要跟他跳。下一次却干脆当他不存在，把他冷落在一边。

罗伦佐一开始还能保持一种平静的游戏心态，但是后来越来越发现自己是被当成猴子一样耍弄。他觉得整个米兰宫廷都当他是小丑一样。高贵的公爵夫人跟一个卑微的平民少年大玩猫鼠游戏。他觉得这是一个内部笑话，在他走进房间的时候，所有人都尴尬地转换话题。他觉得自己应该明智些，带着仅存的一点点自尊赶快离开米兰回到佛罗伦萨，把这一切都忘掉。但是每次接到艾波莉达的邀请，他都期待着或许今天晚上艾波莉达会一直挽着他的手臂，那双美丽的蓝色眼睛只看着他一个人。每次舞会之后，他总是忍不住给艾波莉达写越来越长的情诗。之前随便写着玩的情诗已经渐渐有了结构和情节，变成了一首叙事诗。他在诗中扮演那位孤独高贵的外乡骑士，要么抱怨女主人的冷漠无情，要么热情歌颂女主人对自己的爱护。然后再附上差人购买的各种宝石古玩，随信寄去。

艾波莉达在发现罗伦佐对自己有感情的那一刻起就彻底对他失去了兴趣。“跟别人也没什么不一样吧。”她跟自己的女伴们满不在乎地说。当然，这是她自己骗自己的话。如果她真的对罗伦佐失去兴趣，她也不会一次一次邀请他参加自己的舞会，不会忽冷忽热地调戏他，折磨他，更不会兴致勃勃地等待他的情诗和小礼物。一开始她只是把这些诗作当成谈资笑料，跟她的女伴们反复阅读赏玩，嘲笑他意大利文诗作的俗气，在他拉丁文诗作里吹毛求疵找出韵脚的问题。然后再责成自己的女伴或者侍女给他写一封简短的回信。但很快，她不由自主地被带入罗伦佐随性而起的叙事诗之中，自己真的成为了故事里被囚禁在城堡里每天百无聊赖的女主人。她有时候特意举行舞会只为请罗伦佐来调戏他，以期他那天晚上能继续写以她为主角的爱情故事。艾波莉达开始还用拉丁文给罗伦佐写回信，到后来发现罗伦佐意大利文情诗写得更活泼生动，就也跟着用意大利文回他。或者在舞会上似有若无地放暗示，或者干脆在信中摆出女主人的口气发命令，最后自己手痒难耐，干脆赶走女伴们，自己也开始以“女主人视角”的叙事诗来热烈地回应罗伦佐。

于是，两个人在舞会上保持一种似有若无若即若离的态度，艾波莉达仍旧是对罗伦佐忽冷忽热，整个米兰都在疯传各种关于两人恋情的小道消息。但书信里，罗伦佐骑士和艾波莉达王后正谈着一场轰轰烈烈，兰斯洛和桂妮维亚的精神恋爱。

8 点档的言情剧从 4 月一直演到 5 月底，罗伦佐无论如何也要回佛罗伦萨了。他对艾波莉达的疯狂追求，就连皮耶罗在佛罗伦萨也有所耳闻，况且他在米兰花钱如流水，美帝奇虽然有钱也架不住这种无底洞。于是，佛罗伦萨驻米兰大使带着皮耶罗的信件截住正要去艾波莉达舞会的罗伦佐，正式要求他马上收拾行装，尽快赶回佛罗伦萨。

罗伦佐觉得无论如何这几个月的努力总要有个结果，于是急切地请求跟艾波莉达私下里见一面。

“如果女主人对她可怜的骑士哪怕有一点恻隐之心，请允许我在临行之前拜访。”如果一个多月前罗伦佐还需要滴几滴水假做眼泪，现在简直是要强忍住泪水才能写完这一行。

艾波莉达的侍女很快就带来了回信：今天晚上过了晚祷在后花园东门外等候。

罗伦佐心神不宁地在东门外转来转去，说实话，他也不知道自己见到艾波莉达到底要说什么。她是公爵夫人，那不勒斯太子妃，而自己只是佛罗伦萨一个平民而已。这两个月来，他像做梦一样沉醉在自己编造的情诗里，落魄却高尚的骑士，面对囚禁在古堡中已经许配他人的高贵王后。艾波莉达的确是已经许配给人的桂妮维亚，但自己哪有兰斯洛爵士的美貌和功绩。难道他真的要跟艾波莉达说：请不要嫁给那不勒斯的阿方索，嫁给我吧！他被这种突如其来的想法吓了一跳，这难道是爱情吗？他追求过的女孩子，没有一个让他产生“结婚”的念头。一切都是游戏而已，他将来要娶一个跟他门当户对的小姐，索德利尼家，爱兰托家，无所谓，反正都是家族的安排。但是对艾波莉达，他甚至不是要结婚，而是要把她据为己有，他不想当古堡外的落魄骑士，他想当那个把王后囚禁在高塔的国王，像土耳其苏丹那样把这个猫一样的女人锁在金丝笼里，让她一辈子只看自己一个人。

这种无稽之谈居然让他觉得激动不已，他幻想着在笼中的艾波莉达，裤子里居然有了反应。他深吸了一口气，开始背诵贺拉斯的诗，他总不能这么支着帐篷去见艾波莉达。幸好在女仆偷偷过来叫他的时候，罗伦佐已经恢复了平静。他默默跟在女仆身后在后花园中穿行，他脑子里仍旧一团乱麻，不知不觉之间发现自己被带进一个他从来没来过的小庭院。女仆请他进门，然后在他身后悄悄把院门关上，自己也消失得无影无踪。

罗伦佐深深吸了一口气，借着月光深一脚浅一脚慢慢穿过精心修剪过的树丛矮墙，眼前是一个正方形的小庭院，庭院一侧是一排三层楼房，从位置看，大概是米兰王宫的东侧翼。另外三面都是茂密的柏树月桂和法国梧桐，月光从树枝中间洒下来，树叶在深蓝色的月影中羸弱地闪着银色的光。小花园中间是修建精美的花圃，用灌木矮墙隔开，各种玫瑰、薰衣草、野蔷薇、石楠花，中间有给小鸟饮水的小喷泉。小道铺着细细的沙子，在月光下闪着银色的光。庭院正中心是一个圆顶亭子，四根华丽的柯林斯柱子支撑着圆形的拱顶。穿着白色便服的艾波莉达正像个小女孩一样跪在小路上专注地盯着什么东西，金色的头发完全松开，在月光下像银色小瀑布一样从肩头流下来。

罗伦佐站在入口的阴影中，踌躇不前，他想就一直这么看着艾波莉达，像月下仙子一样在只有他们两个人的世界里，就这样一直只为他一个人存在。

“过来看！”艾波莉达不知怎么就知道罗伦佐已经来了。罗伦佐有点不情愿地慢慢走过去。走近才发现艾波莉达跪在那里正在看一只大飞蛾，银色的翅膀在月下闪着鳞光。罗伦佐也弯腰看过去，脸靠近艾波莉达的头发，闻到了他熟悉的茉莉香味。

大飞蛾颤了一下翅膀，腾的一下飞起来，飘飘忽忽地飞到深蓝色的树影中。艾波莉达吓了一跳，一下没坐住，往一边倒，罗伦佐马上跪下来从后面扶住她。艾波莉达在罗伦佐的怀里笑了，“我的骑士，”她低低地说，“扶你的女主人站起来吧。”

罗伦佐一言不发地扶她站起来，帮她拍了拍衣服上的沙子，艾波莉达两手优雅地放在身前，静静站在那里让罗伦佐忙完。艾波莉达等罗伦佐站直身体，四周看了一下说：“这是我最喜欢的小庭院，这里面的花草都是我自己选的，这个凉亭也是我设计的。”不等对方回答，她又转过头朝花园一边建筑物的某个地方指了指说：“那个窗户就是我的卧室。如果天气好的话，我就来这里坐一坐才睡觉。罗伦佐没有抬头，他一直盯着艾波莉达的脸。等艾波莉达说完，罗伦佐两手背在身后，弯下腰，极有骑士风度地轻轻吻了艾波莉达的嘴唇。他没有试图把舌头伸进去，只是像用嘴唇叼住一片花瓣一样小心翼翼地碰了碰艾波莉达滚烫的上嘴唇。

成功了，他直起身，脸上自然而然地露出得意的笑容。

艾波莉达面无表情地看着罗伦佐。如果说罗伦佐不知道自己为什么要赴约，到达之后到底要说什么，艾波莉达也并不知道自己今天请罗伦佐来单独见面到底是期待什么。理智上，她也明白他们俩之间这个童话故事，早晚都要结束。罗伦佐不是孤独落魄的骑士，而她在那不勒斯的国王也不会永远在边疆征战。但是，要怎么结束，她却完全想不出来。罗伦佐的吻让她有点吃惊，心脏突突突地跳个不停。或许，一个无言的吻可以为两个人的童话故事画上圆满的句号。王后仍旧要回到枯燥的古堡，骑士早晚要离开她去远行。如果罗伦佐没露出那个令人恶心的微笑，这一切将是多么浪漫，多么完美啊！最终，罗伦佐不是孤傲的骑士，她也不是古堡王后。罗伦佐不过是一个普通商人的孩子，而她仍旧是米兰公爵的女儿，那不勒斯的太子妃。现在她就这么轻而易举地被罗伦佐征服了。

艾波莉达转过身，高傲的心脏被罗伦佐那个胜利的微笑深深刺伤。她玩弄过多少贵族公子，有谁不是跪在面前求她青睐。结果，战无不胜的公爵夫人却栽在一个粗俗的土豪富二代手里。

她掩饰自己几乎掉下来的眼泪，而罗伦佐仍旧沉浸在自己胜利的喜悦中，并没有注意到艾波莉达的神色变化，看到她转过身，还以为她是因为害羞。过了一会儿，艾波莉达慢慢地转过身来，像在舞会上一样，挽着罗伦佐的手臂，慢慢在沙石小道上散步。四周万籁俱寂，只有两个人在小路上沙沙的脚步声。

“你要离开我的宫廷了。”艾波莉达有点心不在焉地说。

“嗯。”罗伦佐不置可否地回应了一声，不知道艾波莉达想说什么。

"没了你的故事，我倒不知道要找什么乐子呢。"

罗伦佐皱了皱眉，低头看着艾波莉达，她仍旧是一副悠然的样子，直视前方。

"我会继续给你写信的。"罗伦佐有点酸溜溜地说。

"你人不在这里，光写信还是不好玩。"

"我还会回来的，佛罗伦萨跟米兰之间也不过是几天的路程。"

"那又能怎么样？我将来嫁到那不勒斯，总不能继续跟你玩这种家家酒。"

家家酒！罗伦佐心里像中箭一样紧缩了一下。他停下来，转身看着艾波莉达说：

"我……"刚想说自己是真心的，看到艾波莉达一副满不在乎的样子，又说不下去了。

"你？"艾波莉达笑着说，"如果我让你留下来你愿意留在我身边吗？跟我一起去那不勒斯？做我的骑士？"

"留在你身边？做一个供你取乐的宫廷小丑?！让我看着你跟那不勒斯王子卿卿我我，跟别的贵族也像这样调情取乐?！"罗伦佐看着艾波莉达嘴角那一丝残忍的笑容，心里突然按捺不住怒火，好吧，如果你觉得这是家家酒，那我就把这层温柔的面纱撕破了给你看！

"这两个月来，我陪大小姐玩也算是尽心尽力吧！你以为我不知道自己是被你玩弄！"罗伦佐带着狼一样的笑容说，"你以为我不知道你开始连亲笔给我写信都觉得是屈尊所以让女佣代笔？我看得出来笔迹的区别！虽然我是个平民，但是我不傻！你以为我不知道你把我变成全米兰的笑柄？你以为我不知道宫廷里的流言蜚语？别说米兰，远在佛罗伦萨的家父都听说了！一个平民的孩子，竟然想要得到公爵夫人的青睐！"

"哈！"罗伦佐低下了头，用双手抱着自己的手臂，"我左边肋骨里面的某个地方，被一根丝线紧紧地勒住，丝线的另一头被你牵在手里，你收紧，我心就会痛；你放松，我就会觉得心里空荡荡的没有着落。就算我回到佛罗伦萨，就算你嫁到那不勒斯，我的心仍旧这样被锁在你手里。明知道你在跟我玩游戏，但是我仍旧这样心甘情愿地把心上的这根丝线交给你！但是你不会记得我，你不会记得你手指上还缠着这跟丝线。你会把我忘得一干二净。”

“我怎么会忘了你！”艾波莉达的声音有点颤抖，强忍住的泪水又掉了下来。她说出那种话纯粹是为了找回面子，她觉得已经征服成功的罗伦佐最多会说几句同样轻描淡写的话，表明自己不过也是在玩游戏，保存自己的自尊心，然后愤然离开而已。她被罗伦佐突如其来的怒火吓到了。

罗伦佐没有注意到艾波莉达的眼泪，他仍旧沉浸在自己的愤怒中：“你以为我身份卑微，长相平庸，就没有灵魂不会心痛？被你这样耍弄，也心甘情愿！要是上帝赐给我高贵的出身，英俊的外表，我就会让你对我像我对你一样难分难舍。但是你看不到，你眼里只有地位只有出身，比你低贱的人，都可以随便玩弄之后再随便扔掉。即使我把自己的心掏出来给你看我把灵魂赤裸裸展现给你，你看到的仍旧只是一个可以一脚踢开的平民，一个不知天高地厚的下等人！你让我跟你去那不勒斯，如果我让你撕毁跟那不勒斯的婚约嫁给我呢？你愿意吗？”

罗伦佐咬牙切齿地说完最后一个字，才发现艾波莉达站在自己面前，满眼泪水，气得浑身发抖。

“我的朋友，”艾波莉达冷冷地说，“你指责我是一个平庸浅薄的女人，眼里只有出身和外表。没错，我的确一开始让女佣代笔，因为我不知道你的品格，我不知道你会不会把我的信流出去变成丑闻诋毁我的名誉。没错，我的确没把你放在眼里，我为什么平白无故要把一个不知所谓的佛罗伦萨商人放在眼里。你说你把灵魂献给我？你以为你是第一个对我挖心掏肺的男人？呵呵呵，美帝奇大人，对我来说，你的确只是一个佛罗伦萨的暴发户。但是，我对于你呢？我在你眼中是什么？米兰公爵的女儿，卡拉布里亚公爵夫人，那不勒斯太子妃，这些哪一个不是我的头衔我的身份？你要求我透过你的出身和外表看到你的灵魂，如果我不是米兰公爵的女儿，如果我不是那不勒斯的太子妃，如果我没有现在这样的美貌，如果我只是一个只会写自己名字的平民女子，你有可能注意到我吗？我的侍女，每次给你送信，这次在门口给你带路，你知道她叫什么吗？你可曾正眼看过她吗？”

罗伦佐目瞪口呆地看着艾波莉达，她气得胸脯上下起伏，两只手紧紧地攥着拳，放在身体两侧，在月光下像威严的女武神一样。

“美帝奇大人，”艾波莉达吸了一口气，试图让自己平静下来，“你一直以来并不需要任何人看到你的灵魂，因为你的地位、你的财力就已经足够让女人拜倒在你的脚下。但是，正如你看到的，我是米兰公爵的女儿，卡拉布里亚公爵夫人，那不勒斯的太子妃，我能用拉丁文和希腊文写诗，你拿得出来的东西，你的金钱，你的风度，你的文采，没有一样能够让我惊叹仰慕。所以你才希望我看到你真诚的灵魂，觉得如果我看不到，那我总归是一个浅薄而轻浮的女人。”

“但是，我看到了。”艾波莉达的声音低到几乎听不到，“我看到了一个骑士，我恍惚中也觉得自己可以成为古堡里的女主人。虽然这一切对我来说，的确只是小孩游戏家家酒，但是……”她说不下去了。

艾波莉达伸出手来，看了看自己手指，在月光下一片惨白，“我的手上真的牵着你的心吗？还是牵着你的自尊心呢？如果我被你征服，难道不也仅仅是你众多收藏品中的一个吗？或许我是你众多锦杯中最高贵最漂亮的一个，但也仅仅是你时不时拿出来扫扫灰尘回味当年的藏品而已。那个时候，是不是又有其他女人牵着这根丝线呢？你要我把你当成一个有灵魂会心痛的人，我至少也配得到同样的尊重。”

艾波莉达已经恢复了平静，她背对着月光站着，手优雅地放在身前，月光在她金色头发上跳跃，在她身后打出一层像精灵一样的光晕。

罗伦佐站在那里，脑子里一片空白。

良久，罗伦佐有点哽咽地说：“我的丝线永远在您手里，公爵夫人。”

艾波莉达身子动了一下，似乎有点吃惊，但是背对着月光也看不清楚表情，只是右手不由自主地握紧。罗伦佐恭敬地行了一个礼，转身离开。

3. 红衣主教和伯爵

1470 年，米兰

吉罗拉莫·瑞亚利欧伯爵是第一次来米兰。

虽然已经在罗马住了几个月，他仍旧对大城市的一切感到非常新鲜。他更喜欢意大利北部的气候和风土人情。天气更干燥凉爽些，不像罗马那个坐落在沼泽旁边的城市那么闷热。米兰看上去比罗马好像更随和更庸俗些，大街上走来走去的人并没像罗马有那么明显的等级区分，进入店铺之后，店员看到他的打扮也没有特别的反应，不似罗马那些势利眼的家伙们，看到他的举止就会一脸不屑。如果可能的话，他宁可在自己那个地图上都找不到的“封地”做个小“鸡头”，也不愿意在罗马做个“凤尾”。但是，他暗自骂自己没出息，老天爷给了这么大的机会，不拼出点什么来都对不起自己！

瑞亚利欧今年三十二岁，深色的头发很精致地卷着，脸形很方正，就是下腭有点往后收，让他显得有点怯懦。用他教皇爸爸的话说：长了一张诗人的脸。细长的眼睛稍微有点下垂，铁灰色的瞳孔从深陷的眼窝里望出去，为他脸上增添了一点忧郁的气质。鼻子很直，弓形的嘴唇很丰满，很神气地噘着。上唇上蓄着一撮淡淡的小胡子，下腭也开始蓄须。他觉得自己下腭不够强硬，所以打算留胡子来给自己增加一些男子气概。

瑞亚利欧三十岁的时候还是索望地方的政府小职员。他跟教皇的其他孩子一样，出生没多久就被过继到叔伯或者姨母家里。瑞亚利欧家族并不是名门望族，无法给他提供什么特别优秀的教育。但是吉罗拉莫很聪明，记忆力尤其好，他总觉跟哥哥帕特洛相比较，当然是自己才更适合进入教会。但是，帕特洛比他捷足先登，而当时还是大主教的父亲并不希望所有孩子都统统进入教会。他别无选择，只能进入地方政府供职。政府如果没有靠山，自然很难得到升职，于是心高气傲的瑞亚利欧到了三十岁还郁郁不得志地当个普通小职员，因为没有继续接受任何教育，虽然会说拉丁文，但也只限于背诵《圣经》而已。

当然，这一切在他的红衣主教“大伯”变成教皇“大伯”之后，发生了天翻地覆的变化。还没等他搞清楚状况，就已经获得了一块不知道在哪里的封地。还没等他习惯“瑞亚利欧伯爵”这个称呼，他已经穿着这辈子都没见过的锦缎外套在圣彼得大教堂里跪着拜见教皇陛下了。他看着周围金碧辉煌的宫殿和自己身上的绸缎珠宝，一方面觉得自己如入仙境，另一方面又觉得这一切都是理所当然，自己本来就应该过这样的生活，被人点头哈腰地伺候。

在这之前他只去过几次罗马，每次都是在圣彼得外面跟自己的爸爸见上一面，也不能叫“父亲大人”。心不在焉地跟他汇报自己在政府的工作，知道他也根本不在乎自己，他最喜欢的仍旧是那几个被他安排进入教会的兄弟，朱里斯，帕特洛。“他们何德何能？”瑞亚利欧这么想着，心里暗暗埋怨：“为什么不让我进教会，我当初可是能把拉丁文《圣经》背下来的，不比那个好吃懒做的帕特洛强太多？”

但是，那些都是过去的事了。瑞亚利欧现在不但可以大摇大摆地出入圣彼得，他“大伯”还给他在罗马购置了一套豪宅，罗马那些鼻孔朝天的贵族也争相邀请他去参加高级宴会了。索望的小屋，简陋的办公室，郁郁寡欢的心情，对未来的绝望，好像一切都是隔世烟云。他有时候在华丽的卧房里惊醒，一时间都不知道到底索望才是真的，而自己早晚要从现在这场黄粱美梦中醒过来；还是罗马才是真的，而索望则是一场荒唐的梦境。他躺在丝绸被单里，闻着薰衣草的香味，手指不由自主地去玩弄食指上戴着的红宝石戒指。这是真的，他告诉自己，罗马是真的，房子是真的，戒指也是真的。虽然如此，他仍旧害怕失去这一切。平步青云得太轻松，反而缺少脚踏实地的真实感，觉得来得容易，肯定去得也很容易吧。

教皇不但给了瑞亚利欧大房子、封地和爵位，还给他安排了仆人和管家，并特地找来一个教士指导他着装和礼仪。临时再怎么抱佛脚也没用，瑞亚利欧仍旧是闹出了不少笑话。刀叉用错，端上来的海鲜不会吃，被自己的长披风绊倒，说话带着粗俗的北方乡下口音，虽然会背《圣经》，但是用拉丁文对话却很吃力，就算能说两句，也一点不优雅，其他语言，法语、德语或者更高雅点儿的希腊文，就更甭提了。瑞亚利欧很清楚自己已经成了全罗马贵族的笑料。而他觉得对抗这种嘲笑的唯一方法就是穿最昂贵最时髦的衣服，不停地在自己身上堆砌珠宝首饰。你们笑话我粗俗？瑞亚利欧想，我就用钱砸死你们！

但是，说实话，教皇真不能算是有钱人。且不说美帝奇家族这种富可敌国的金融世家，随便一个罗马贵族动辄就能拿出传了三代的古董。瑞亚利欧的新衣服、新房子、闪闪发光的新首饰，无一不给他打上“土豪暴发户”的俗气标签。他越往自己身上堆钱，别人就越看不起他。别人越看不起他，他就越变本加厉地往自己身上堆钱。

他这次到米兰来其实还是很开心的。毕竟他在米兰还可以大模大样地当个备受尊敬的“伯爵”，不像在罗马那样，走到哪儿人家都知道他其实是个“没封地的假伯爵”。虽然他很想把自己的那些金银首饰都带过来充门面，但是担心路上会碰到劫匪或者小偷，还是把最金贵的留在了罗马的家里。结果到了米兰就有点后悔。尤其是在帕特洛的办公室见到他之后，看到帕特洛满手的戒指和镶宝石的十字架项链，就觉得自己相比之下真是够寒酸。

帕特洛红衣主教今年三十五岁，是个面相和蔼的胖子，跟瑞亚利欧是同父同母的亲兄弟，所以一同给过继到瑞亚利欧家，但很小就进教会了，所以大部分时间都在罗马度过，并没有跟瑞亚利欧一起长大。瑞亚利欧的诗人面孔被脂肪撑起来，脸颊像所有酗酒的人一样总是红扑扑的，再加上一个很有欺骗性的笑容，就是帕特洛了。他是个享乐主义的教士，对任何美好的事物都很有热情，他是一个很大方的资助人，雇佣了各色画家、建筑师和诗人帮他装点官邸、教堂和别墅。除了名画和雕塑之外，他对美酒美食美女美少年也都很有研究。帕特洛红衣主教举办的宴会是全罗马都有名的高品位大尺度社交盛事。

瑞亚利欧真是非常讨厌自己的这个哥哥。帕特洛是教皇爸爸最信赖的左膀，右臂则是教皇另外一个“侄子”的朱里斯红衣主教。朱里斯跟瑞亚利欧兄弟不是同一个妈妈，所以跟他哥哥乔瓦尼一起过继给教皇的弟弟。他们俩的安排跟瑞亚利欧兄弟非常相似，朱里斯进教会，乔瓦尼获得了世俗爵位。乔瓦尼一般都在自己的封地，不常来罗马，而瑞亚利欧也只是在庆祝父亲成为教皇的时候见过他一面。印象中是身材粗壮矮小，跟他哥哥朱里斯一样沉默寡言。帕特洛主管外交，朱里斯则在圣彼得帮助教皇主理内部事务。瑞亚利欧一直觉得自己应该在教皇面前也有一席之地，但是有帕特洛和朱里斯两个人横在眼前，他的出头之日也不知何时能来。

“我说小弟，”帕特洛打断他的思绪，有点揶揄地说，“你这次来米兰难道只带首饰了吗？”

瑞亚利欧没反应过来，说：“什么意思？”

“你手上的戒指倒是换了几次，你这身衣服我可已经是第二次看你穿了！”

瑞亚利欧低头看了看，尴尬得满脸通红，咬着嘴唇没说话。

帕特洛拍拍他的肩膀，笑着说：“好了好了，我给你列个衣服清单，我认识一个裁缝，那才是全米兰最好的！你去找他准没错。做好的衣服也没必要带回去，带来带去多麻烦啊。就放这边，下次过来再穿，或者再做新的！我是个神职人员，只能穿万年不变的法衣教袍，你可是个伯爵！”

瑞亚利欧听他提到自己的爵位，更觉得他是在嘲笑自己，一下甩开他的手。帕特洛愣了一下，笑得更开心了。转身在纸上写了起来，写完之后，把仆人叫进来，把写好的短笺交给仆人并嘱咐说：“要好好关照伯爵大人。”

瑞亚利欧不知为何，总觉得红衣主教叫自己“伯爵大人”叫得很刺耳。

从裁缝店里出来，瑞亚利欧一下子多了二十一件衬衣、二十一条各色裤袜、七件长外套、十四件短外套，各色帽子、手套、靴子等等。虽然对帕特洛的安排觉得有点别扭，但是总觉得这么一来自己更像个体面人了。

瑞亚利欧在米兰待了两个星期，连公爵的面都没见着。虽然在这期间跟着帕特洛到处饮酒作乐，尤其是远离罗马不在教皇眼皮底下，就更能大胆胡闹，但是这么一个简单的婚事却拖了这么久公爵府也不给个说法的确让人有点气不过。他原本对米兰的好感，也随着一次一次的回绝被消耗殆尽。

教皇显然是想在瑞亚利欧兄弟身上重复自己对罗维雷兄弟的安

排：哥哥朱里斯当红衣主教，弟弟乔瓦尼当公爵，照搬到这边，帕特洛倒是当了红衣主教，而自己现在还只是个地位不稳的伯爵。但是教皇手里已经没有公国可以送给他儿子，于是给瑞亚利欧找个有前途的老婆就成了教皇陛下的当务之急。而意大利最有前途的就算米兰的斯福尔扎家族了。

教皇的第一目标是先代米兰公爵唯一一位还未出阁的女儿，在位米兰公爵的幺妹康斯坦丝。康斯坦丝是庶出，不过也没关系，康斯坦丝的妈妈那边也是有封地的，搞不好就能传到自己这边来。婚事本来谈得很顺利，结果到了圆房这个小问题上居然出了岔子。佛朗西斯科·德拉·罗维雷好不容易在五十六岁上入主圣彼得，在当时平均年龄不到六十的意大利已经算是古稀之年，搞不好哪天就蹬腿。没有教皇做后盾，斯福尔扎怎么看得上自己一个连封地在哪儿都没听说的“伯爵”。肯定会立马找借口撕毁婚约。康斯坦丝这么有价值的女儿，总是要用来结成更有价值的联姻。

所以，教皇爸爸格外嘱咐：“要尽快谈成婚事，然后马上举行仪式，最好就地圆房，让生米赶紧煮成熟饭。”当然最后这一句是我说，意大利人不吃米饭，总之就是那个意思啦。当然，教皇要真是连圣彼得宝座屁股都没做热就翘辫子，就算是两个人圆了房，斯福尔扎照样也能撕毁婚约，但终归是更麻烦。

于是带着这样的命令，教皇的外交官帕特洛先去米兰商谈，然后又把瑞亚利欧也从罗马调过来。结果前后谈了两个月，仍旧是谈不拢。倒不是米兰公爵反对，公爵府传出来的消息是说，公爵的妹妹艾波莉达公爵夫人不同意。

本来谈得好好的，先是康斯坦丝的妈妈，曼图亚侯爵的私生女嘉比莱拉夫人以私人身份写了拒信，说是康斯坦丝还不到法定年纪，订婚是可以接受的，但是马上结婚圆房则完全无法接受。除非瑞亚利欧伯爵大人愿意再等两年，等康斯坦丝到了法定年龄十四岁再完婚。还没等瑞亚利欧和帕特洛红衣主教商量好回复，公爵府马上就追过一封公函，正式拒绝瑞亚利欧伯爵的求婚。两人不但白跑了一趟米兰，两个月的商谈也付诸东流。

瑞亚利欧气得在帕特洛的办公室里直拍桌子：

“他们以为他们是谁！操他大爷的！真他妈不把人当人啊！瞧他们那点操行！不就是生得好！还真以为自己个个是皇后公主！不就是他妈一个小小的米兰公爵！我爹还是教皇呢！操不死的一群狗杂种！全他妈把他们开除教籍！”

瑞亚利欧气急败坏的时候也不顾上装高雅了，什么难听骂什么。

帕特洛也不说话，懒洋洋地靠在椅背上，手指叉在一起舒舒服服地放在胸前，眯着眼睛静静地等着瑞亚利欧把脾气发出去。瑞亚利欧吼了一会儿，见没人搭腔，就气鼓鼓地坐在书桌前的沙发里，看着帕特洛一副悠然的样子，火气又拱上来，嘭地锤了桌子一下，指着帕特洛的鼻子说：

“你丫也他妈说句话啊！操！这他妈不是你们家的事？怎么就我一个人着急！”

帕特洛有点不耐烦地摇了摇手：

“你跟我发什么脾气啊，坐下来喝口水消消气吧。好好想想人家拒绝婚约的根结在哪儿。”

“还不是因为看不起我们！”

“这就是你的问题，总觉得人家看不起咱们。如果斯福尔扎家族真的看不起咱们，那咱们当初提出婚约的时候早就拒绝了，又何必等到现在。”

瑞亚利欧刚想反驳，帕特洛举起一只手让他闭嘴，继续说：“别跟我说他们是没事闲的耍咱们玩。你现在也是贵族了，心里别老纠结于这种小家子气的想法。米兰公爵府没那个闲心拿婚约这么重要的事情闹着玩。你仔细想想到底什么时候他们态度改变了？”

瑞亚利欧虽然觉得他这话说得刺耳，尤其是“贵族”两个字，但是被他这么提醒，也的确觉得这件事情不像他想的那么简单，皱着眉头想了想，说：“好像是咱们提出要马上结婚，马上圆房。”

帕特洛满意地笑了笑，“没错！当初跟米兰公爵谈得很好，连嫁妆多少都谈妥了。结果，咱们这边一提出要马上圆房，对方马上终止谈判。而且我听说主要是公爵的妹妹艾波莉达从中作梗。女人家嘛，可以理解，不想自己十二岁的小妹妹被人上。”帕特洛说到这，脸上浮现出一丝淫荡的微笑。

“现在我们有两条路可以走，”帕特洛伸出一个指头，“要么就再等两年，等康斯坦丝成年再把她娶过来。但是两年时间，夜长梦多，搞不好什么情况都会出现，且不说教皇陛下的身体，如果斯福尔扎有其他更好的婚约，他们也大可回绝我们，把康斯坦丝许配给别家。”

“那怎么行！这件事要速战速决！”

“没错，这条路肯定是不行的，”帕特洛满意地点点头，他这个乡巴佬弟弟还算有点脑子，又伸出一个手指，“那就只能走第二条路，斯福尔扎家族的女孩子也不止康斯坦丝一个人。在位公爵格莱亚佐也有一个私生女，卡特琳娜，今年刚好十四岁，已经到了法定年龄。只不过，她妈妈不是贵族，不像康斯坦丝的妈妈嘉比莱拉夫人那边有曼图亚贵族的血统，所以，我们不太可能从她身上获得任何爵位。但是，她终归是个斯福尔扎，我们现在财力很薄弱，地位也不稳固，当务之急不是获得任何实质性的爵位，而是跟意大利各大家族都保持良好的关系。退而求其次，卡特琳娜也还是不错的选择。而且，卡特琳娜是米兰公爵的女儿，她的婚事由米兰公爵说了算，艾波莉达那个好管闲事的小婊子手再长也没法再给咱们下蛆。”

帕特洛受他弟弟影响，说话也粗糙起来。

“我们财力薄弱，地位不稳？！”瑞亚利欧有点吃惊，自己在罗马的大宅子，才买下没几天的封地和爵位，他老爹在圣彼得坐得稳稳当当，哪里有薄弱，哪里有不稳？

帕特洛看看自己手上的戒指，自嘲地笑了笑，说：“你以为这就叫有钱？咱们要是真有钱，也不会到处去跟人低声下气地联姻。给你买的封地肯定不会那么小。就光这样，咱们就已经在美帝奇银行借了将近十万金币的贷款，上任教皇留下的几栋别墅全都交给美帝奇银行做抵押。要不是罗伦佐提出由美帝奇银行出面把上届教皇留下的珠宝全部卖掉，咱们搞不好连利息都还不起！你整天在罗马买首饰买家具，就从来不想钱从哪儿来？”

瑞亚利欧被哥哥数落了一顿，虽然心里有点不服气，但也对自己的未来不那么无忧无虑了。

帕特洛没理他，自顾自地继续说：“教皇陛下今年都五十六岁了，虽然看上去身体还不错，但谁知道他能坚持几年。他也知道要趁实权在手，赶紧把咱们几个兄弟都安排好，让德拉·罗维雷和瑞亚利欧家族跻身意大利大家族的行列。你也想清楚了，教皇能做的只有那么多，很多事情只能我们自己努力争取。别以为什么事情都给你安排好了。佛罗伦萨有美帝奇，米兰有斯福尔扎，那不勒斯有费兰铎和阿方索，这些人都是我们的敌人。人家有钱有势，咱们就只有教皇陛下，我这身红袍子，说实话，在这些人眼中连个屁都不算。人家要想当红衣主教，花钱买一个就有了。咱们当了红衣主教，还被人嘲笑是靠裙带关系。我知道你一直觉得自己聪明，那就多用用你那个聪明的脑袋，眼光要放长远点，别净想着跟人家斗富。别看咱们现在踩着别人往上爬，个个都光鲜亮丽当上了主教贵族，等哪天爸爸一口气没喘上来去见了圣彼得，咱们踩过的人可都会回来再踩咱们，咱们要没有准备，那可就只有死路一条了。”

瑞亚利欧面红耳赤地坐在那里，刚才的怒火消失得无影无踪。

“咱们是亲兄弟，我才会跟你说这么直接，”帕特洛站起来，绕过来弯腰跟瑞亚利欧悄声说，“朱里斯和乔瓦尼已经安排好，一个是红衣主教，一个是公爵；咱们俩可还差着呢。你可要加把劲啊。”

瑞亚利欧最讨厌被拿来跟别人比，现在被自己的亲哥哥这么说，心里像吃了苍蝇一样一百个不愿意，但是也没法反驳，只能暗自把艾波莉达那个多管闲事的狗屎女人又骂上一百遍。

“好了！”帕特洛看目的达到了，站起来说，“你准备一下，咱们今天晚上去美萨夫人那里伏击米兰公爵大人！”

4. 六个人的第一次见面

1470 年 5 月，米兰

“你哥哥到底是个什么样的人？”卡特琳娜又心神不宁地问绯蒂丽卡。

“跟你说过多少遍了！”绯蒂丽卡有点不耐烦，“我没怎么见过他。”

绯蒂丽卡的确没怎么见过这个同父异母的哥哥，吉罗拉莫·瑞亚利欧，啊，对了，现在是伯爵了，她有点轻蔑地笑了笑。

卡特琳娜站起来，有点紧张地在屋子里走来走去。绯蒂丽卡翻了一下眼睛，对女伴的紧张情绪非常不屑。卡特琳娜几天前才知道自己要跟一个从未谋面的人结婚，而且又比自己大很多。但是这样的情况也很普通吧。像她们这个阶层的贵族小姐，多半都是跟自己没说过话甚至没见过面的人结婚，有时候连婚礼都是由代理人完成。真不知道卡特琳娜有什么可焦虑的。

暮春午后的阳光钻过法国梧桐浓密的枝叶，透过几扇巨大的法式落地窗懒洋洋地照进日光房里，在硬木地板上打下点点光晕。窗外的庭院里一片寂静，偶尔会听到鸟叫声从树丛里传过来，中庭的小喷泉淅淅沥沥地喷着水，这一切都恬静得让人想要打瞌睡。

绯蒂丽卡很不雅观地打了个大呵欠，一下躺倒在沙发上百无聊赖地看着天花板，穿着丝绸拖鞋的脚有一搭没一搭地踢着椅子腿。绯蒂丽卡今年十五岁，头发又黑又硬，而且很固执地打着卷，因为发髻怎么也梳不好，所以她今天干脆就散在肩上。她额头有点窄，而且总是藏在又黑又密的刘海里。眉毛很粗，眉峰很严厉地挑起来，玫瑰色的弓形嘴唇，嘴角很性感地微微向上，让她脸上不管何时都带着一种轻浮的笑意。一双紫罗兰色的大眼睛，总是挑衅性地看着别人，没有半点女性的柔美。她今天穿着白色的长裙，上面套着酱红色的短上衣，雪白的胸脯从半开的衬衣领口露出白晃晃的一片。

绯蒂丽卡转过头看看卡特琳娜，她比自己小一岁，虽然是米兰公爵的私生女，但是来公爵府要比自己晚几年。卡特琳娜是一个细眉顺眼身材瘦长的女孩子。浅栗色的头发很规矩地梳在脑后，跟自己乱糟糟的黑发完全不一样。柔软的小圆脸还带点婴儿肥，眉毛也很柔和，棕色的小鹿眼平常都是一副迷迷糊糊的样子，只有在骑马的时候才聚精会神。她穿着白色的长裙，外面套着深绿色绣金茉莉的长衣。卡特琳娜很崇拜艾波莉达，总是跟着她的风格穿衣服。但是没有艾波莉达的金发和完美的鹅蛋脸，身材又像竹竿一样单薄，穿上这样华丽的衣服就有点被埋在布料中的感觉。

现在她正垂头丧气地坐在沙发里，手里无意识地把手绢揉成一团，铺平，接着又揉成一团。

“别担心了。”绯蒂丽卡对自己刚才不耐烦的口气有点后悔，“你好歹也是米兰公爵的女儿，他不敢把你怎么样的。”

卡特琳娜抬起头，皱着眉头，有点赌气地说：“私生女。”

“私生女怎么了！”绯蒂丽卡一股心气拱上来，一下坐起来，胸脯和黑发都跟着弹了两下，“米兰公爵没跟你妈结婚，教皇没有跟我妈结婚，又能怎么样？瑞亚利欧虽然过继给教皇的妹夫家，好歹在族谱上算是个嫡出，全罗马谁不知道他是教皇的私生子！私生子，私生女！你是个斯福尔扎，我是个德拉·罗维雷，姓氏都继承下来就说明咱们已经被承认了，谁也别看不起谁！”

话虽然这么说，私生女终究是不能跟艾波莉达那种嫡出长女相提并论的。艾波莉达十岁就许配给那不勒斯王室成了公爵夫人，五旬节后就要举行代理人婚礼，过了夏天就启程到那不勒斯去做太子妃，而她们俩……想到这，绯蒂丽卡咬了咬嘴唇，卡特琳娜今年才十四岁就要嫁给三十二岁的瑞亚利欧大叔。而她自己，连夫家在哪儿都不知道。想到这里，绯蒂丽卡没来头地自怨自艾起来，瘪着嘴又一头躺回到沙发里，手指尖无意识地玩弄着自己的卷发。屋子里一下子安静下来，一只黄莺不知道在什么地方兴高采烈地唱着。

不过，绯蒂丽卡又想，父亲大人去年当上了教皇，自己好歹也算是教皇国的公主呢，地位不比艾波莉达差！想要跟自己联姻的王宫贵族肯定大把大把，才不会像卡特琳娜这样委曲求全嫁给一个连封地都没有的假伯爵。她想起去年回到梵蒂冈庆祝父亲成为教皇，才第一次听说自己居然还有好几个同父异母的哥哥。不过大多过继给几位姑妈叔父，所以还要冠冕堂皇地叫堂哥表哥。她心里默数：

堂哥1号，朱里斯红衣主教，父亲大人成为教皇之后空出来的红衣主教职位就给了他，身材瘦高鹰钩鼻子扑克脸的阴谋家。

堂哥2号，乔瓦尼，索拉公爵，说是公爵，封地原本是教皇领地，爸爸当上教皇之后第一件事情就是放弃教皇对索拉地区的所有权，让给自己的儿子乔瓦尼，这才好歹当了个公爵。封地小得可怜，说出来恐怕都没人知道在哪儿。但是，不管怎么说，乔瓦尼是爸爸最喜欢的儿子，什么好事都先给他，爸爸上台之后就假公济私地给他先封了爵位。

表哥1号，帕特洛红衣主教，跟堂哥1号正相反，胖乎乎油腻腻的笑面虎。父亲大人似乎很信任这家伙，什么事情都交他办理。

表哥2号，瑞亚利欧伯爵，想到这家伙绯蒂丽卡就想笑。三十岁的时候还是索望地区的政府小职员，结果父亲大人当了教皇没几天就给他在鸟不拉屎的地方买了块巴掌大的小村庄，硬是让他鸟枪换炮一夜之间平步青云地变成了伯爵。她想起自己在罗马见到的这位“伯爵大人”，连蓬袖长罩衣都不知道怎么穿，双色裤袜怎么搭配都不懂，连行礼都要人现教给他。笨手笨脚一看就知道是个农民！自己怎么会跟这种人是同一个父亲？他妈妈肯定是哪个村子的农妇。跟自己的贵族妈妈是没法比的！可怜的卡特琳娜就要嫁给这种人了。她这么想着，心里有那么一点同情，又有那么一点幸灾乐祸。

还有一个根本没见过的表哥3号，巴索红衣主教。

一帮歪瓜裂枣乌合之众，谁都没有她出身高贵。绯蒂丽卡的妈妈伊莎贝拉可是罗马历史最悠久的大贵族奥斯尼家的长女。自己能到米兰宫廷来接受教育也完全是得益于奥斯尼家族跟斯福尔扎家族的关系，跟教皇，哦，当时还是红衣主教，一点关系都没有。

她又转过头看着眼泪都快掉下来的卡特琳娜，觉得自己作为当今教皇的女儿，将来肯定会嫁给一个堂堂正正的贵族，跟艾波莉达一样当上公爵夫人之类的，再不济也要嫁到法莱拉或者热那亚去做侯爵夫人。

绯蒂丽卡正神往地做着贵族夫人的迷梦，日光室的大门忽然被推开。先进来两位侍女，恭敬地站在屋子两侧，艾波莉达仪态万方地踱步进来。两个小姑娘马上从沙发上跳起来，低着头行了屈膝礼。绯蒂丽卡注意到艾波莉达今天不知为什么特意打扮了一下，头发更精心修整过，像金色小瀑布散在身后，还插上了她喜欢的珍珠发饰。衣服则是最衬托她肤色和金发的深绿色锦缎长裙，上面用金线绣着百合花的图案，修长的脖子上戴着她最喜欢的祖母绿坠珍珠项链。艾波莉达看到卡特琳娜手里拿着皱巴巴的手绢，脸上还有泪痕。叹了一口气，赶紧走过去握住她的手臂，把她领到长沙发上坐下。被冷落的绯蒂丽卡有点吃醋地站在旁边。

卡特琳娜坐在沙发上，被艾波莉达这么一安慰，反而眼泪更是稀里哗啦地流个不停，靠在艾波莉达的肩膀上抽抽搭搭地说自己不想离开米兰，不想嫁给一个比自己大一倍，而且从来没见过面的粗俗下等人。

艾波莉达抱着卡特琳娜单薄的肩膀，轻声细语安慰她，不要担心啊，大家都是这样，谁不是到了十四五岁就都要嫁出去的。

绯蒂丽卡抿了抿嘴，插嘴说："我听说原来是要康斯坦丝嫁过去的。她身份更符合吧？为什么一定要卡特琳娜呢？"

艾波莉达皱着眉头看了绯蒂丽卡一眼，真是哪壶不开提哪壶。转过头来，却看到卡特琳娜也泪眼蒙眬满眼询问地望着自己。

艾波莉达叹了一口气说："康斯坦丝才十二岁，年龄太小了，她妈妈舍不得她。"

绯蒂丽卡倔强地跪在沙发前，把手放在卡特琳娜的膝盖上说："我也舍不得卡特琳娜！我才不要她嫁给那个农民！"

这话说出来，卡特琳娜哭得更厉害了。艾波莉达只得嘘声安慰她。

这件事的确让艾波莉达很头疼。

新教皇西斯特斯四世显然不是省油的灯。他入主圣彼得没多久，身边的子侄外甥也都跟着鸡犬升天。成为教皇还没几个月，就一口气封了三个"侄子侄孙"当红衣主教，不但给外甥买了封地当上了伯爵，还居然放弃教皇领地，好让侄子成为公爵。渔民出身的农民穷人乍富就是这样吧。但是就连艾波莉达也要佩服这位教皇，厚颜无耻的同时心思倒也真是缜密。知道他自己年事已高才当上教皇，所以趁着还掌权的时候赶紧为家族谋福利。几个私生子进教会，还有几个私生子获得世俗爵位，这样德拉·罗维雷和瑞亚利欧家族的权力和财富才能通过世俗爵位一代一代传下去。教皇和红衣主教虽然在教会里可以一手遮天，毕竟这个权力和贵族头衔不一样，是不能世袭的。

德拉·罗维雷和瑞亚利欧家族权利扩张也把手伸到米兰来了，想要跟强大的斯福尔扎家族联姻。他们的第一目标是艾波莉达唯一未出阁的小妹妹，已故上任米兰公爵最年幼的私生女康斯坦丝。本来订婚也没什么，毕竟自己也是十岁就许配给那不勒斯的太子阿方索。但是瑞亚利欧特别要求不但要马上举行婚礼，更要婚礼当夜就圆房。艾波莉达也明白这样要求的目的，教皇年纪一大把，搞不好哪天就去见上帝。失去教皇做靠山，瑞亚利欧"伯爵"只不过是一个乡下农民。斯福尔扎家族肯定不会承认这桩婚姻，最方便的做法就是以夫妻没有圆房为由，宣布婚姻无效。瑞亚利欧想通过联姻跟斯福尔扎结盟的计划也就是竹篮打水一场空。虽然能够从利益角度理解瑞亚利欧急着圆房的动机，但是一想到一个大男人要跟一个不经世事的十二岁女童做那种事情，艾波莉达就觉得恶心。于是她亲自出面，借口"年纪太小，妈妈舍不得"推掉了这门婚事。

但是，事情的过程远没有艾波莉达计划的那么顺利。她本以为借康斯坦丝母亲的名义先发出一封私人拒信，然后再由公爵府出面追加一份正式公函表明家族立场，这桩婚事就可以这么不了了之。她以这种程序推掉了多少提亲的贵族，实在不是什么大事。意大利名门望族一大把，瑞亚利欧"伯爵"大可再找别家。没想到，瑞亚利欧"伯爵"还没怎么样，自己家哥哥公爵大人先来兴师问罪。

"你不能不经我同意就这么擅自做决定！"还不到中午就已经喝得醉醺醺的格莱亚佐跑到艾波莉达的书房里拍桌子。米兰公爵格莱亚佐今年二十六岁，但是因为酗酒和纵欲无度，看上去起码三十五。本来很英俊的脸庞却皮肤松懈，水肿的眼睛有点茫然地盯着艾波莉达，眼下开始有了点细碎的皱纹。

"不经你同意？"艾波莉达冷冷地从书桌后面站起来，"这又不是第一次有人给康斯坦丝提亲。拒绝了那么多家，你哪一次关心过？以后公爵府发出的公函每件都要你过目吗？”

“但对方是教皇啊！”格莱亚佐被艾波莉达冷若冰霜的声调镇住，势头顿时矮了一截，“咱们总不能不给新教皇这个面子。”

“我以年龄太小为名拒绝他已经算是跟给他面子了。”艾波莉达有点不耐烦地皱眉，居然还要掰开了揉碎了给她这个酒鬼哥哥讲道理，“给别家的拒信可都是嫌人家地位不够高。”

“他昨天跟帕特洛红衣主教在美萨夫人那里堵着我，当众要我给他们一个答复！我都不知道他给康斯坦丝提亲这回事！”

“你到底怎么跟他说的？”艾波莉达有点紧张地问，心里暗想，“你这个糊涂虫可不要随便醉酒的时候乱给别人许诺啊。”

“我能怎么说！”格莱亚佐垂头丧气地坐在书桌旁边的沙发上，仰头靠在椅背上，“我说，我一定会给他一个满意的答复。”

“还有呢？”艾波莉达走到书桌这边，有点严厉地盯着哥哥。

格莱亚佐转过头不敢看艾波莉达的眼睛，“我当时已经喝了不少，都不知道几点，你也知道，美萨夫人的姑娘们，总是给我灌酒……”

艾波莉达把手叉在胸前，也不说话，默默地等着格莱亚佐进入正题。

格莱亚佐知道反正这件事情也瞒不过去，叹了口气，说：“我正跟两个姑娘玩得开心，这两人突然跑过来要给我敬酒，红衣主教都没有穿法衣，呵呵呵，当然了，穿着法衣也不会跑到那种地方去逍遥啊。我都已经不知道东西南北，就又叫了几个姑娘过来，再加了一圈葡萄酒。喝到一半，瑞亚利欧问我跟康斯坦丝的婚事，我有什么想法。我都不知道有这么回事！只能说，挺好啊，挺好啊……”

艾波莉达听到这儿，忍不住咂了一下舌头。

格莱亚佐看了她一眼，回答：“你让我怎么回答！这件婚事本来就没什么不好啊！”

艾波莉达气得拿手指头敲着桌子说：“你怎么就不想想他是个什

么地位?！他那个伯爵才当了几天？封地小到连地图上都找不到！他爸爸都快六十了，教皇还能当几天？你让宝贝妹妹嫁过去住茅舍？娇生惯养的康斯坦丝难道要自己给自己洗衣服吗？”

“但是他是教皇的儿子啊。”格莱亚佐被艾波莉达抢白了几句，觉得自己没来头就被埋怨，心里委屈得不行，反驳说：“你怎么不想想他爸爸一口气封了多少个红衣主教，他的几个私生子全都鸡犬升天地跟着当贵族。我听说教皇现在看上了伊莫拉，要借钱给瑞亚利欧买这块封地。他要是做了伊莫拉伯爵，康斯坦丝做个伊莫拉伯爵夫人也挺不错吧！”

艾波莉达心里真想指着格莱亚佐的鼻子骂他白痴，但是对方毕竟是米兰公爵，自己毕竟是那不勒斯太子妃，不能像村妇骂街那样粗俗。

“你知道伊莫拉在哪儿吗？”艾波莉达转身从书架上抽出一卷地图在小茶几上展开，用花瓶和茶杯压住四角，“你自己找找！”

格莱亚佐有点迷惑地看着艾波莉达，但是被她家庭教师一样的威严架势震慑，只好无奈地低头在地图上找了起来。艾波莉达等他找了一会儿，知道他找不到，就用手指敲了敲佛罗伦萨和米兰之间的一个小圆点。如果以佛罗伦萨、米兰和威尼斯为基准画一个三角形，伊莫拉就在这个三角形中间靠下一点。

格莱亚佐看了看地图，又抬起头不置可否地看了看艾波莉达。

艾波莉达叹了口气坐在格莱亚佐对面的沙发上，像给小学生讲课一样说：“伊莫拉是意大利中部的战略要点，在佛罗伦萨、米兰和威尼斯之间，谁占据了这个地方就等于对三个国家都有威慑力，所以一直以来都是由米兰或者米兰的盟友控制。当然直接控制这个小城对米兰是最有利的，但是历史上也有佛罗伦萨议会控制的情况。佛罗伦萨本身没有军队，他们控制这个城市大多是出于商业利益考虑，对我们没有威胁。但是，如果教皇控制这个小城，等于允许教皇在咱们家门口屯兵。”

艾波莉达说完，坐在那里等了一会儿让格莱亚佐慢慢消化，然后一字一顿地说：

“决不能让教皇获得伊莫拉！”

艾波莉达本来还想再强调为什么不能让教皇往意大利中部扩张的原因，但是看到格莱亚佐醉醺醺两眼发直地盯着自己，觉得再怎么讲也没用。有点泄气地站起来，问格莱亚佐：“然后呢？你怎么跟红衣主教说？”

格莱亚佐脑子一下子没转过来，反应了一会儿才说：“我只能实话实说啊，我说不知道有这门亲事。”

艾波莉达气得都没精神说话了，只是摇摇手示意让哥哥继续说。

格莱亚佐耸耸肩，说：“红衣主教跟我说，你已经写了拒信，说康斯坦丝年纪太小。我当时很气愤，你怎么能擅自做这种决定，害我在两位大人面前丢脸！年纪小又怎么了？你当初跟阿方索订婚的时候才十岁。”

艾波莉达压不住怒气，转身对着格莱亚佐说：“他们自然不会告诉你瑞亚利欧不只是想要跟康斯坦丝订婚，他要跟咱们的小妹妹马上结婚然后就地圆房！康斯坦丝才十二岁就要跟那个臭气熏天的农民同床，你舍得，我还舍不得！”

格莱亚佐被艾波莉达吓了一跳，有点怯懦地说：“我不知道他提出了这么无理的要求……毕竟康斯坦丝还没成年……”

艾波莉达又坐回到沙发里，低头看着桌上的意大利地图。等自己去了那不勒斯，米兰怎么办？斯福尔扎家族能在米兰宫廷里坐多久？父亲打下来的江山，搞不好就会断送在这个酒鬼手里。

格莱亚佐看着妹妹低头对着他也不说话，就自顾自地继续：“红衣主教跟我表示瑞亚利欧家族是教皇最重要的姻亲，促成瑞亚利欧跟斯福尔扎联姻是教皇陛下的期望。如果康斯坦丝不行，斯福尔扎家别的女儿也可以。”

艾波莉达听到这句话，顿时觉得气不打一处来。他以为斯福尔扎家的女孩子是牲口，这只不行换那只！刚要说话，却被格莱亚佐打断：“教皇都这么说了，我又能怎么办？咱们总不能这么明着拒绝教皇的要求！我只能说我们也很期望能够成为教皇家族的姻亲，一定会再给他找一个斯福尔扎嫁过去。”

艾波莉达气得胸脯一起一伏，咬着牙问：“你把哪个‘斯福尔扎’许诺过去了？”

格莱亚佐知道这一关总要过，于是摆出一副死猪不怕开水烫的表情，瞪着艾波莉达说：“我自己的女儿，卡特琳娜。她已经十四岁了，就算是马上圆房，也合法。”

卡特琳娜，艾波莉达想，那个低眉顺眼圆脸小姑娘，自从进宫之后就像个小跟屁虫一样跟在自己身后，自己穿什么，她也学着穿什么，努力模仿自己的一举一动，自己写诗，她也在旁边写写画画，不招人不惹人，腼腆害羞，喜欢骑马，喜欢跟着自己跳舞……就这么像只牲口一样被她爸爸给卖了。

艾波莉达突然觉得很疲倦，她有点费力地站起来，慢慢走到窗前，意大利最有权力的女人，突然觉得自己好无助。如果自己是个男人，如果自己不是公爵夫人而是公爵，就可以眉头都不皱一下地回绝掉。但是，她低下头，用手揪了揪裙子褶，多想无益。

艾波莉达搂着哭得稀里哗啦的卡特琳娜，再一次体验到了那一天的无助。瑞亚利欧火烧火燎地催着马上就要举行婚礼，而自己只能无奈地坐在这里安慰卡特琳娜。而绯蒂丽卡这个死丫头，还净找些不中听的话乱说！

她有点伤心地看着卡特琳娜红通通的眼睛，站起来说：“哭也没用，我今天下午要见客人，你们俩也都打扮打扮陪我去。”

艾波莉达经常带着自己的妹妹以及在米兰宫廷里学习礼仪的贵族小姐们一起去见客人，这样不但可以避嫌，而且还可以让这些早晚要成为一个家族的女主人的小姑娘们见识一下见人待客的规矩。

她看着卡特琳娜跟自己撞衫的绿色裙子，轻描淡写地说："换成你那条鹅黄色的裙子吧，你的发色比较适合暖色系的衣服。"

绯蒂丽卡心里一下激动起来，今天要见的肯定是重要人物！平常根本不在乎别人模仿自己衣着的艾波莉达居然要求卡特琳娜换装了呢！她可从来没见过高傲的艾波莉达会这么在意来访的客人。

绯蒂丽卡跟卡特琳娜一前一后地跟在艾波莉达身后，来到艾波莉达最喜欢的二楼会客室。卡特琳娜已经换上鹅黄色的长裙，穿了一件棕红色绣暗花的短上衣。虽然已经洗过脸又重新梳了头发，但眼睛还是红红的，轻轻皱着眉头的样子真是我见犹怜。绯蒂丽卡也去勉强收拾了一下自己的衣服，头发仍旧是散着，衣服则换上了一件跟卡特琳娜差不多色系的暗红色配黄色长裙，这样坐在艾波莉达身边，肯定是更能凸显她的金发和绿色裙子呢。艾波莉达可真是狡猾！也不知道这位客人是谁，能让她这么费心。

三个人在会客室里坐定，面对中庭的三扇大窗户都开着，午后的斜阳透过法国梧桐照进屋里。艾波莉达在屋子正位的沙发上坐下，斜靠着椅背，一只脚放在沙发上，墨绿色的小小鞋尖从裙褶里露出来。卡特琳娜在艾波莉达旁边的沙发上规规矩矩地坐定，眼睛也恭顺地盯着眼前的地面。仆人过来通报说客人已经在门外等候多时，艾波莉达满不在乎地说："让他们继续等着吧。说罢就拿起几张稿纸翻看起来。"

绯蒂丽卡有点好奇，悄悄走过去把门拉开了一条小缝，偷偷地窥视。

会客室外的等候间里有三个年轻人。

她最先看到离自己最近的年轻人，看上去大概十七八岁的样子，他身穿暗红色绣金花的长罩衣，腿上套着黑色单色裤袜，脚上是一双软皮便靴。他背靠着墙坐在条凳上，左脚很随性地放在椅子上，双手抱着左膝盖，另外一条腿大喇喇地伸着，一点都不在乎自己的形象，但偏偏又那么优雅。黑色头发，纯净的橄榄色皮肤，直挺挺的罗马人鼻子，弓形嘴唇，嘴角轻轻上扬，鼻翼像古典雕像一样精美，眉骨和颧骨的轮廓都很清楚，下巴微微突出，有点地包天，一双深色的眼睛正带着笑意看着他身边的另外一位年轻人。

绯蒂丽卡随着他的目光望过去，第二位客人面对条凳站着，正在仰头欣赏等候间里一幅肖像画，并时不时低头跟坐着的青年闲聊。侧脸看过去，这位客人看上去大概二十出头。柔软的栗色头发用蓝色丝绸随便在脑后扎成一个马尾辫。鼻子很高很直，杏仁形的眼睛在眼角微微向上挑起来，让他看上去带了点妖气。嘴巴形状倒是不错，就是有点薄。肯定是一个刻薄的人，绯蒂丽卡心想。这位青年穿着很朴素的棕色绣暗花蓬袖夹克，下面是黑色暗灰色双色裤袜，跟红衣青年一样的软皮靴。然后很突兀地在腰上像画中的波斯人那样用亮蓝色丝绸围成宽宽的腰带，一条精致的金链腰带上挂着一柄长长的金色波斯弯刀。

第一位红衣青年好像跟他说了什么，绯蒂丽卡听不太清楚，好像隐约是跟昨天晚上醉酒有关。这个波斯打扮的人转过身来，绯蒂丽卡发现他亮蓝丝绸腰带里还别着一对小巧的金色匕首。波斯打扮的人好像在取笑红衣青年在这么重要的会面前夜居然宿醉。说着，在第一位客人身边坐下，红衣青年居然就很自然而然地把头放在那个波斯人肩膀上。嘟嘟囔囔地说自己头痛欲裂，波斯人把头转过来看着自己的同伴，轻声不知道说了什么，红衣少年闭着眼睛靠在他肩膀上笑了。绯蒂丽卡不知道为什么，一下子就讨厌起这个妖里妖气的波斯人。

波斯人转过头稍微提高点声音，朝着屋子另外一边说：“也不管管你这个宝贝弟弟！”

绯蒂丽卡这才听到屋子另外一边的低沉鼻音回答：“喝那么一点点就宿醉，我没有这种弟弟。”绯蒂丽卡悄悄转了个方向，看到窗边站着另外一个年轻人。他背对着自己，看不见长相，只能看到中等身材，肩膀很宽，黑色过耳的头发，穿着黑色绲红边的长夹克，腰带上别着一把小匕首。他很随便地倚在窗框上，看着楼下的小庭院。一边有一搭没一搭地跟屋里的两个人聊天。她正想要仔细听听这三个人在谈什么，女仆忽然拍了拍她的肩膀，让她去艾波莉达身边坐下。绯蒂丽卡有点不情愿地回到自己的位置，也像卡特琳娜那样摆出恭顺的样子，眼睛却不住地往门口瞟。

仆人打开门，报出来客的名号：

佛罗伦萨的罗伦佐·德·美帝奇大人

佛罗伦萨的朱利亚诺·德·美帝奇大人

杰斐洛·达·莫瑞雅大人

绯蒂丽卡忍不住抬头看了看，她早就听说过佛罗伦萨的“第一公民”美帝奇家族两兄弟，但今天才第一次见。穿黑衣的罗伦佐走在最前面，右手边跟着弟弟朱利亚诺，左边靠后一点是那个从莫瑞雅来的异国怪人杰斐洛。三个人同时低头给艾波莉达鞠躬行礼。

绯蒂丽卡转过头去看着艾波莉达，她看着低头鞠躬的罗伦佐，脸上一瞬间转了好几次表情，先是悲伤，又是欣喜，然后居然有点鄙视，最后终于恢复她旧有的笑容，伸出手，用甜蜜的女中音说：

“罗伦佐，亲爱的，请别这么拘束。”

罗伦佐抬起头，嘴上居然挂起一丝微笑，他径直走过来，没有像普通客人那样弯腰吻艾波莉达伸出来的手，而是像中世纪的骑士一样，单膝跪下来，吻了她手背。

绯蒂丽卡坐在旁边，惊得下巴差点掉下来。这也太不合规矩了！她转过头看了卡特琳娜一眼，她仍旧是一副恭顺的样子，真是无聊。这么戏剧化的场面，她也坐得住。绯蒂丽卡又鬼使神差地转头看了看另外两位访客，朱利亚诺明显有点不自在，目光游离在别处；那个异国人杰斐洛则面带微笑地看着这一切，好像早知道会这样。他注意到绯蒂丽卡的目光射过来，大胆迎上去，还对她扮了个鬼脸。绯蒂丽卡顿时脸红低头又瞟了艾波莉达一眼，罗伦佐早就放开艾波莉达的手，像什么都没有发生过一样，坐在卡特琳娜旁边给访客准备的椅子上，朱利亚诺也跟着坐下，而那个异乡人则站在罗伦佐和朱利亚诺的身后。

仆人走过去问罗伦佐要什么饮料，罗伦佐笑着说："公爵夫人的药茶，我也来一份。"

艾波莉达笑了，她端起白瓷茶杯，吹了吹茶汤，却没喝，而是透过茶杯的金边看着罗伦佐说："喝下去不许吐出来哦，配料都很昂贵的！"

罗伦佐则当着她的面一口把茶汤都吞进去，然后皱着眉头说："仍旧那么难喝。"

艾波莉达把茶杯放下，一只手支着头，看着罗伦佐用拉丁文说："美帝奇大人，过了这么多年，您还是全天下最蹩脚的骑士。"

罗伦佐则迎上她的目光，同样用拉丁文回答："而您，公爵夫人，一直都是全天下最无情的女主人。"

绯蒂丽卡拉丁文不太好，勉强听懂了两个人在谈什么，却搞不清这骑士女主人到底在说什么。环顾四周，却愕然发现一直都很恭顺的卡特琳娜，居然悄悄地看着艾波莉达，嘴角好像微微翘了一下。她又转头看看朱利亚诺，他虽然仍旧有点不自在的样子，但显然对此并不觉得惊讶，而罗伦佐身后的异乡人更是挂着"知情人"的微笑看着两个人不知所谓的对话。绯蒂丽卡发现会客室的六个人里，好像只有自己一头雾水搞不清状况，被隔绝在这个二人小世界之外，突然觉得异常愤怒。

5. 人口买卖

1470 年 5 月，米兰

“原来他就是艾波莉达的骑士。”卡特琳娜悄悄地拿眼睛瞄坐在身边的罗伦佐。

她晚上睡不着觉的时候，经常会偷偷溜进艾波莉达的卧室。米兰宫廷里，她最喜欢的就是这个小姑姑。卡特琳娜也不知道自己有什么才能能被艾波莉达像亲妹妹一样对待。她记得自己小时候总愿意追着小姑姑到处跑，小姑姑穿什么样的衣服梳什么样的发型，她也要一模一样的，搞得自己整天像个小一号的艾波莉达一样。虽然她明白，自己长相平凡，地位卑微，永远也不可能像小姑姑那样小小年纪就成了公爵夫人，诗作也写得那么漂亮。但是能在像月亮一样耀眼的艾波莉达身边做一颗不起眼的小星星，卡特琳娜就已经心满意足了。

四年前艾波莉达跟骑士共度的那个暮春，卡特琳娜还是个不经世事的小朋友。但是她一直记得那天晚上，艾波莉达穿着白色的便服，披肩拖在地上，满脸是泪水地回到自己的房间。卡特琳娜在她房里已经昏昏欲睡，又被惊醒。

艾波莉达一头倒在床上，痛哭失声。卡特琳娜先是吃了一惊，然后现出与年龄不符的成熟感，没有紧张，没有去叫人，而是轻轻地摸着艾波莉达的头发，一言不发地任她哭。她也不知道自己当时为什么会那么反应，只是觉得艾波莉达肯定不希望别人看到她这样子。

艾波莉达抱着枕头哭了一阵，侧过身来，看着卡特琳娜。卡特琳娜也在艾波莉达身边躺下。艾波莉达的眼睛和鼻头都红红的，金色的头发乱糟糟的，有几缕粘在脸上她也不在意。

"凯蒂，"艾波莉达轻声叫着卡特琳娜的昵称，一边说还一边抽泣，"他肯定讨厌我，他肯定看不起我，唉，我要怎么办，怎么办才好，他肯定再也不想见到我，他一定以为我是天底下最恶毒的女人。我像个不讲道理的疯女人一样，就那么把他赶跑了。"说完又哭了起来，"但是，我不要当他的战利品！就是被他讨厌也不要！"

卡特琳娜仍旧没说什么，说实话，她也听不太明白艾波莉达到底在说什么。她朦朦胧胧知道艾波莉达和罗伦佐之间关于骑士和女主人的游戏，一开始艾波莉达并不隐藏，罗伦佐每次来信都会被艾波莉达拿出来在各位女伴中传阅，大家一起评论笑骂。艾波莉达对这些追求者大多抱着玩弄的态度，每次都是她的女伴们凑在一起写回信，艾波莉达自己则很少执笔。卡特琳娜很少说话，她觉得自己年纪小，拉丁文才刚刚学会一点，不好发表什么评论，只能跟着小姐姐们和小姑姑一起说笑。

后来，艾波莉达亲自给罗伦佐写信之后，每次就只会念给卡特琳娜和她最信赖的摩尔女奴卡拉麦拉听。卡特琳娜后来回想这段时光，艾波莉达与其说是念给别人，不如说是念给自己听。一遍一遍地念，或开心或忧郁。

"凯蒂，亲爱的，"艾波莉达翻过身，眼睛无神地看着天花板说："拿他的信过来，随便给我念一封吧。"

卡特琳娜默默地爬下床，从书桌的小暗格里拿出一摞用红丝绳捆好的信件，随便抽出一封，有点吃力地念起来，她还有些不认得的词。每次她碰到不会念的词，艾波莉达就会提醒她。啊，艾波莉达把所有的信都背下来了。这一封是写骑士远远看到女主人开宴会的时候跟别的男人谈话，心如刀绞的痛苦。卡特琳娜一边念，一边偷偷用眼睛瞄着艾波莉达，她仍旧茫然地看着天花板，眼泪一股一股地从眼角流到头发里。她偶尔抽泣一下，大眼睛慢慢地一眨一眨的，金色的睫毛上也沾着露水一样的泪滴，嘴里还跟着一起背诗。卡特琳娜就这么一封一封地一直念，艾波莉达一首一首地跟着背，眼泪默默地流，到快日出，艾波莉达终于慢慢地睡着了。卡特琳娜自那以后就再也没听到艾波莉达提到罗伦佐。这些信件仍旧用红丝绳绑好，放回到书桌的暗格里吃灰。

而这个让高傲的小姑姑哭得那么伤心的男人，现在就好像没事人一样坐在自己旁边。而小姑姑，脸上居然也显现出真心的欢喜。

这就是爱情吗？卡特琳娜这样问着自己，将来我也会碰到一个能这么牵动我心弦的人，能让我哭得荡气回肠又笑得这么开心的人？不管那个人是谁，肯定不会是绯蒂丽卡那个农民哥哥！想到这，卡特琳娜又突然觉得很伤心，自己果然没可能拥有像艾波莉达那样辉煌的爱情。

这就是爱情吗？艾波莉达也在问自己同样的问题。四年了，她看着罗伦佐，他长高了，肩膀更宽了，脸上线条更突出，眉骨比原来更高，眼睛更深深陷进去，鼻子比原来还要再歪一点，怎么看都觉得比那个十七岁的少年更丑了。她没来头地笑了起来。罗伦佐正说着美帝奇银行的什么事，看到她笑就停下来，用那双深邃的黑色眼睛饶有兴趣地盯着她看了一会儿，好像知道她在笑什么，也自嘲地笑了笑，然后继续说。艾波莉达被他这么一盯，忽然脸上有点发烧。如果说四年前那个男孩盯着她的眼神，她还自认为能够抽丝剥茧地把他看透，现在坐在她面前的这个男人，艾波莉达发现自己再也无法透过那双黑色的眼睛看清罗伦佐了。

艾波莉达关注着罗伦佐这四年来的各种“事迹”，每次出访，每次议会上替皮耶罗发言，包括1468年成功破坏的那场“政变”，惩罚了那些政敌，这些都由米兰驻佛罗伦萨大使及时写信汇报给米兰宫廷。当然，原则上是写给格莱亚佐，但最终都是艾波莉达在一字不落地反复阅读。她有点欣赏，有点羡慕，又有点嫉妒。男人能在政治场上翻手为云覆手为雨，而自己只能在格莱亚佐身后出谋划策。

偶尔艾波莉达也会允许自己稍微幻想一下罗伦佐是不是也会这么聚精会神地关注她在米兰的一举一动。当然不会了！她叹了口气。米兰大使和其他佛罗伦萨的访客都会谈到罗伦佐的新恋情，这次到米兰之前还在他的小别墅里大搞以酒神为主题的疯狂聚会。枉费他当初在月下的小花园里还满眼怨毒地说艾波莉达肯定会忘掉他，真不知道是谁先忘掉谁。

虽然这样，艾波莉达仍旧还是很期待见到罗伦佐。她不知道自己见到他会有什么反应，会伤心、生气、让他滚蛋、自己再也不想见他，还是开心、幸福、扑到他脚下求他原谅自己，抑或是发现自己对他根本已经毫无感觉，觉得自己当真是不值得为了他那么神伤。她忐忑不安地等着罗伦佐，早上知道他下午要来，换了三套衣服，最后还是决定要穿这条深绿色的裙子。一上午都坐立不安，干什么都无法集中精力。结果，罗伦佐终于来了，艾波莉达又故作姿态地让他在门外等着。

看着大门缓缓打开，罗伦佐从外面走进来，艾波莉达觉得这大概是自己一生最幸福的时刻，她那位忠实孤傲的骑士又从远方回来了。他那么坚定地向自己走过来，一丝不苟地行礼，那么冷静地握着自己的手，火热的唇轻轻地贴上来。幸福的洪流像海啸一样排山倒海地向艾波莉达压过来，她只想就这么靠在沙发上，看着罗伦佐，什么都不说，什么都不做。

罗伦佐其实也并不太知道自己到底在说什么，他这次来拜访的确是有一些米兰公爵在美帝奇银行的债务问题要在艾波莉达结婚离开米兰之前跟她谈清楚。罗伦佐很清楚地明白，米兰宫廷是艾波莉达做主，重要的事情最好在她离开之前搞定，否则跟格莱亚佐谈就会更麻烦。

但是他听到自己的嘴在动，心思却完全不在银行事务上。这个高傲的女人，仍旧像他们第一次会面时候那样，猫一样地蜷在沙发上。她刻意穿上一模一样的衣服是什么意思？比起四年前，艾波莉达看上去更妩媚了，鹅蛋脸上的稚气已经被一股成熟的魅力所取代，下腭更圆润，胸脯把衣服撑得鼓鼓的，随着呼吸一起一伏，柔软的细腰被紧紧地裹在衣服里，让人很想用手去沿着腰身的轮廓抚摸把玩。

罗伦佐偶尔还会幻想把艾波莉达锁在金色的鸟笼里，但是更多会幻想艾波莉达将会是一位多么辉煌的美帝奇夫人，如果能跟米兰联姻，佛罗伦萨将会多么稳定。他不知道哪种幻想更不现实，金丝笼里的艾波莉达还是美帝奇夫人艾波莉达。他给米兰公爵的信，写下落款“您忠实的仆人——罗伦佐”，心里想的都是艾波莉达。他知道米兰这几年都是艾波莉达在主事，他的信件绝大多数都是艾波莉达在阅读和指导回复。他就这么想着，每次都要克制不要把公函写成情书。

他这个样子还真是够可笑的。全佛罗伦萨，全意大利那么多适龄少女，他偏偏就爱上一个他完全不可能得到的女人，这简直是最烂俗的情节。这个念头第一次划过他的脑海，“爱上”两个字吓了他一跳。“这就是爱情？”卡特琳娜和艾波莉达都在考虑的问题，也曾经像流星一样划过罗伦佐的心房，灿烂得让他不敢直视。但是跟两个女孩子不一样，现实的罗伦佐马上把这个思绪掐断，让这颗流星就那么无声无息消失在心头。爱或者不爱，反正也得不到。想了也是徒增烦恼。

虽然已经这么决定，但是现在坐在高傲的女主人面前，罗伦佐又觉得自己好像回到了十七岁语无伦次不知道自己在干什么的年纪。就算是语无伦次，他也要继续说下去，因为他知道现在只要停下来，自己就会陷进那双蓝色的眼睛里，就会被这个女人迷惑，控制不住自己冲过去吻她，紧紧把她抱在怀里，在沙发上，当着所有人的面把她据为己有，就算是那不勒斯为此跟佛罗伦萨开战也在所不惜。他心甘情愿地去做帕里斯，抢走海伦为特洛伊带来灭顶之灾。

于是一个人根本没有听，另外一个人也不知道自己在说什么。在座的另外四个人，绯蒂丽卡仍旧是一头雾水，卡特琳娜想到自己的婚事就只能暗自神伤，朱利亚诺倒是知道情况却觉得很尴尬只能环顾左右，站在罗伦佐身后的杰斐洛则是看着这对爱情鸟卿卿我我的样子，强忍着才没笑出声来，高傲如艾波莉达，自信如罗伦佐，在爱情面前也退化成满脸幸福的小女生和语无伦次的小男生。

这时候，仆人忽然推门进来，打断了这场言情剧。

“公爵夫人殿下，特雷维索红衣主教帕特洛·瑞亚利欧和吉罗拉莫·瑞亚利欧伯爵求见。”

瑞亚利欧的名字把艾波莉达从爱情的梦幻世界拉回到现实。

“他们怎么又跑来了！”她没忍住脱口而出，说完又有点后悔，觉得自己在罗伦佐面前失态了。岂不知她这么红着脸痴迷地看着人家，已经失态好半天了。

她深吸了一口气定了定神，明白这两个讨厌鬼三番五次来找她是为什么。前几天都以准备婚事太忙拒绝，但也不能总拖着不见，趁今天心情好，干脆把这桩令人讨厌的事情解决掉。她决定了，站起来刚想让安排座位，顿了顿，又转头看了看眼睛还有点红的卡特琳娜。

"凯蒂，"艾波莉达有点担心地问，"要不然你跟绯蒂丽卡一起先到后面去躲一下？"

没想到平常满脸迷糊的小凯蒂，现在却皱着眉头站起来说："我不走。反正怎么样也要嫁给他，现在见了也好！"

虽然口气很坚定，眼泪已经在眼眶里转了起来。艾波莉达有点心疼地走过去挽住卡特琳娜的手臂，她看看周围的人，罗伦佐一行人都已经站起来，等待她的指示，绯蒂丽卡这个好事之徒肯定不愿意离开，既然红衣主教和"伯爵"大人不请自来，那我也没必要就合他。艾波莉达扫视一圈，对仆人说："再拿两把椅子来，摆在绯蒂丽卡小姐旁边。茶水也换成蜂蜜酒。"

仆人马上行动起来，有的跑去把靠墙的两把椅子拿过来，有的忙着撤掉茶几上的茶具。艾波莉达转头看着罗伦佐，神情严肃地问："你现在能借给我多少钱？"

罗伦佐看她这么严肃，知道是在谈正经事，所以也正色回答："你要多少？"

艾波莉达低下头咬咬牙说："我希望五千金杜卡就能搞定，但是搞不好要一万。"

罗伦佐皱着眉头问："是公爵府出面贷款还是你个人融资？"

艾波莉达有点犹豫："头五千算是公爵府出面，如果需要追加的话，那就只能算我个人跟你借钱。"

罗伦佐点点头："那么头五千按照公爵府一直以来的利率计算，后面的五千如果需要则是我个人借给你的无息贷款。"

对这种明目张胆地献殷勤，艾波莉达有点狡诈地笑了笑说："不还也可以吗？"

罗伦佐也笑了："如果是公爵夫人您自己去买首饰，多少钱都可以；但是如果是进了瑞亚利欧'伯爵'的腰包，我总不能把钱白送给他。"他刻意拖长声音念了"伯爵"的头衔，神情甚是揶揄。

艾波莉达叹了口气，说：“希望五千金杜卡就能打发了。”

罗伦佐转头看了看门口，问：“不需要我们回避吗？”

艾波莉达轻蔑地一笑说：“穷人乍富的乡巴佬！用不着给他们这个脸！”

绯蒂丽卡虽然一直自诩为罗马贵族之后，对教皇那边的穷亲戚其实也很看不起，但毕竟红衣主教和瑞亚利欧伯爵也算是自己的哥哥，听到艾波莉达和罗伦佐这么轻蔑地谈论她的家人，心里顿时产生“自家人我骂得你们骂不得”的抵触心理，对这一屋子的人忽然间产生了一丝隔阂。

绯蒂丽卡心中的这一丝裂痕，连绯蒂丽卡本人都没意识到，只有杰斐洛注意到了。他眯起眼睛，看着绯蒂丽卡脸上青一阵红一阵的尴尬表情，心里忽然涌出一股不太舒服的感觉。窗外不知道什么地方，一只乌鸦突然哇哇哇地叫起来。

吉罗拉莫·瑞亚利欧跟着哥哥帕特洛红衣主教一起走进艾波莉达公爵夫人的会客室，心中充满了羡慕、惊叹和厌恶。

自从两周前在美萨夫人那里顺利“伏击”了米兰公爵，并在花楼上把婚事谈好，他就在帕特洛的指示下一次一次到公爵府，希望能够把口头协议变成白纸黑字。公爵府总算是起草了一份婚约草稿，但是公爵大人迟迟不签字。内部传来消息说，又一次停在艾波莉达公爵夫人手上。于是两个人又开始一次一次求见公爵夫人，结果公爵夫人一次一次以“筹备婚礼事务繁忙”回绝。瑞亚利欧已经跟帕特洛拍了两次桌子，骂了三次娘，在酒馆里摔了好几次酒杯，还打伤了一个妓女，搞得帕特洛要出面赔钱，然后把瑞亚利欧骂了个狗血喷头。

于是这一天他想到要拜访全意大利最高贵的女人，就觉得心里充满了怨恨和恐惧，搞不好又要被回绝。他那点微弱的自尊心已经受不了一次又一次的蔑视了。在这样的怨恨和恐惧驱使之下，瑞亚利欧拿出自己最昂贵的盔甲，一件一件地往身上套：

明明已经是暮春，他却找出一件翻毛绲边的蓝色锦缎长袍，头发仔细卷好，脖子上戴着重重的金项链，每个手指上几乎都戴着宝石戒指。在镜子前面照了半天，胡子仍旧还是稀稀拉拉的没长起来。他总觉得自己的嘴和下巴都有点太女人气，不像哥哥朱里斯的下巴那么刚毅。胡子长出来就好了，他安慰自己说。

帕特洛红衣主教看到他穿得这么华丽，也没说什么。两人一路走过来，到了米兰公爵府，瑞亚利欧已经大汗淋漓，用手绢不停地擦汗。他有点后悔自己穿了这件翻毛长袍，但是考虑到要在公爵夫人——那不勒斯太子妃面前撑门面，穿得体面点还是必要的。没想到今天公爵夫人居然同意接见，幸好自己穿了最昂贵的袍子！

仆人高声报出了来客名号之后，瑞亚利欧默默地跟在红衣主教身后走进公爵夫人的会客室。他本来以为只是跟公爵夫人单独见面，最多可能为了避嫌会有一两个女伴，没想到小小的会客室里已经聚集了一屋子人。

他之前在宴会上远远见过公爵夫人，身材娇小婀娜多姿的金发大美人，现在精美的鹅蛋脸上一丝笑容都没有，只有不加掩饰的鄙视。他跟着红衣主教鞠了一躬，被仆人引导在艾波莉达右手边的椅子上坐下。他看到小茶几上摆着冰窖里拿出来的蜂蜜酒，玻璃瓶上已经结上一层细密的水珠，他穿着厚厚的衣服正热得难受，仆人们却根本不给他拿酒水。红衣主教没说什么，他也只好绷着脸坐在一边。

公爵夫人雍容华贵地坐在正座的长沙发中间，从金发到脸蛋到腰身都那么完美，但是对于瑞亚利欧来说，艾波莉达就像一个瓷娃娃一样冷冰冰的完全引不起他的兴趣。坐在她身边的就应该是自己未来的妻子，米兰公爵的私生女卡特琳娜·斯福尔扎。真是一个小老鼠一样的怯懦女孩，软绵绵的棕色头发，孩子气的小圆脸，眼睛有点红肿，看上去是刚哭过，这帮该死的贵族，嫁给我就这么跌份？没想到在这里会见到绯蒂丽卡，他在罗马跟自己这个同父异母的妹妹见过几次，那种趾高气扬的架势，真是让人看了就讨厌。瑞亚利欧隐约记得绯蒂丽卡在米兰宫廷接受贵族夫人的教育，没想到她跟公爵夫人走得这么近。让瑞亚利欧有点惊讶的是美帝奇家的两兄弟居然也在座，这也有点太不合规矩了，明摆着就是没把他瑞亚利欧当人看。他早就听说罗伦佐和朱利亚诺，美帝奇银行毕竟是教皇的私人银行，负责管理教皇和亲属以及教会高级成员的私人财务。但是这还是他第一次见到这两位佛罗伦萨举足轻重的人物。他去过一次佛罗伦萨，至今对那个城市的财富和活力记忆犹新。他现在上下打量着美帝奇兄弟，不知道他们何德何能居然能做佛罗伦萨的主宰。还有站在罗伦佐身后的那个打扮奇怪的家伙是谁啊？仆人报名介绍说是什么“从莫瑞雅来的杰斐洛”，杰斐洛，“莫瑞雅的蓝宝石”，这算什么狗屁名字啊，他爹妈神经不正常给儿子起这种猫猫狗狗的宠物名，如果是外号，那也太没水准了。他暗自笑了笑，估计不是什么高贵出身。

他收回思绪，稍微挪了一下身子，把注意力转回到红衣主教和公爵夫人之间的对话上：

“……我们还是希望能够尽快跟卡特琳娜小姐举行婚礼。”红衣主教皮笑肉不笑地说，同时对卡特琳娜友好地点点头。

艾波莉达攥了一下卡特琳娜的手，冷冷地说：“卡特琳娜要在我的婚礼上做随侍，等我婚礼结束之后再说吧。”

“这是自然，”红衣主教说，“但是还是希望能够定个具体的日子，我们也好准备。”

“我过了夏天才会启程去那不勒斯，秋天冬天又不适合举行婚礼，明年春天我觉得还是很合适的。”

“这……我们希望尽快能够把卡特琳娜小姐迎娶进门。”红衣主教回头看了一眼瑞亚利欧，继续说，“瑞亚利欧伯爵对卡特琳娜小姐充满渴望，希望能够尽快把这位美丽的新娘娶回家。”

瑞亚利欧没心情陪帕特洛演戏，并没有做出“渴望”的样子，只是目不转睛地盯着艾波莉达。

“我希望卡特琳娜能够多陪我几天，我到了那不勒斯就跟她天各一方，再见面也不知道是什么时候。我甚至想安排她陪我去那不勒斯，等她回来之后再谈婚事也不迟吧。”

“公爵夫人，”红衣主教继续赔着笑脸，“这实在是让我们很为难。瑞亚利欧伯爵大人也有其他选择，而教皇陛下却非常看重斯福尔扎家族，所以要我们尽快把婚事谈妥。”

“婚事已经谈妥了，”艾波莉达冷笑着说，“你们跟我哥哥在美萨夫人那种下三滥的地方就把这么重要的事情谈好了，不是吗？我哥哥放荡形骸，跟一些不三不四的人搅在一起，结果却是我们斯福尔扎家的女人受气。”

艾波莉达这话说得刁钻，就连老练的帕特洛红衣主教也皱了皱眉头，随即明白艾波莉达估计是在激火，希望他们能够自己撕毁婚约。

“你个贵族小婊子，怎么能让你如愿！”帕特洛心里暗想，脸上又堆上假笑，“公爵夫人说笑了。公爵大人可是亲自把卡特琳娜许诺给我们，再怎么下三滥，那也是卡特琳娜小姐的夫家了。”

艾波莉达白了红衣主教一眼，慢条斯理地捋了捋卡特琳娜的头发说：“那可不一定。我这次带着卡特琳娜去那不勒斯，搞不好那边有合适的贵族，公爵大人会觉得还有比教皇的姻亲，不知名的什么伯爵更好的联姻对象呢。”

帕特洛一口气没接上，艾波莉达转过头来，高傲地说：“那就这么定了。这件事情咱们先放一放吧。我带着卡特琳娜去那不勒斯住几天，等她回来再说。我——”

“这不合规矩！”瑞亚利欧再也忍不住了，这帮贵族欺人太甚！他冷冷地打断艾波莉达，“我们是夫家，结婚的日期怎么说也应该由我家说了算。”

生硬粗糙的北方口音让整个屋子安静下来，绯蒂丽卡别过脸去掩饰不住窃笑。罗伦佐和朱利亚诺对视了一眼，那个诡异的外乡人更是揶揄地看着瑞亚利欧。

艾波莉达迎上瑞亚利欧的目光说：“夫家？婚约还没签呢，就算是米兰公爵答应你们了，卡特琳娜是我最喜欢的小侄女，如果我说要把她带到那不勒斯去做随侍女官，别说是你一个没当几天的伯爵，就算是没当几天的教皇也不能干涉我的事务吧？”

这一句话把瑞亚利欧连带他的教皇爹全都骂进去了，瑞亚利欧心头的无名火一下子拱上来，冷笑了一下，站起来，慢慢踱步到房间中央，没错，他就是一个乡下农民，你们把我当成乡巴佬，那我就破罐破摔地给你们撕破脸，看今天谁怕谁。

“这个婚事，是你哥哥米兰公爵许配给我的。他跟我们说得多好听，跟教皇的姻亲联姻求之不得，求之不得呢！想要跟教皇家族联姻的也不止你们一家。教皇陛下是看得上你们斯福尔扎家族，才愿意让我一个继承瑞亚利欧家业的嫡出长子娶你们家不知道从哪儿冒出来的杂种女孩。这件事男人们之间早就安排好了。更何况，公爵夫人你很快就要嫁到那不勒斯去，斯福尔扎的家族事务很快也就跟你无关了，这件事拖了这么久，也就是给公爵夫人您一个面子而已。你是卡拉布里亚公爵夫人，又不是米兰公爵夫人。当然，您要想带走卡特琳娜小姐也可以，除非教皇陛下改主意，斯福尔扎家族总归是要跟瑞亚利欧家族联姻的，哪位斯福尔扎小姐对我来说都一样，我照单全收，如果那不勒斯王子哪一天看腻了公爵夫人您，米兰公爵想要把您贱卖给我，那我也不嫌弃。”

艾波莉达这辈子恐怕没有被人这么直接顶撞过，就连她哥哥米兰公爵都要让她三分。她坐在沙发上，脸上红一阵白一阵，胸脯气得一起一伏，手紧紧地攥着拳头，嘴唇哆嗦半天说不出话来。红衣主教也愣在一边不知如何是好，瑞亚利欧则是异常满足地看着这个高傲的贵族女人被自己骂得说不出话来，真是没有比这更好的感觉了！把这些鼻孔朝天的贵族们踩在脚下再啐口吐沫！

罗伦佐听到一半就想站起来骂“放肆！”结果站在他身后的杰斐洛偏偏一只手放在他肩膀上。罗伦佐一鼓作气没鼓起来，毕竟也不是十七岁的小男生，只能不自然地换了个姿势，冷着脸看艾波莉达的反应。的确，他身为公爵府的客人，怎么算都轮不到他站起来替艾波莉达出头；但是放着不管，又觉得有点辜负自己“骑士”的称号。杰斐洛好像知道他心里想什么，手上又加力捏了他肩膀一下。他有时候真的是很讨厌这个波斯人，然而他其实更讨厌自己居然就这么轻而易举地被人看透。朱利亚诺这个时候自然是以哥哥马首是瞻，看罗伦佐没动静，也就老老实实地坐着静观其变。

两位小姑娘都吓得不知如何是好。绯蒂丽卡是从来没见过自己这个乡巴佬哥哥这么凶，心情突然复杂起来，一方面觉得艾波莉达对待他的态度的确有点欺人太甚，心里甚至有点幸灾乐祸地觉得总算有人能收拾一下艾波莉达这个高傲到死的女人；但是另外一方面又担心艾波莉达会因为自己哥哥的缘故迁怒于自己。卡特琳娜心里则是充满了恐惧和恶心，眼泪已经忍不住滴滴答答掉在手上，但是因为手被艾波莉达紧紧攥着，没法拿手绢来擦。心里想到自己就要嫁给这么无礼的人，要怎么办，怎么办才好呢！她越想越害怕，这两个人就这么僵在那里，到底会怎么样。卡特琳娜心里没底，反过来紧紧地抓住艾波莉达的手，没想到艾波莉达站起来，轻轻一挣，就把卡特琳娜的手甩开。

艾波莉达慢慢地绕过茶几，眼睛一直死死地盯着瑞亚利欧，那表情动作活像一只脊背弓起来准备进攻的猫。她慢慢走到瑞亚利欧跟前，双手优雅地放在身前，脸上挂上高傲的笑容，虽然因为个矮要仰着头看着瑞亚利欧，但是那眼神足以把对方压死。

“这婚事，的确是我哥哥米兰公爵许配给你的。但是，既然大人你跟我这么开诚布公，那咱们也就打开天窗说亮话。说实话，你那块地图上都找不到的封地还真配不上我们斯福尔扎家族的女孩子。看在你那位教皇‘大伯’，”艾波莉达故意把“大伯”拉长声音，“的面子上，我们家娇生惯养的卡特琳娜下嫁给你，我们自然也给她备置了符合我们斯福尔扎家族地位的嫁妆给你。”

说到这，艾波莉达开始坚定地一步一步往前走，瑞亚利欧不得不后退，艾波莉达一边说，一点点慢慢地把瑞亚利欧往门口逼。

“但是，伯爵大人你也不要得寸进尺！想要跟教皇家族联姻的贵族的确不少，但说实话，我们斯福尔扎家族也没说一定要去凑这个热闹。卡特琳娜要跟我去那不勒斯小住，等过了年再跟你完婚也不迟。除了已经答应要给你的嫁妆之外，为了弥补卡特琳娜在这段时间不能陪大人您的损失，公爵府再出五千金杜卡。既然您觉得婚姻不过是家族之间的交易，那我看照大人您的价位，”艾波莉达说着，上下打量了一下瑞亚利欧，“五千金币买大人您这半年的时间还是绰绰有余的。”

瑞亚利欧已经快让艾波莉达逼到门口，艾波莉达突然停下来，低下头想了想，笑吟吟地抬头，继续往前慢慢走，边走边用甜得腻死人的声音说：

“我想起来了，大人您是一定要结婚后马上就要圆房的。但是我还真就受不了您这个从小渔村爬出来、浑身鱼腥味的土老帽欺负我家的卡特琳娜。卡特琳娜的妈妈在米兰乡间有一处田产，起码也要值五六千金杜卡，夫人已经决定要把产权转让给卡特琳娜，让她回米兰省亲的时候也有地方住。您要想要这栋别墅，从成亲那天开始就跟卡特琳娜分房睡，什么时候卡特琳娜觉得愿意跟你同床，什么时候你们再圆房。我要是听说您强迫卡特琳娜跟您同床，米兰郊区的别墅您就别想了！我的确很快就要离开米兰去那不勒斯，如果您敢对卡特琳娜有半点怠慢，您这辈子也别想踏进那不勒斯一步！”

说到这，瑞亚利欧后背已经贴在会客室的大门上。

艾波莉达眯着眼睛，用手指戳着他胸口说：“怎么样，伯爵大人！一万金杜卡够不够？你要是说，我有志气，我不要这一万金杜卡，卡特琳娜你现在就领走，我绝不拦着。你要想要钱，现在就给我滚出去！我家的卡特琳娜什么时候想嫁你了，我们再把她打扮得漂漂亮亮地送过去！”

瑞亚利欧气得嘴唇直哆嗦，呆在那里半天说不出话来，手上攥了拳头，红着眼睛，眼看就要大打出手。罗伦佐不顾杰斐洛按在肩膀的手，一下子站起来，朱利亚诺没太明白情况也跟着站起来，杰斐洛早已放开罗伦佐的肩膀，移步到椅子旁边，右手轻轻放在金色弯刀刀柄上，犹豫着要不要出手干涉。毕竟，这一拳要是真打出去，艾波莉达可以理直气壮地回绝婚事。

红衣主教一看情况要失控，三步并作两步走过来，拉住瑞亚利欧，在他耳边悄声说：“别忘了咱们的当务之急，当务之急！”

艾波莉达冷笑着转过身，用她那腻死人的女中音趾高气扬地说：“两位大人要走了，送客吧。”

两位仆人走过来把大门打开，帕特洛红衣主教拉着瑞亚利欧伯爵快速走出会客室。刚迈出门，瑞亚利欧突然回过头，恶狠狠地说：“五千金币的支票，您最好今天就派人送过来，公爵夫人！”

背对着门的艾波莉达，脸别了一下，咬牙切齿地说：“少不了你的！滚！”

6. 美好时光，只在昨日

1470 年 5 月，米兰

“尊敬的夫君，我衷心地问候您，

“您前日给我写的信我已经收到了，您写的内容我也全都看明白了。您给我写信让我充满了喜悦，因为您知道的，我最大的幸福就是取悦您。您说您还会给我写信，但是我还没有收到。我对您给我的一切都非常满足，并对未来充满希望。

“您的妻子，克拉丽丝·奥斯尼·德·美帝奇”。

佛罗伦萨驻米兰大使给罗伦佐带来了他老婆的一封信。罗伦佐瞥了一眼，生硬粗糙的句子，孩子气的笔触，他念下来感觉像是咬了一口酸橘子，咽不下去也吐不出来。杰斐洛看他皱眉，走过去把信拿过来看。罗伦佐也并不阻拦，随便让他拿走了。

罗伦佐坐在二楼小办公室的窗前，神情郁闷地看着窗外的人流。美帝奇家族在米兰的办事处坐落在米兰最繁华的商业区，离公爵府也是步行距离，实在是寸土寸金的宝地。一楼是美帝奇银行米兰分行，二楼是各种办公室和贵宾会客室，而三楼则是几间豪华客房，供美帝奇家族成员或者银行要员临时落脚。罗伦佐过来的时候，行长本来要让出自己的办公室，但是罗伦佐坚持要了过道里面一间更小的办公室。杰斐洛知道，罗伦佐喜欢把办公室里搞得像被抢劫过后一样乱七八糟，真是没法跟人共享一间办公室。他这间小屋还没用几天，就已经是卷宗稿纸遍地乱扔，有些居然踩上鞋印他也完全不在乎。在别人看来完全分不清哪些是废纸哪些是文件，他自己倒是完全知道什么东西在什么地方，随手就能拿到。

杰斐洛看着稿纸上略微有点向右倾斜的笔记，暗自感叹克拉丽丝实在是一个毫无存在感的美帝奇夫人。

对于男性平均结婚年龄三十岁的意大利来说，才二十一岁的罗伦佐本来并不着急结婚。但是皮耶罗意识到自己身体坚持不了几年，希望能够在自己有生之年把长子的婚事安排好。所以罗伦佐二十岁不到，皮耶罗就急急忙忙开始给大儿子物色门当户对的妻子。一般来说，佛罗伦萨的大家族都会在佛罗伦萨内部寻找合适的联姻对象。但是通过 1468 年那场政变和后来的议会“改革”，皮耶罗很明确地意识到美帝奇家族已经不仅仅是一个普通的富商家族，而罗伦佐也不仅仅是一个普通的平民。作为佛罗伦萨的第一公民，罗伦佐就等同于佛罗伦萨的“国王”或者“公爵”，他需要一个跟这个地位相配的贵族小姐做夫人。这样的计划让很多佛罗伦萨人感到不满。大家背地里都说美帝奇家族眼光高了，看不上咱们佛罗伦萨的姑娘了，要去别的地方找贵族小姐。

佛罗伦萨最好的联姻对象当然是米兰，但是米兰公爵没有适婚的嫡出女儿，罗伦佐这样的身份又不能自降身价娶个私生女。米兰不行，皮耶罗就把注意力转向罗马。美帝奇如果能够在罗马通过联姻获得同盟，那对美帝奇银行、家族，甚至整个佛罗伦萨都会有帮助。选来选去，相中了罗马大贵族奥斯尼家族。

奥斯尼家族在罗马是非常古老的贵族，虽然没有出现过教皇，但是家族在教会中的势力非常强大，有数个红衣主教都是奥斯尼家的人。而现在正好有一位跟罗伦佐年龄相当的克拉丽丝·奥斯尼，是族长杰克布大人的女儿。

先去商谈的是罗伦佐的妈妈，美帝奇夫人露卡西亚。她去见了克拉丽丝，然后给她老公皮耶罗写了这么一封信：

“我们在一起散了散步，我离着很近地观察了一下这个女孩子。正如我之前说过的，她个子高挑，皮肤也还不错，态度很温柔，不过跟咱们佛罗伦萨的女孩子是没法比的。她倒是很谦虚，估计很快就能学会咱们的风俗习惯。她的头发颜色很深，我跟你说过了，罗马没有浅色头发的女孩子。她头发是棕红色，也还算浓密。她的脸有点圆滚滚的，也不算难看。脖子倒是蛮优雅，但是要我说，太细太单薄了。我这次完全没看到她的胸脯，你知道的，罗马的女人前胸都遮得严严实实，不过看上去尺寸比例也还算过得去。她不像咱们佛罗伦萨的女孩子那样高傲地抬着头，而是低着头，微微向前探。我觉得她是害羞，当然，我不是说她害羞不好。她的手指细长优雅。总之，我觉得这个女孩子算是中等偏上，但是跟咱们家的玛丽亚、露克莉莎和碧安卡当然是不能比了。”

这么说下来，你还真不知道美帝奇夫人是在给她丈夫形容一匹要购买的母马还是要给儿子娶老婆。但是说实话，克拉丽丝比一匹母马也好不到哪儿去。她对于罗伦佐来说，带来的是一个能生孩子的子宫，她后来给罗伦佐生了十个孩子；跟罗马贵族奥斯尼的关系，到最关键的时候也没帮上什么忙；至于说六千金币的嫁妆，在富可敌国的美帝奇家族看来也不过是小钱。跟克拉丽丝·奥斯尼这桩婚姻，不管是当时来看还是站在历史角度来看，对罗伦佐都是可有可无。

罗伦佐在这个问题上则完全处于被动状态。虽然这桩婚事年前就定了下来，克拉丽丝从去年秋天开始就按照美帝奇夫人和自己父亲大人的要求给罗伦佐写信，但罗伦佐对自己未来的妻子却毫无兴趣。跟米兰和佛罗伦萨的小姐们接受的人文主义教育不一样，克拉丽丝在罗马接受的是枯燥乏味的教会教育。她在这点上跟瑞亚利欧伯爵差不多，虽然能用拉丁文念《圣经》，但是要说用拉丁文交流则完全不行，就更不要提写诗了。况且，说实话克拉丽丝并不是一个特别聪明好学的女孩子，她绞尽脑汁写出来讨罗伦佐欢心的信，罗伦佐几乎看都不稀罕看就扔在一边。皮耶罗或者露卡西亚夫人过来逼他一下，他才会随手写个两三行字的回信给自己的未婚妻。克拉丽丝封闭的《圣经》教育的确让她见识不怎么高明，但罗伦佐也从来没把克拉丽丝当成跟自己平等的伴侣来尊重。

虽然当事者对此抱着无可无不可的态度，在皮耶罗的积极推动下，婚事仍旧是按部就班地向前推进。于是到了1470年1月，罗伦佐的叔叔，比萨大主教飞利浦，前往罗马代表罗伦佐跟克拉丽丝举行了代理人婚礼。罗伦佐也终于正式脱离佛罗伦萨最有价值的钻石王老五行列，成为一个有妇之夫。他自己却对这个身份变化毫不在意，不改之前到处寻花问柳的爱好，不但公开跟情人，同样也是有夫之妇的露卡瑞莎继续谈情说爱共度良宵，其他各种风流韵事更是连绵不绝。这种事情，罗伦佐虽然并不到处张扬，但也不会刻意藏着掖着。全佛罗伦萨，就连在米兰的艾波莉达也知道他的情事，在罗马的克拉丽丝肯定也有所耳闻。杰斐洛偶尔想起来，都会替克拉丽丝觉得难堪。但是嫁给佛罗伦萨的第一公民总是要付出代价的。

罗马的代理人婚礼已经举行过了，下一步就是要把新娘从罗马接到佛罗伦萨，在主教堂再举行一次正式婚礼。但是罗伦佐似乎并不很着急要把克拉丽丝接过来。他这边除了佛罗伦萨和家族的各种事务需要处理，罗伦佐还临时安排了这次米兰之行，跟自己的旧情人艾波莉达再续前缘。他们在米兰计划参加艾波莉达跟那不勒斯阿方索王子的代理婚礼，由那不勒斯的二王子，腼腆的佛德里克做代表。艾波莉达婚礼结束后，罗伦佐已经向艾波莉达和佛德里克王子正式发出邀请，请他们在南下去那不勒斯的路上在佛罗伦萨小住，参加自己的比武大会和接下来的婚礼。这一系列喜庆事情的安排，让罗伦佐实在是无暇顾及克拉丽丝，就让她在罗马先待着吧。

杰斐洛觉得罗伦佐是在刻意回避自己要结婚，或者说，刻意回避自己其实成家立业这个事实。他现在也是歪坐在窗边的条椅上，把头支在手上，一脸阴郁地看着窗外，午后的阳光洒进来，罗伦佐高高的眉骨在眼睛上投下深深的影子。

“你随便给她写几行字吧。”罗伦佐有点不耐烦地对杰斐洛说。

杰斐洛叹了口气说：“我可不是你的秘书。”

罗伦佐别过头来瞪了他一眼。杰斐洛扮了个鬼脸，坐在书桌对面，抽出一张稿纸唰啦唰啦地写了几行，交给罗伦佐。罗伦佐看了一眼，随便签了个字，又交还给杰斐洛。杰斐洛默默地吹干墨迹，叠起来滴上火漆。

“戒指。”杰斐洛伸手。

罗伦佐看也不看就把左手中指的戒指脱下来扔给杰斐洛。杰斐洛在空中一把抓住在火漆上按下罗伦佐的私人印章，有三枚钻石戒指摆成三叶草的形状。

“罗伦佐！”杰斐洛喊了一声，又把戒指扔了回去，罗伦佐一手接住，有点不满地说：“小心点！如果扔到窗户外面怎么办？”

罗伦佐站起来，像捏着死老鼠一样把给克拉丽丝的信丢在“寄出”信件筐里。仆人晚上会过来收走明天早上发出。杰斐洛看罗伦佐这个样子，有点忍不住地问：

“你就这么厌恶婚姻？大家都是这样跟自己从未谋面的人结婚，皮耶罗大人和露卡西亚夫人最后不也能相敬如宾。”

罗伦佐也意识到自己这样的反应有点孩子气。回到窗前的座位，有点丧气地趴在窗台上。他其实很想叫这个波斯人别多管闲事，但是又觉得这种滋味实在是没人可说，憋在心里又很不痛快。他很讨厌杰斐洛对自己的洞察力，也感到虽然身边谋臣顾问众多，但很多事情好像还真是只有他才能对自己心领神会。

“总觉得，”罗伦佐犹豫了一下，“如果是我的话，就应该……”

这话却说不下去，自己应该怎么样？佛罗伦萨前所未有的平民统治者，到底要怎么做才能兼顾家族利益和城邦利益？而自己的私心呢，又往什么位置摆？难道他就一定要把家族利益和城邦利益放在自己的愿望之前吗？不管怎么样，罗伦佐有点烦闷地想，反正不是现在这样！艾波莉达虽然没可能成为美帝奇夫人，但至少跟自己共度一生的人也不应该是克拉丽丝这么一个白开水一样寡然无味的女人。

杰斐洛绕过书桌，走到罗伦佐身边，一手撑在窗框上，默默地看着窗外，不知道是自言自语还是跟罗伦佐说：

“密林幽暗而深邃，但我已有约在先，征途在前不能眠，征途在前不能眠……”

房间里一下子安静下来，从楼下繁华的街道传来小贩叫卖的声音，车轮嘎啦嘎啦轧过石子路，对面楼房里传来夫妇吵架的声音。初夏的微风带来城市的味道，人气和糕饼店的香味，还混杂一些说不出来的腐败味道。两人一站一坐，在午后的阳光下看着米兰的街景，各自迷失在自己的思绪中。

不知过了多久，杰斐洛转过身，一手搭在罗伦佐肩上说：

“你去邀请艾波莉达跟你一起去郊游吧。”

罗伦佐有点迷惑地抬头看着他，“郊游？”

“穿着便服，去没人认识你们的地方，就一天，假装你们是一起出行的一对情侣或者夫妻。你们俩都是要结婚的人了，如果要干点什么出格的事情，也就只能趁现在。”

罗伦佐笑了：“你嗑药嗑高了脑子烧坏了吗？艾波莉达怎么可能会跟我去。如果万一出了危险怎么办！我怎么跟那不勒斯和公爵府交代？别开玩笑了。”

杰斐洛摆上了他那种故作姿态的神秘微笑，说："艾波莉达肯定会跟你去。中途我会全程暗中保护。"

"你要真闲得没事，就把我这几封信寄出去！别在我这儿晃来晃去地碍眼！"罗伦佐发现自己对这个波斯人真是毫无耐心。

杰斐洛笑着离开罗伦佐的办公室，顺手拿走"寄出"信件筐里的一沓信，关门之前说："好好考虑考虑吧。你也没几天自由日子了。"

罗伦佐转过头来吼了一嗓子："还不滚！"

话音未落，杰斐洛就已经消失在门口。屋子里只剩下一片寂静，楼下小贩叫卖，客人讨价还价，马蹄嘚嘚嘚嘚的嘈杂声音，又在房间里弥漫。头顶上一群鸽子扑啦啦地飞过，投下的阴影划过罗伦佐的脸颊。

"如果要干出格的事情，就趁现在。"罗伦佐仍旧懒洋洋地趴在窗台上，脑子里一直回响着这句话。

罗伦佐和艾波莉达穿着便装，骑着马在乡间小路上慢慢吞吞地溜达。杰斐洛和艾波莉达的摩尔女奴卡拉麦拉也骑着马远远地跟在后面。

艾波莉达自己提出来要穿男装。她把金发梳成辫子盘在脑后，虽然穿着男装但并没有刻意掩饰自己是女人的事实。男人的棉布衬衫领子半开着露出白色的胸脯，前胸把短外套撑得鼓鼓的，腰又勒得很细，穿着裤袜和靴子，腰上挂着的小匕首给她增添了一丝英气，走起路来却仍像女人那样婀娜多姿。别说是罗伦佐，就连原本对艾波莉达没什么感觉的杰斐洛从背后看着她柔软的身体裹在男人的短夹克里，也不禁神往想用手去量一下那么纤细的小蛮腰是不是能用一只手就围过来。

这条林荫道大概有二三里路，杰斐洛昨天跟卡拉麦拉过来踩点的时候，几乎是骑着马飞驰而过，只知道景色大概应该不错，但没来得及仔细看。现在慢悠悠地跟在两位主子身后，才有心情左右看看风景。今天天气很好，初夏的空气中弥漫着芳草和泥土的香气。空中偶尔飘过来蒲公英或者小飞虫，在阳光下一闪而过。林荫路上空无一人，周围除了虫鸣鸟叫就只有风吹过树丛唰啦唰啦的声音。林荫道两旁是两排高大的柏树，阳光穿过树叶在泥土路上打下星星点点的圆形影子。透过柏树，能看到道路两边大片的亚麻田，初夏正好是开花的时候，无边无际的白色花朵像海浪一样层层叠叠地随风翻滚，花田中偶尔会有农民在弯腰劳作。远处隐约传来云雀婉转的歌声。杰斐洛看着前面的两个人骑在马上，一个滔滔不绝地说，另外一个歪着头红着脸听，偶尔笑一笑的样子，还真看不出来一个是佛罗伦萨第一公民，一个是意大利地位最高的女人。

“你不是从莫瑞雅来的。”卡拉麦拉突然没头没脑说。

杰斐洛嘴角挑了一下，说：“你也不是摩尔人。”

卡拉麦拉别过头来，厚厚的嘴唇性感地噘着，摆出一个微笑说：“我从来就没说我是摩尔人。”

杰斐洛笑了：“我从来就没说我不会撒谎。”

“想必大人是从东方来的吧？意大利语不是母语？听你‘r’的发音，搞不好波斯语是母语呢。”

杰斐洛转回头继续看着前面漫步的两个人，说：“怎么，担心你的女主人落到来路不明的不法之徒手里？”

“那倒不是。”卡拉麦拉低下头，抿了抿嘴唇说，“只是很难得碰到同乡。大人也是从君士坦丁堡来的吧？”

杰斐洛脸色木然，没有回应。

如果卡拉麦拉注意到杰斐洛的表情变化，她也并没有表现出来，只是自顾自地低着头继续说：“至少大人生得好，没有被卖成奴隶。”言谈之中忽然流露出一丝跟周围平和的田园风光并不契合的悲苦。

杰斐洛听到她这么说，想到自己的出身，苦笑了一下，也没回应。他别过头看了卡拉麦拉一眼，卡拉麦拉看上去大概二十五六岁的样子，额头很饱满，均匀的浅棕色皮肤在阳光下闪着健康的光芒，黑色卷曲的头发梳成发髻，别着精致的金饰。她眉骨轮廓很有棱角，颧骨很高，下腭方正，大大的杏核眼睛，厚厚的嘴唇微微张着，露出白色的小牙，从意大利的审美观来说，很难说是美人，但却是一个给人印象深刻的英俊女人。卡拉麦拉也穿着朴素的女式旅行装，除了头上金饰，全身上下都是一副平民打扮。她肩膀很宽，前胸很丰满，浅棕色胸脯几乎要从衣服里暴出来，随着马步一颤一颤的。

杰斐洛上下打量了她一下，突然觉得她服侍全意大利最有权力的女人，实在没什么可悲苦的，虽说是女奴，但头上的金饰就够那些在地里耕作的劳工生活一年了。这么想着，嘴上就刻薄起来：

“奴隶又怎么样，能够服侍艾波莉达这么好的女主人，岂不是比普通农妇强。”

“我是很幸运。”卡拉麦拉听出杰斐洛话里有刺，皱了皱眉，“但是我有妹妹，她就没有我这么好命了。”

杰斐洛忽然觉得很烦躁，自己根本不想听这种故事，但是又没法离开。

“大人如果也是从君士坦丁堡来，不知道大人是不是知道一个叫穆图斯的酒贩？我们姐妹俩都是他的私生女。他在君士坦丁堡很有名的！后来到了莫瑞雅也还算是个大户。但是土耳其人打过来的时候，他失去了全部家当，不得不把我们俩卖了才勉强攒钱逃到威尼斯。”

杰斐洛阴沉着脸没说话。

卡拉麦拉歪着头盯着他，继续说：“我当时还太小，我妹妹才六岁。我们在威尼斯被分开了。大人看上去像是有人脉的人，能不能帮我打听一下？公爵夫人对我虽然很好，但是没有能力去帮我找亲人。但是她说如果我能找到妹妹的下落，她会给卡拉麦尔赎身。”

杰斐洛叹了一口气，他真的没这个心情。他转过头，有点尖锐地说:“你妹妹不叫卡拉麦尔，事实上，你根本没有妹妹。君士坦丁堡没有叫穆图斯的酒贩。你家乡应该是阿尔及利亚的什么地方，我的母语不是波斯语，我不是从君士坦丁堡来。你在威尼斯受了一些训练，十五岁上下被上代米兰公爵买给艾波莉达做陪读。你会流利读写意大利文和拉丁文，当初艾波莉达给罗伦佐骑士的女主人信件，有不少是你代笔。你原名不叫卡拉麦拉，这是艾波莉达给你起的名字，因为你肤色像焦糖一样，因为你是一个甜蜜的女孩。我的名字也不叫杰斐洛，这是罗伦佐给我起的，因为我第一次见到他的时候系着蓝色的腰带。想要玩密探游戏，你差太远了。”

卡拉麦拉听了这么一大套话，好像也并没有特别惊讶，只是耸耸肩说:“我跟莉达说过了，这种俗套故事根本就骗不了你的。但是她一定要我试试看。”

杰斐洛本来想一口气把这个不知天高地厚的女人吓一跳，结果听到她这样平淡的回答，反倒不知道要怎么应对。

卡拉麦拉趁杰斐洛愣在那里的时候，调皮地歪头看着他，性感的嘴唇噘起来，狡诈地说:“这么说来，你果然是个密探啊！我就知道！”

本来想给人家一个下马威的杰斐洛，却因为言多语失，自己先在阴沟里翻了船。

走过了这段林荫路之后，主路分出一条小路，蜿蜒进入小树林深处。罗伦佐带着艾波莉达沿着小路走到一处断桥旁边。周围都是浓密的树林，一座不知道什么年代修起的石桥，因为河流改道只剩下一条蜿蜒的小溪，石桥早已年久失修，坍塌了一半，剩下的一半石头上爬满了青藤。艾波莉达看着四周，感叹自己从来都不知道米兰周围有这么清幽的地方。杰斐洛和卡拉麦拉从后面赶上来，找了一块看上去还算干净的树荫，先铺上厚厚的毯子，又铺上一块丝绸，摆好枕头和靠垫，再拿出带好的午餐、葡萄酒和水果。两个人默不作声地收拾停当，又不知道消失到什么角落去了。

罗伦佐拉着艾波莉达斜卧在毯子上，享受一顿简单的午餐。艾波莉达完全没有一个贵族小姐的样子，用面包夹着冷肉，大口大口地吃着，掉在毯子上的碎肉，她也随手捡起来放在嘴里，然后还舔舔手指，嘴里的食物还没咽下去，就拿起葡萄酒灌了一口。罗伦佐饶有兴趣地看着艾波莉达像个饿坏的小女孩一样大嚼，自己完全吃不下，只是随手挑几块奶酪，就着草莓和葡萄酒吃掉，味道也没太尝出来。

艾波莉达吃完，用餐巾擦了擦嘴，心满意足地躺在垫子上。罗伦佐把食物挪到一边，也躺在她身边。周围一片静寂，不远处有涓涓的流水声，偶尔有云雀不知道从什么地方轻轻娇啼几声，又沉静下去。艾波莉达茫然地看着头顶的树枝，罗伦佐看着艾波莉达的侧脸。午后的阳光透过树枝静静洒下来，打在艾波莉达脸上，让她看上去好像被光晕笼罩。她额头上泛出细密的汗珠，蓝色的大眼睛现在则是迷迷糊糊地半开半合，眼珠失去了聚焦。呼吸变得很慢，胸脯轻轻地一起一伏。

罗伦佐撑起上半身，凑过去吻了艾波莉达的嘴唇。他先轻轻碰了一下，像个游泳的人用脚尖试水温一样，又碰了一下，然后狠狠地吻下去，舌头伸进去打开艾波莉达的嘴唇，探索她的小牙，寻找她的舌头，她尝起来有葡萄酒和草莓的味道。艾波莉达并不挣扎，但也并没有特别积极回应他。她的手仍旧放在胸前，一动不动地任由罗伦佐亲吻。罗伦佐放开艾波莉达的嘴唇，艾波莉达仍旧是一脸茫然地透过罗伦佐看着远方不知道是什么的地方。罗伦佐盯着她的脸看了一会儿，好像是弃权一样，换了个姿势把头枕在艾波莉达的肚子上，也看着头顶的树枝。艾波莉达的小手伸过来，有一搭没一搭地像安抚小猫咪一样，抚弄着罗伦佐的头发。

“永远就这样该多好，”艾波莉达用几乎听不到的声音迷迷糊糊地说，“女主人跟她的骑士就这么静静地……一直躺在树林里，几百年后人们会挖出我们的骨头，仍旧这么躺着。”

罗伦佐没说话，他伸手抓住艾波莉达的手，放在自己嘴边轻轻地吻着，吻她每一个指尖、指肚、指甲、掌心……

躲在断桥上的杰斐洛偷偷低下头偷窥了不知道多少次。

“别想了，他们不会在这里做的。”卡拉麦拉悄悄地说。

杰斐洛皱着眉头看了她一眼。卡拉麦拉黑白分明的大眼睛有点挑衅性地回望过来。

两个人早就吃完了准备好的午餐，正百无聊赖地在掷距骨消磨时间。杰斐洛盘腿坐在地上，卡拉麦拉歪着靠在垫子上，一边喝着蜂蜜酒。玩了几把之后，卡拉麦拉提出赌钱，杰斐洛就一直在输。今天他真的是非常不走运。输掉三个银币之后，杰斐洛悄声说：“你一个女奴隶要钱干吗？”

卡拉麦拉得意地笑着，压低声音说：“你一个来路不明的蹩脚密探，就当是用来贿赂我这个线人好了。”

杰斐洛又看了一眼下面躺在一起仍旧一动不动的两个人，回过头看了看卡拉麦拉说：“如果你家女主人真的跟罗伦佐私奔了怎么办？”

卡拉麦拉和杰斐洛对视了一会儿，然后两个人一起笑倒，拼命用手捂着嘴。等他们反应过来，已经叠在一起，卡拉麦拉压在杰斐洛身上，她也不起来，就势趴在杰斐洛前胸，两只手支着头，又挂上狡诈的笑容看着杰斐洛。杰斐洛伸手摸了摸她的头发，又划下来抚弄她的脸颊。

卡拉麦拉任他随便摆弄自己，仰起头，眼睛瞥向一边，像是在想象着什么，说：“如果我家女主人真的跟你家男主人私奔，那咱们也得跟着一起跑路吧。要不然他们两个连衣服都不会自己穿的人，到了晚上搞不好会因为衣服脱不下来而没法行房呢。”

杰斐洛有点惊讶地看着女奴卡拉麦拉这么放肆地谈着自己的女主人，然后自己也接茬说:“是啊，罗伦佐又不会管钱，随身带的零用钱很快就会花光吧。到时候他们俩要怎么生活啊。估计最后我这个蹩脚密探要被逼去偷东西，再不行可能就要把你卖了换钱。”

卡拉麦拉想了想说:“没错啊。我可不想再换主人了。如果到了那个地步，咱们干脆劫持了他们，然后再把两人卖回给佛罗伦萨和那不勒斯。你拿了钱跑路，我拿了钱给自己赎身。”

卡拉麦拉低下头，没来头地吻了杰斐洛。卡拉麦拉的嘴唇很厚很有弹性，她大胆地把舌头伸进杰斐洛的嘴里，两个人的舌头像蛇一样纠缠在一起。本来对男女之事并不特别热衷的杰斐洛，也几乎被这种从来没体验过的感觉迷住，着了迷一样用手解开卡拉麦拉的领子扣，卡拉麦拉的一对乳房像小兔子一样跳出来，压在自己胸前。杰斐洛把手伸进卡拉麦拉的裙子里沿着她圆润的大腿向上慢慢抚摸。卡拉麦拉也用手熟练地解开杰斐洛的腰带，把他早就高高耸立的男根掏出来，用手轻轻地上下套弄着。

“你赎身之后就嫁给我吗？”两个人嘴唇分开之后，杰斐洛轻声地说。

“谁嫁给你这种蹩脚密探啊！”卡拉麦拉笑了笑，调整了一下姿势，深吸一口气，一下坐在杰斐洛身上，杰斐洛浑身像过电一样，后背几乎弓了起来，差点当场就泄掉，紧咬着嘴唇才没出声。卡拉麦拉得意地笑着，居高临下地看着杰斐洛，两手放在他前胸，像骑马一样有节奏地前后摇动起来。杰斐洛伸手抚弄着卡拉麦拉暴露着的乳房。一时间两个人之间只剩下肌肤相碰有节奏的拍打声和喘气声。

“原来你在威尼斯也受了这方面的训练……”杰斐洛喘着粗气说，“米兰公爵想必也已经享受过这种服务了？”

卡拉麦拉没说话，右手食指和拇指轻轻掐住杰斐洛的乳头，左手按住他的嘴，然后右手稍微一用力，同时腰上也跟了一把劲。杰斐洛没反应过来一声叫出来，脑中一片空白，两只手狠狠地抓住卡拉麦拉的小细腰，后背像痉挛一样弓起来，一口气泄了出来，如果不是卡拉麦拉捂住他的嘴，下面的两位主子恐怕就要被杰斐洛的吼声惊动了。

杰斐洛过了几分钟才缓过来，睁开眼有点尴尬地看着还坐在自己身上的卡拉麦拉。她有点不屑地笑了笑，自言自语地轻声说了一句："男人……哼……"她轻巧地从杰斐洛身上挪开铺平裙子，整理好上衣，又坐回到自己原来的垫子上，杰斐洛突然觉得下身有点冷，赶紧也把自己的家伙什儿塞进裤子里，把腰带系好。

卡拉麦拉喝了一口蜂蜜酒，脸上突然冷下来，盯着杰斐洛说："我这辈子，眼里就只有莉达一个人。不管是谁，要是敢对她不利，让她伤心，你这个不明不白的家伙也好，罗伦佐也好，上帝魔鬼，不管是谁，我都跟他没完。你记清楚了。"

杰斐洛盯着她看了一会儿，觉得自己好像一个被玩弄后又扔在一边的玩具一样。有点烦躁地坐起来，拿起距骨，说："行了行了。你一个女奴能怎么跟人'没完'啊？让对方精尽人亡吗？别说这些吓唬人的话。再来一局？"

卡拉麦拉愣了一下，又挂上原来轻浮的笑容说："你要还有钱，我自然奉陪。"

罗伦佐和艾波莉达在断桥旁边躺了好一会儿才站起来继续前进。杰斐洛和卡拉麦拉收拾了一下毯子和餐具，也远远跟上。两人在树林中逗留的时间稍微长了点，等到了小客栈，都已经接近黄昏。正好遇上巡游乐团，在客栈旁边架台表演，火把也点上了，旁边已经聚集了一群平民围观喝彩。上演的剧目正好是粗俗不堪的一出老公出轨被老婆抓住，然后三个人在台上大打出手的戏，演情妇的年轻女伶衣服被撕开，漂亮的乳房露出一半，观众一边喝酒一边笑骂，往台上扔葡萄粒想要打中女演员的胸脯，而女伶也挑逗地亮出胸脯来给人当靶子。艾波莉达从来没见过这种低俗的剧目，脸羞得通红，把头埋在罗伦佐的怀里，但又忍不住想要看。罗伦佐对这种色情小剧则是屡见不鲜，一手举着酒杯跟众人一起唱词，一手搂着艾波莉达，时不时地低头吻她的头发。因为人多拥挤，杰斐洛也顾不上隐蔽自己，站在罗伦佐的右后边，不断观察四周围，右手一直放在波斯弯刀的刀柄上。

演出结束，杰斐洛让卡拉麦拉跟着两位主子，自己跑去跟巡游乐团结账。艾波莉达已经喝得有点醉醺醺，跟罗伦佐坐在客栈酒吧的角落，小脸通红地依偎在他怀里，卡拉麦拉静静地坐在不远处，一双大眼睛警惕地在客人渐渐稀少的客栈大堂里扫来扫去。

今天的行程，没有一处不是事先安排好的。杰斐洛跟罗伦佐前后核对了数次，然后又跟卡拉麦拉把路线再次审核一次。卡拉麦拉提出了几个建议，哪里有大片田野，哪里有林荫道，哪里有小客栈可以歇脚，哪里有小树林和清泉，虽然离道路不远，但有树木阻隔所以普通行人看不到。杰斐洛辗转找到一个不那么有名的巡游乐团，安排了一出粗俗的乡村戏码表演，但表面上仍要造成“偶遇路边表演”这样的桥段。杰斐洛在他们临行前一天跟卡拉麦拉一起把路线走了两遍，路上的客栈都打点好，最后一次确认这条路行人较少，从来没有打劫的报告，比较安全，景致也还不错。于是两位仆人都回到自己主人那里再次确认，这一次郊游才终于成行。

这个世界上哪有什么美丽的邂逅。绝大多数美好的事物，一般都是一大帮人准备好久花了好多钱，安排好给你看的；而突发事件则基本上都是让人烦心的倒霉事。

此行程唯一两边仆人没有达成协议的就是最后这一段。杰斐洛的安排是让他们俩在客栈过夜，目的当然很明白。而卡拉麦拉的态度则是：看情况。

杰斐洛打发走巡回乐团，走到卡拉麦拉的桌边坐下，悄悄回头瞥了一眼墙角腻在一起的两个人，悄悄地问卡拉麦拉："情况怎么样？"

卡拉麦拉又挂上她特有的狡诈微笑，说："够呛。"

杰斐洛又回头看了一眼如胶似漆的一对，揶揄地说："我看差不多了，客栈的房间已经安排好了。床是没法换，但至少床单和枕头都是最好的。"

卡拉麦拉歪过头来说："要不要打赌？十枚金币赌他们今天晚上是要分房睡还是在一起。"

杰斐洛皱着眉头问："说真的，你一个不愁吃喝的女奴怎么就想着赚钱？

卡拉麦拉摆了一个"悲苦"的鬼脸说："要给自己赎身啊，大人你就当是做好事吧。"

想到自己今天在这个女人面前从来就没占到便宜，觉得不掉进陷阱才是明智之举。但是他又回头看了看罗伦佐和艾波莉达，悄悄地伸出手来，说："我家大人可是志在必得的。"

卡拉麦拉连看都没看他一眼，伸手过来握住杰斐洛的手，算是说定，然后说："我家女主人可也是打定主意不会这么轻而易举成为你家大人的战利品的。"

罗伦佐感到艾波莉达靠在自己身上，像抱着一只小猫咪一样，呼噜呼噜暖烘烘的一团。他低下头吻着艾波莉达的嘴唇、脸颊、脖子，一只手从她棉布衬衫领子里探进去，轻轻抚摸她的乳房。艾波莉达仍旧是一副不挣扎也不回应的死鱼态度，任由罗伦佐随意抚弄。罗伦佐感到艾波莉达的冷淡，慢慢抬起头，把手从她衣服里抽出来，有点惊讶地发现艾波莉达脸上早就没有醉酒之后迷迷糊糊的表情，而是像平常一样略带挑衅性地盯着自己。

罗伦佐有点尴尬地放开艾波莉达。不知道为什么，罗伦佐在这个倔强高傲的女人面前不再是佛罗伦萨阅女无数的猎艳公子，而是又回到了四年前的那个暮春，十七岁的青涩年纪。在女人的问题上，罗伦佐虽然长得并不英俊，但是凭借他的魅力口才和财富，不管看上哪个女人，他都自信能手到擒来。有些男人喜欢强迫女人，罗伦佐则正好相反。他喜欢勾引女人，让她们自己投怀送抱，因为被他宠幸而幸福得不得了。然而，面对艾波莉达，正如她四年前说过的，罗伦佐的文采魅力地位金钱，没有一样能让艾波莉达赞叹仰慕。他现在仍旧想不出来能够给这个女人什么，她什么都不缺。

艾波莉达有条不紊地整理好自己的衬衫领子，然后伸手握着罗伦佐的手。

“我亲爱的朋友，”艾波莉达真诚地说，“这是我人生中最快乐的一天。谢谢你。”说完，她把罗伦佐的手贴在自己的脸上，闭上了眼睛。

罗伦佐本以为艾波莉达又要像上次那样没头没脸地骂他一顿，但没想到会听到这样诚挚的感谢。艾波莉达的体温透过手心传到他心里，像火一样炙热。他低声地说：“能让女主人开心，是骑士最大的荣幸。”

艾波莉达睁开眼睛，笑着放开他的手。

两个人静了一会儿，艾波莉达抬起眼睛，看着罗伦佐说：“俄莫拉的事情你听说了？”

罗伦佐低下头，这一天普通人生活中那种虚幻的幸福感，随着这一句话烟消云散。他深吸一口气，说：“听说了。”

“佛罗伦萨会把俄莫拉买下来吧？”

“米兰现在要价多少？”

“哥哥的底价应该是八万左右，但是我希望能够速战速决。如果佛罗伦萨议会出面，十万应该是可以的吧？我哥哥不会拒绝的。”

“应该没问题。五万算是佛罗伦萨市民对米兰公爵的赠礼，五万手续费。”

“一定要尽快！”

罗伦佐还想继续刚才幸福的平民幻梦，觉得艾波莉达怎么在这种时候谈起国事，稍微有点不耐烦地说：“非要这个时候谈吗？”

艾波莉达也觉得自己好像是有点逼得太紧，但是这件事情容不得半点差错。她一定要趁这个机会说清楚，以后很难再有两个人这样单独谈话的机会了。她抓住罗伦佐的手说：

“教皇现在应该没有购买俄莫拉的现金。美帝奇银行一定不能向教皇提供贷款！”

罗伦佐有点诧异地转过脸来，客栈昏暗的烛光下也看不太清楚艾波莉达的表情，他虽然理解艾波莉达这个要求的初衷，但是这么直接对他发指令，也实在是有点过分。

“美帝奇银行是一个商业机构，我不可能因为你一句话就不做生意。”

“不是为了我！”艾波莉达毫不让步，“是为了佛罗伦萨，为了米兰！决不能让教皇在意大利中部有立足之地。否则我们都会受到威胁。”

罗伦佐沉着脸没说话。

艾波莉达看他还在犹豫，继续说：“美帝奇大人！你不是普通的公民，不是普通的商人，你是佛罗伦萨的主宰。你要为佛罗伦萨城邦的利益考虑而不仅仅是为了你自己，甚至你的家族利益考虑。如果你的家族利益和城邦利益出现了分歧，那你作为佛罗伦萨的主人，必须要把佛罗伦萨放在第一位！如果教皇给瑞亚利欧伯爵购入俄莫拉，那就等于让教皇能够在佛罗伦萨家门口驻兵。你难道看不出来教皇的野心？”

本来是绞尽脑汁想跟艾波莉达脱离贵族政务的那些烦心事，享受“普通人的爱情之旅”，结果到快结束了也没做什么特别“出格”

的事情，偏偏到了两个人互诉衷肠的时候，艾波莉达怎么就这么煞风景，好死不死地不但开始商谈购买城池，还没头没脑地就把自己教训了一顿。罗伦佐觉得异常郁闷，但是又没法跟艾波莉达发作，毕竟她只不过是说出了自己不想面对的事实而已。美帝奇银行是教皇的私人银行，而美帝奇家族又是代表佛罗伦萨利益的第一公民。新任教皇西斯特斯四世明显野心很大，虎视眈眈盯着意大利中部，想要扩张教皇领地。这么明显的利益冲突，瞎子都看得出来早晚会出问题。如果教皇真的要借助美帝奇家族的财力侵害佛罗伦萨共和国的利益，这的确是一个无论怎么选择，都无法两全其美的死结。最好的办法自然是占了先机，把俄莫拉小城所有权尽快购入，断了教皇的念想，自然美帝奇家族也不会被逼着在商业利益和政治利益之间做一个选择。

“我马上就要离开米兰了，”艾波莉达仍旧握着罗伦佐的手，有点消沉地说，“我走了之后，我哥哥那个酒鬼估计会向教皇低头。你一定要在教皇能够着手安排这件事情之前，就把俄莫拉购入。让他死了这条心。”

“这件事情，我自有安排，夫人您一个女流之辈，就不要过问了。”罗伦佐从艾波莉达手中抽出自己的手，冷冰冰地说。

艾波莉达有点悲伤地看着罗伦佐的侧脸，咬了咬嘴唇，说：“还记得四年前在小花园里我说过的话吗？”

“哪一句？”罗伦佐心情不好，说话也尖刻起来，“您那天晚上说了不少话呢。”

艾波莉达听出他话里带刺，心里疼了一下，但是又鼓起勇气继续说：“我说过不希望做您的战利品。我今天虽然真的很开心，能跟我的朋友一起像普通人一样享受无忧无虑的郊游。但是大人在安排这场美好幻梦的时候，难道就没有想到要以这样的‘礼物’来换取我跟您的一夜欢愉？我说到底，仍旧是你在努力争取的一个奖品而已吧？我说过如果您希望我看到您的灵魂，我也得得到您同等的尊重，和大人您平等交谈。”

“尊重！”罗伦佐有点气愤地转过脸说，“那我们就来谈谈尊重！您觉得您是一个战利品，您觉得我今天的安排就是为了想要钻进你的裙子里去。夫人！说实话，女人裙子里面的东西，我见过太多，您的也未必那么特别。你希望我能够以对等的朋友一样尊重您，但是对于您来说，我一直都是一个低俗肤浅的平民，梦想着征服您这个奖品。您又可曾放弃自己高贵的身价，平等地对待我？”

罗伦佐回过头，盯着自己手里半空的酒杯，低声说：“您有没有想到过，这一天并不仅仅是为了您？我这一天也过得很快乐？我又何尝不是和您一样在享受着这场幻梦！我又何尝不希望能够抛开地位政务跟您一起做普通朋友？”

艾波莉达有点悲伤地笑了笑，“梦总要结束的……大人您还是佛罗伦萨的主宰，我仍旧是那不勒斯的太子妃。但是，我们今天这一切难道就不能延续下去吗？如果您能够跟我谈论拉丁文诗歌，为什么会觉得跟我谈政务就降低您的身份？”

“我没……”罗伦佐几乎是不假思索地就像一个偷糖果被抓了现行的小孩一样转头反驳，话出来一半，看到艾波莉达坚定的眼神在幽暗的烛光下一闪一闪，突然说不下去了。他想到自己收到米兰公爵的来信，从遣词造句的风格上就知道这些信件有大半是艾波莉达口述秘书代笔。他这几年来又何尝不是已经跟她谈了各种生意政事。

他盯着艾波莉达的脸，在烛光下一半在阴影中，一半被染得金黄，柔软的脸形也显得刚硬起来，金色的头发因为一天的劳顿刚才又跟自己厮磨，有点乱糟糟的，但是仍旧在微弱的火光下闪着金属的光芒。他咬咬嘴唇，拿起艾波莉达的手，放在嘴边轻轻吻了一下，然后握着她的手说：

“政治场中只有同盟，没有朋友。公爵夫人您只能二选其一。”

艾波莉达的呼吸忽然快了一拍，罗伦佐握着她的手，隐约觉得她心跳也加快了。她反过来紧紧抓住罗伦佐的手说："我二者都要。谁定下的规矩只能二选一？我们难道不能……"

罗伦佐有点悲伤地打断她，"夫人，想要两全其美也不是不行，唯一能够实现的途径就是您嫁给我，做我的妻子，佛罗伦萨的女主人。这样我们的利益才能统一，我们才能既是朋友又是同盟。我又何尝不想把自己和佛罗伦萨放在您脚下，您的美貌和才华胜过海伦，但是我没有帕里斯的勇气，也不能让佛罗伦萨被那不勒斯摧毁。"

艾波莉达冷笑了一下："我不相信。我拒绝相信。对于别的君主，他们或许只能在同盟和朋友之间选择一个，但是对于你我，上帝眷顾，你是佛罗伦萨主宰，我将来会成为那不勒斯的王后。如果全意大利能够有什么人有资格有能力成为同盟和朋友，那就应该是我们！做我的但丁，做我的兰斯洛！"

罗伦佐被艾波莉达在烛光下炯炯有神的眼睛吓了一跳，只是握着她的手，一言不发。说实话，艾波莉达这两个比喻，虽然都很浪漫，但没有一个善终，用在这种时刻，着实是不恰当啊。

艾波莉达察觉他的犹豫，垂下眼睛说："你也没必要现在就答复我，回去想想吧。"说完，站起来说："卡拉麦拉，咱们回城。"

卡拉麦拉倒是很镇定，杰斐洛像被戳了一下，站起来转过身，看着表情凝重的两个人，张着嘴刚要说什么，看到罗伦佐几乎要冒火的眼睛，又闭上嘴默默离开客栈大堂去牵马。卡拉麦拉跟过去帮忙，两人走到门口，杰斐洛垂头丧气地拿出荷包，数出十枚金币给卡拉麦拉。

艾波莉达也站起来，抚平衣服，整理好斗篷，抬头看着罗伦佐的背影，不管是朋友还是同盟，她发现自己已经不可挽回地爱上了这个男人。

7. 小鼠婚礼

1470 年 6 月，米兰

五旬节过了，但是先结婚的不是艾波莉达。

瑞亚利欧跟公爵夫人大吵之后还不到一周，帕特洛红衣主教和瑞亚利欧就分别收到教皇父亲的信笺。帕特洛的那封不知道说了什么，瑞亚利欧这封则是对他大肆发难，说他自作主张，不分轻重。

“我跟你说过多少遍，跟米兰公爵的联姻一天也不能拖！要不然我干吗把你们两个人一起派到米兰！你这个阶层的贵族一般都是代理人在女方家举行婚礼，你作为新郎却自降身份亲自屁颠屁颠地跑去，不就是为了要把米兰公爵以最快速度变成你的姻亲？你的地位现在并不稳固，能得到斯福尔扎这样的亲家是千金难买的优势！你怎么能为了区区一万金币就同意让公爵夫人把你到手的老婆带到那不勒斯去？这么一拖，米兰公爵变卦你怎么办？我们怎么办？！怎么连这么简单的事情都想不清楚！以后在这样的商谈中，你不要插手！让帕特洛来处理。我已经直接去信给米兰公爵，让他马上安排你们的婚礼。不要太多仪式，赶快把事情了结然后回罗马！”

瑞亚利欧真是憋了一肚子委屈，不但自己在公爵夫人面前颜面扫地，还被自己的爸爸没头没脑地骂了一顿。明明觉得自己吵出来的结果也不坏，一万金币可不是小数目！但是爸爸却还不满意。明明帕特洛当时也被公爵夫人的利嘴顶得张口结舌，这个胖子却变成了会办事的好人。明明是自己挺直腰板站出来跟这帮贵族针锋相对的斗法，结果却成了不知深浅自作主张。他觉得肯定是帕特洛在给爸爸写信的时候颠倒是非，才让爸爸对自己这么不满。帕特洛在爸爸身边时间长，爸爸偏向他也是肯定的。这么想着，瑞亚利欧伯爵就更觉得不公平。明明自己更聪明，明明自己更适合进教会，明明自己才更能辅佐爸爸，却被帕特洛那个享乐主义的胖子鸠占鹊巢！

不公平！凭什么！凭什么！瑞亚利欧越想越生气，拿起葡萄酒又给自己倒了一杯。帕特洛又去了公爵府，这次都不让他一起去。真是太不给脸了！他算老几！心中另外一个小声音却像回答一样阴阳怪气地说：人家可是红衣主教呢，教区几大片，别墅好几栋，俸禄一年就一万多。你呢？一个封地小的在地图上都找不到的假伯爵，罗马的房子还得爸爸出钱买。别说那些贵族，就是你自己家人都看不起你呢！

瑞亚利欧越想越窝火，一手把酒杯摔到墙上，里面还剩下的葡萄酒把墙壁染成一块红色，碎片撒了一地。帕特洛正巧推门进来，看到瑞亚利欧一脸阴沉地坐在沙发上，对面墙上的红色印记和地上的玻璃碎片根本无须解释。帕特洛皱皱眉头说：“你别在我这儿摔摔打打的！”瑞亚利欧懒得理他，又拿起剩下的酒杯给自己倒了满满一杯葡萄酒。

帕特洛叹了口气，脱下红色法衣，穿着白色的棉布衬衫大喇喇地坐在瑞亚利欧对面的沙发椅上，靠在椅背上闭目养神。

瑞亚利欧看到他那副胖乎乎的嘴脸就来气，站起来就想要离开房间。

帕特洛听到他的动静，睁开眼说：“下周日先在米兰公爵的私人小教堂里举行婚礼，然后晚上就在公爵府里圆房。”

“公爵府？！”瑞亚利欧惊诧地说，“怎么能在新娘娘家圆房？！这，这，这……”

“那你想在哪儿？在你现在暂住的寒酸小客房？随便在街上的客栈租房？你以为我不知道这不合规矩？但是又能怎么办？咱们在米兰没有拿得出手的地方接待米兰公爵的女儿。我只有这个二楼的办公室和寝室，楼下还是别人的店铺。我们又不是美帝奇银行，罗伦佐可能会大手笔买个庄园，咱们可没那个钱！合规格的就只有公爵府！”

你在罗马那么多别墅，卖一栋就有钱了。瑞亚利欧心里暗想，但嘴上没敢说出来。只是支支吾吾地说：“那至少也应该是米兰公爵在乡间的别墅之类吧。公爵府也太……”这跟倒插门有什么区别？说出去实在是太丢人了！

“来不及了。”帕特洛说，“我们当务之急是赶紧把婚事办了，然后你带着老婆回罗马。”

“那你呢？”瑞亚利欧问。

帕特洛摆了摆手说：“我还有其他任务。你就别管了。老老实实把斯福尔扎的姑娘娶到手，爸爸和我就都可以放心了。”

瑞亚利欧看他那一副居高临下的样子，真是气不打一处来，真想把手上的杯子摔到这只肥猪脸上。

卡特琳娜一直到最后一刻都抱着希望，希望神通广大的连公爵见了都让三分，全意大利最有权力的女人，自己最喜欢最崇拜的小姑姑，能伸手把自己从这桩恐怖的婚姻中拯救出来。甚至艾波莉达告诉她“下周就要举行婚礼”的消息，她仍旧觉得这一定是小姑姑跟自己开玩笑，这一定是艾波莉达在试探自己，考验自己，这一定是作为贵族小姐的另一个小测验。

但是看着艾波莉达消沉的表情、游离不定的眼神，“下周就要举行婚礼”这个现实像冷水一样从她脚尖开始蔓延，缓缓上升，侵入她的胸中，把她的心冻成冷冷的一块石头，再变成眼泪无声地在眼眶滚动，然后一滴一滴掉下来。

但是艾波莉达这次没有像往常那样攥着她的手，抱着她的肩膀安慰她。她有点不耐烦地站起来，卡特琳娜有点不知所措地看着她，不知道自己做错了什么惹她心烦。

艾波莉达快步走到屋子中间，想了想，似乎是感觉到了卡特琳娜的眼神在跟着她，别过头皱着眉头看着卡特琳娜，有点尖锐地说：“别哭了！”

小姑姑从来没跟自己这么说过话，卡特琳娜吓了一跳，用手绢擦了擦眼泪，但是旧的擦掉，新的又涌出来。她真是恨自己不争气，不能像小姑姑那么强势。

“哭有什么用！”艾波莉达的声音比平常高了一点，“你马上就要嫁出去了，什么事情都哭哭哭！哭能哭出来什么？！”

这么一说，卡特琳娜哭得更厉害了。

她低着头模模糊糊地看到人影一晃，还没反应过来，艾波莉达就已经站在自己跟前，弯着腰，有点恶狠狠地捏着自己的下巴，硬是抬起她的脸。卡特琳娜拼命把眼睛里的泪水挤出来，希望能够看清艾波莉达的脸。艾波莉达抽出自己的手绢，三下两下把她的泪水抹掉，完全没有一点温情。卡特琳娜有点害怕，僵在那里看着艾波莉达。

卡特琳娜从来没见到过艾波莉达表现出这种表情，好像是沮丧又有点悲伤，好像是打了败仗的将军面对自己的士兵一样。艾波莉达好像也意识到自己有点生硬，硬是挤出一个笑容，另外一只手捋了捋卡特琳娜的头发。

“凯蒂，”艾波莉达叫着卡特琳娜的昵称，“以后我不在你身边，你可不能被那些臭男人牵着鼻子走。伯爵虽然看上去强势，虽然罗马是教皇的地界，他们一家子人虽然看上去人多势众，但他们到底是一群粗俗的贫民。你可一定要记住，你是斯福尔扎家的女儿！这个公爵的爵位和封地，是你爷爷带兵打仗打出来的！我们是战马上的贵族！你不要忘了！我们家的女人，就算只剩最后一口气，也要跟他们斗到底！”

卡特琳娜不太明白这个“他们”到底是谁，但是想到自己要去的地方，隐隐约约意识到从今天开始，除了自己之外，所有人都是“他们”。

艾波莉达放开卡特琳娜的脸，坐在她身边，又恢复了她之前的温柔态度，一只手搭在卡特琳娜的肩膀上，额头碰着卡特琳娜的额头。这么默默地坐了一会儿，艾波莉达忽然挂上一丝狡诈的微笑，低声跟卡特琳娜说：“男人总以为都是他们说了算，觉得自己是头，但是女人是脖子，他们要看哪个方向，其实是我们说了算的，懂吗？”

卡特琳娜似懂非懂地点点头。

婚礼说好听了是简单朴素，说难听了就是草草了事。瑞亚利欧伯爵跟卡特琳娜在斯福尔扎的家族教堂，由帕特洛红衣主教主持，结为夫妻。教堂没有布置，卡特琳娜连件新衣服也没来得及置备，只是穿着自己最喜欢的绿色带金花的裙子，脸上简单盖上一块白色蕾丝纱巾，就被她爸爸米兰公爵领着穿过空空荡荡的教堂了。新娘家出席的就只有艾波莉达、年幼的康斯坦丝和康斯坦丝的妈妈嘉比莱拉夫人。艾波莉达朝她笑了笑，而嘉比莱拉夫人却面无表情地看着她。卡特琳娜突然有点气不过，我明明是替你女儿扛了这桩婚事，你连个笑脸都不给我吗？她冷冷地盯着嘉比莱拉夫人看了一会儿，嘉比莱拉先打破了对视，低头摸了摸她女儿的头。卡特琳娜冷笑了一下，微微抬起头，发现二楼观礼台还有人，隔着面纱也看不清是谁。

新郎家这边只有绯蒂丽卡孤零零地坐在前排。卡特琳娜这才想到，绯蒂丽卡是自己的小姑子呢。她今天居然花了心思把头发盘起来了。如今这个童年好友也变成“他们”的一员了。她是教皇的女儿，肯定会嫁给一个正牌的贵族吧。而自己的“伯爵夫君大人”正站在祭台旁边，这么模模糊糊地看他，其实长得也不能算难看。虽然穿得还是那么俗气，但脸形还挺方正。他恐怕也没时间为自己的婚礼做件新衣服呢。这么想来，卡特琳娜突然对自己的丈夫产生了一丝同病相怜的同情。虽然是一个没有封地的贵族，但是人生就这么一次的大事，这么简单地就在亲家府完成了。自己跑过来跟倒插门差不多，真是颜面丢尽。就算是普通的平民结婚，也会邀请亲朋好友共同庆祝，结果我跟他结婚，娘家公爵府一副见不得人的样子，尽量低调，半个客人也没请，就这么冷冷清清地把我赶快卖出去了事。本来是人生最大的喜事，却搞得好像大家都干了什么丢人现眼的事情。这么想着，卡特琳娜不由得对从小长大的公爵府产生了些许怨气。

周日这天正好阴天，整个教堂显得阴沉沉的，不得不点起蜡烛照明。这么沉闷冷清的气氛，简直是比葬礼还郁闷。卡特琳娜忽然意识到，这其实就是她的葬礼。她在米兰无忧无虑的贵族小姐人生，就这么被这个冷冷清清见不得人的婚礼杀死了。

瑞亚利欧伯爵牵起卡特琳娜的手，两个人的手指第一次相碰，都是冰冰凉。不知道是因为冷还是因为紧张，瑞亚利欧紧紧地握着卡特琳娜的手。卡特琳娜转过头看着瑞亚利欧，他也转过头，有点生硬地挤出一个微笑。卡特琳娜也笑了一下，不知道他隔着面纱有没有看到。两个人一起跪在祭台前，低下头。胖乎乎的帕特洛红衣主教不知道在嘟嘟囔囔说着什么，卡特琳娜完全没听清。她从来没有这么近地跟一个男人站在一起过。

到米兰宫廷学习的贵族女孩子们大多都并不特别在乎男女授受不亲这种规矩，终归是因为公爵本人根本就是一个放荡形骸的浪子，真正管事的艾波莉达在这种事情上又很通融，大家接受的都是宽松的人文主义教育。所以小姐们到了十几岁的时候大约都有了卿卿我我的小情人或者追求者。卡特琳娜年纪比较小，个性又腼腆，长得并不是特别出众。尤其是她整天跟在艾波莉达身后，一般人反而不太敢去接近她。所以虽然已经是个少女，却一直对男人没有什么经验。只是看到艾波莉达跟罗伦佐玩女王骑士角色扮演的游戏，自己也偶尔会幻想将来会有什么辉煌的爱情。

但是，现在面对比自己的年龄大一倍的农民伯爵老公，那些青涩的少女之梦，在成形之前就已经烟消云散。她跪在祭台前面的垫子上，身边就是要跟自己共度余生的人。两个人的手紧紧握在一起，原来都是冰冷的指尖，现在也渐渐变暖了。卡特琳娜闻到男人那种特殊的味道，隐隐约约透过衣服和发油的香气传过来。不由得想到了“新婚之夜”这个她一直在回避的问题。跟在艾波莉达身边，听贵族小姐姐们闲谈，卡特琳娜大概知道男女之间到底要怎么鼓捣。但是轮到自己，她抿了一下嘴，手不由自主地捏紧了。瑞亚利欧伯爵感到卡特琳娜手上用力，有点疑惑地转过头来看了她一眼。

两位助祭小童抱着誓言书走过来，卡特琳娜照着书上的拉丁文囫囵吞枣地念了一遍自己的誓言，念到“直到死亡将我们分开，我在此真诚宣誓”。卡特琳娜没来头地伤心起来，眼泪慢慢溢出来。红衣主教宣布吉罗拉莫·瑞亚利欧和卡特琳娜·斯福尔扎正式结为夫妻。瑞亚利欧把卡特琳娜扶起来，掀起她的面纱，发现她脸上有泪水，顿时觉得很扫兴，只是草草地吻了她的脸颊一下，转身拉着她就往教堂外面走。他走得很快，步伐也很长，卡特琳娜被他拽着，不得不拎起裙子一路小跑才跟得上，场面极为狼狈。临出教堂的时候，卡特琳娜一晃而过看到艾波莉达站在教堂正面台阶上跟罗伦佐低声交谈，看到瑞亚利欧扯着卡特琳娜走过，两个人同时转过头。艾波莉达看上去有点憔悴，罗伦佐则是一副事不关己的冷漠表情。

不知道为什么，卡特琳娜突然对艾波莉达产生了一丝愤恨。自己就这么被一个粗俗的农民带走，而艾波莉达，艾波莉达什么都有，是公爵的嫡出，有王子老公在那不勒斯等着，有光鲜亮丽的婚礼，米兰一次，那不勒斯一次，肯定会大宴宾客，极尽奢华享乐之能事。就连她的情人都是全欧洲举足轻重的大富商。凭什么艾波莉达能够要什么有什么，自己却只能跟一个不知所谓的农民终了一生？为什么一手通天的艾波莉达就不能用自己的权力让瑞亚利欧伯爵滚蛋去找别家？为什么艾波莉达明明已经有了梦一样的王妃人生，却还偏偏要在自己的婚礼上把情人请过来跟她示威？凭什么？不公平！

因为婚礼根本就没有对外宣布，加之是在米兰公爵府内的私人教堂举行，所以教堂外面一片冷清。偶尔有仆人匆匆走过，也刻意回避卡特琳娜的目光。“好啊，”卡特琳娜想，“我还没离开公爵府呢，就已经把我当成避之不及的下等人了！”其实仆人们也未必是把她当成什么，但是人在落魄的时候，就总会对这种事情很敏感。

瑞亚利欧还拽着卡特琳娜的手，跟从后面追上来的帕特洛红衣主教低声快速地说着什么。帕特洛看了卡特琳娜一眼，举手叫过来一个女仆，要她把“瑞亚利欧伯爵夫人”带回房中休息。瑞亚利欧看也不看就松开卡特琳娜，继续跟帕特洛说话。卡特琳娜只好孤孤单单地跟着女仆回到跟教堂相连的米兰公爵府。

女仆把卡特琳娜领到公爵府西侧翼三楼一间她从来没到过的套间，就默默地离开了。卡特琳娜在房间里左右看了看，应该是不常用的客房，装点了一下，稍微有点婚房的华丽气息，但是仍旧弥漫着空屋里经常会有的腐败气味。窗帘应该是换了华丽的织锦，小客厅里是普通的沙发茶几，看上去好像是临时摆在那里，跟屋子的装饰色彩也并不搭配。推门进入卧室，一张高高的大床，上面铺着丝绸被单，四周挂着厚厚的丝绸帷幔。床边是一个小小的梳妆台，屋子靠窗一边有点突兀地摆了一排沙发椅。

卡特琳娜有点落寞的踮脚坐在床上，看着窗外铁灰色的天空。越坐越觉得气闷，腾的一下站起来，快步走到窗前，把卧室和外屋的窗户都打开。夏天湿润的空气带着人气和泥土的气味一下涌进来。她突然觉得坐不住，想要离开这个房间，但却不知道去哪儿。明明今天早上还是自己家的公爵府，现在却一下子变得陌生。明明曾经随便出入的地方，现在却需要绞尽脑汁寻找理由。明明曾经想见就见的人，现在却要让仆人通报才行。从今往后，公爵府里这些人这些事，就都跟她无关了。她人生的这扇门轰隆一声在她眼前关上，而她今后的前行之路在哪儿，却还看不清楚。

就在卡特琳娜不知所措在屋里来回踱步的时候，门突然开了，瑞亚利欧伯爵和帕特洛红衣主教一前一后争吵着走进来。

“……你已经举行过婚礼了！”

“这他妈算什么婚礼？爸爸为什么就不能在罗马给我风光地再办一次?！”

“你小声点！”帕特洛先看到愣在屋里的卡特琳娜，打断瑞亚利欧的话。

瑞亚利欧转过头也看到卡特琳娜，意识到自己说漏了嘴，但马上又满不在乎地笑了起来。“怕什么，这也不能算是秘密了吧！就算是不能给人说，卡特琳娜又不是外人。她现在已经是瑞亚利欧家族的人了。是不是，卡特琳娜？”

卡特琳娜很少被男人以名字直接称呼，一般都是卡特琳娜小姐。瑞亚利欧这么亲切地直呼其名，卡特琳娜一时间也真是有点没法接受。瑞亚利欧把她的沉默当成高傲，冷笑着走到沙发前，一屁股坐下来，给自己倒了一杯葡萄酒默默喝起来。帕特洛笑眯眯地走过来，轻轻握住卡特琳娜的手臂，引她坐在瑞亚利欧伯爵旁边的沙发椅上，自己则仍旧站在茶几前。

“伯爵夫人，”帕特洛略带歉意地说，“这么仓促的婚礼和婚房真是委屈你了。”

卡特琳娜低下头，偷偷瞄了一眼还在自顾自喝酒的瑞亚利欧伯爵。帕特洛看到卡特琳娜的眼神，也瞪了瑞亚利欧一眼。瑞亚利欧透过酒杯的边沿，看到哥哥严厉的目光，放下酒杯，回过头阴阳怪气地跟卡特琳娜说：“夫人放心，到了罗马我们再举行一次更盛大的婚礼。”说完，看了一眼帕特洛，卡特琳娜不知道这两兄弟在打什么哑谜，也有点迷惑地转头看着帕特洛。

“哦！对了！”瑞亚利欧故作惊讶地说，“爸爸说我已经举行过婚礼了。举行两次婚礼的贵族是因为第一次是代理人的缘故，我既然自己人来了，而且也已经圆房，就没必要再来一次了！爸爸哪封信里说的？你拿出来我看看！”

瑞亚利欧声音越来越高，帕特洛脸色越来越阴沉。

瑞亚利欧气得胸前一起一伏，帕特洛一张笑眯眯的圆脸这个时候半点笑意都没有。

“你不要耍小孩子脾气！”帕特洛低声说，“在你新娶的贵族小姐面前丢人！”

“丢人?！”瑞亚利欧大笑，“她嫁给我已经算是颜面扫地，我一个没有封地的假伯爵，连个像样的婚礼都不能给她！我还有什么怕丢人的！”

卡特琳娜看着瑞亚利欧伯爵，心情复杂起来，公爵府这么草草了事把自己卖出去，不光是自己难过，瑞亚利欧一个三十好几的大男人，脸上肯定更挂不住吧。这桩婚事，自己是被强迫，他又何尝不是。自己是一个物品被买来卖去，他又何尝不是教皇政治联姻的一个筹码。她鼓起勇气，站起来，默默地走过去坐在瑞亚利欧身边。

瑞亚利欧怔怔地看着卡特琳娜，叹了一口气，给她也倒了一杯葡萄酒。卡特琳娜拿起来，瑞亚利欧挤出一个笑容说："干杯。"两个人轻轻碰了一下杯，然后同时一饮而尽。

整个下午卡特琳娜都在跟用人们一起收拾行装。瑞亚利欧伯爵通知她，教皇陛下希望能够尽快见到自己的外甥女婿，要求他们在完婚后尽快回到罗马。

她没想到自己有这么多乱七八糟的东西。需要随身携带的东西，放在这边；需要随后运到罗马的东西，放在那边；还有根本没必要带的东西，就归入库房。很快她需要"随身携带的东西"就超过了一辆马车的载重。她又不得不费尽心思地左挑右选，哪些真的是必不可少，哪些其实可有可无。

绯蒂丽卡在她收拾到一半的时候跑来看过，帮她挑选衣服，决定哪些要带走哪些不带。结果整理行装很快就变成了两个小姑娘拿着各种东西回忆过去。谁穿着这件衣服出席了哪个舞会，在那个舞会上谁和谁溜出去偷情，这件小饰物是哪位表姐堂姐送的礼物，她现在跟谁结婚有几个孩子如何如何。

天气渐晚，西斜的阳光从高大的法国窗户射进来，把屋里的一切染成金黄色。卡特琳娜和绯蒂丽卡坐在一堆衣服杂物里，两个人的裙子叠在一起。卡特琳娜看着夕阳下的绯蒂丽卡，心不在焉地玩弄着手中的扇子，突然觉得很伤心。两个人曾经多少次这么坐在这个房间里，无忧无虑，最大的担心是明天家庭教师会不会抽考贺拉斯的诗。那个时候觉得被抽考简直是天塌下来一样的灾难，现在看来不过是芝麻大的一点小事。她甚至希望能够回到那个时代，就算天天被老师叫起来背书也没关系。她根本不想结婚，不想去罗马，不想去当什么贵族夫人，不想做一个战斗的斯福尔扎女人。但是，一切都是枉然。

这么想着，鼻子有点酸，但是不知为什么，卡特琳娜突然间不愿意在绯蒂丽卡面前掉泪。曾经可以一起又哭又笑的小姐妹，现在好像多了一层不知道是什么的隔膜。

绯蒂丽卡好像没有她的这些伤感，只是低着头玩弄着扇子，打开又合上。忽然间没来头地说："胖子红衣主教说我要嫁给厄比诺伯爵。"

卡特琳娜还在自怨自艾，有点没反应过来。绯蒂丽卡也没等她回答，继续自顾自地说："而且，听说爸爸要帮他升公爵呢。帕特洛这次回罗马半路上就要绕道去厄比诺跟他商量。"

卡特琳娜有点木然，隐约记得艾波莉达提到过厄比诺伯爵，是米兰公爵和佛罗伦萨的盟友，一位很强势的雇佣军将军。他要跟教皇联姻？虽然不太明白这其中的纠葛，但总觉得不太对劲。为什么教皇这么积极地要跟意大利各大军事力量联盟？

"厄比诺伯爵，他好像年纪很大呢。"卡特琳娜记得艾波莉达提到这位将军伯爵的时候，也说到这位公爵是自己的爷爷上代米兰公爵的朋友。

绯蒂丽卡有点不满地盯了她一眼，故作轻松地说："不到五十岁吧，好像。"

"我记得他的夫人是……"卡特琳娜仔细回想曾经看过的族谱，"叔祖父的女儿，也是斯福尔扎家族的小姐。"

"去年死了。"绯蒂丽卡满不在乎地说。

卡特琳娜皱了皱眉，对她这么放肆的口气有点不满，毕竟是自己的家人。

绯蒂丽卡"哒"的一声甩开扇子，遮住自己的脸，用仆人报号的口气说："女士们先生们，向您介绍……"然后唰一下露出脸，眼睛神气地翻着，脸颊上激动地泛起红潮，得意扬扬地说："厄比诺公爵夫人！"

卡特琳娜正因为要离家而伤神，绯蒂丽卡却偏在这个时候跑来炫耀“公爵夫人”的头衔，故意要提醒她嫁了封地小得看不见的假伯爵。她强忍着怒气，咬牙说了一句：“恭喜。”

如果绯蒂丽卡感觉出卡特琳娜的态度变化，她似乎也并不在意。她回过头看了一眼窗外从橘色渐渐变成蓝紫色的天空，有点故作惊讶地说：“哎哟，都这么晚了。你也要赶紧跟你的夫君吃饭了吧，今晚可是重要的日子啊！”

卡特琳娜这个时候恨不得把手边的衣服杂物全都摔在绯蒂丽卡那张得意的脸上。

绯蒂丽卡握住卡特琳娜的手说：“别怕，我听说一点都不疼，一下就完了。”

卡特琳娜甩掉她的手，把脸别到一边，眼泪不争气地掉下来。她随手一把抹掉。

绯蒂丽卡笑盈盈地站起来，没事人一样离开房间，临出门的时候回头说：“咱们罗马再见。”

卡特琳娜默默地对自己说：“这辈子再也不见最好！”

瑞亚利欧在酒席上喝得醉醺醺。

说是酒席，其实出席的人只有屈指可数的几个：帕特洛，米兰公爵和公爵夫人伯娜，艾波莉达、绯蒂丽卡因为算是夫家的人也被邀请出席，还有美帝奇家族的三位客人——罗伦佐和朱利亚诺兄弟，以及他们带来那个不知所谓的波斯人。婚宴的地点不过是米兰公爵平常用餐的餐厅，大家围在长条桌旁边吃吃喝喝，跟普通家常便饭没什么区别。米兰公爵吃饭之前就不知道在哪儿已经喝了不少，脸颊上泛着不健康的红潮，祝酒的时候也有点口齿不清。最后还是艾波莉达站起来救场，冷冰冰地恭祝新婚夫妇幸福美满百年好合。瑞亚利欧和卡特琳娜站起来，举着酒杯感谢。明明是夏天，饭桌上的气氛冷得简直可以冻死人。

“美帝奇兄弟没事跑来干吗？”瑞亚利欧偷偷问坐在他身边的帕特洛。

帕特洛有点不耐烦地皱着眉头回答：“我要求请他们过来的。美帝奇银行有关的事情，咱们明天就要出发，今天晚上必须要跟罗伦佐谈一下。”

瑞亚利欧仗着酒劲继续追问：“什么事情不能找美帝奇罗马分行的经理，非得直接跟罗伦佐谈。另外，”他打了个酒嗝，“你一直都没解释为什么我们要这么着急忙慌地离开米兰。”

帕特洛叹了一口气，看瑞亚利欧已经醉成这样，知道如果不给个回答，他弄不好会借此耍酒疯，低声快速地说：“因为这次借贷的金额数目庞大，一定要跟美帝奇银行的当家直接谈；至于说为什么要快速离开米兰，厄比诺那边已经有不少人提亲，我半天都不能耽搁。”

说完，看着眼神迷离的瑞亚利欧，有点不屑地说：“我又不能放你一个人在米兰待着，你这个德行搞不好又闹出什么笑话！”

瑞亚利欧平白又被哥哥数落一顿，扫兴得很。抬眼望去，桌上其他人都在自顾自地跟旁边的人聊天，坐在自己右手边的卡特琳娜只是默默地抿着蜂蜜酒，根本没有聊天的意思。他顿觉无聊，只能招呼仆人，再给自己满上一杯。

等到这场无聊寒酸的婚宴结束，瑞亚利欧被仆人扶着回到西侧翼三楼的那间临时婚房。而帕特洛则急急忙忙过去追上正要离席的罗伦佐商谈贷款的事情。艾波莉达正站在走道上安排两个仆人半拉半拖着已经醉得站不起来的米兰公爵回房，看到帕特洛红衣主教叫住罗伦佐，有点担心地探头过来看。罗伦佐接住了艾波莉达的目光，跟她对视了几秒钟，注意力转回到帕特洛红衣主教身上。艾波莉达听不到他们说什么，但是从表情上可以看出来，罗伦佐一直挂着商业性的微笑，而帕特洛的脸色从热切变成焦急，然后有点泄气，最后又摆出不死心的假笑，然后点头离开。

艾波莉达松了一口气。帕特洛红衣主教经过艾波莉达身边，对她略略欠身匆匆行了个礼，艾波莉达也优雅地点头回礼。帕特洛回头看了一眼还站在原地目送自己离开的罗伦佐，又看了一眼艾波莉达，忽然笑了一下，快步离开了。艾波莉达看着他转过走廊，又回头看了看罗伦佐，对方仍旧站在那里。艾波莉达行了一个屈膝礼，罗伦佐看到了也隔着好远默默地行了一个鞠躬礼。

卡特琳娜散着头发，穿着白色棉布睡袍，有点哭笑不得地看着和衣醉倒在床上的瑞亚利欧伯爵。或许今天就这样了，新婚之夜老公喝得醉醺醺就这么糊里糊涂过去的故事，她也听了不少。她绕到床的另外一边，钻进被窝里。被单有一半被瑞亚利欧压在身下，卡特琳娜也不敢扯，怕惊醒他，就直挺挺地躺在那里。瑞亚利欧仰卧在床上，衣服鞋子都没脱，头别到一边，胸口一起一伏睡得死死的。卡特琳娜是平生第一次跟一个男人躺在一张床上，想到自己听小姐姐们谈起的那些艳事，又闻到身边飘过来一股混杂着酒味的男人味，忽然有点脸上发热。

忽然一阵轻轻的敲门声把卡特琳娜吓了一跳。她蹑手蹑脚地从床上爬下来，把卧室门打开一条缝，门外居然是帕特洛红衣主教，还穿着全套法衣，身后是几个仆人。卡特琳娜有点疑惑，回头看看瑞亚利欧悄声说：“主教大人，瑞亚利欧大人已经睡下了。”

红衣主教在门外笑眯眯地说：“啊，我就担心这个呢，请让我们进来吧。”

卡特琳娜有点不知所措地打开门，红衣主教和几个仆人鱼贯而入。仆人还拿着额外的烛台，放在两侧的床头柜上，把屋子照得通亮。跟着进来的还有一个小教士，拿着墨水和纸张，面无表情坐在烛台旁边，不知道准备记录什么。仆人们安排好就又离开了，房间里只剩下一头雾水的卡特琳娜，不省人事的瑞亚利欧，站在床边正试图唤醒瑞亚利欧的帕特洛红衣主教和面无表情的小教士。

“圆房”这个现实再也无法回避，像一块大石头一样砸在卡特琳娜心头。她突然意识到艾波莉达之所以对康斯坦丝婚事特别不满的原因是瑞亚利欧伯爵要求结婚之后立即圆房。而贵族联姻的圆房，一般都是要有证人的。她之前一直朦胧地认为所谓证人，不过是仆人在卧房外面等着，第二天早上丈夫出来证明自己确有行房，然后签个字算是婚姻正式生效。心头上那块大石越压越重，把逃避现实的外壳狠狠压碎，卡特琳娜惶恐万分地意识到，自己今天无论如何也躲不过去，要被这个年龄大自己一倍的男人侵犯，而且是在帕特洛和这个面无表情的陌生人面前。

她想不下去了。

卡特琳娜觉得自己好像要窒息一样，拼命地吸气，胸前一起一伏，手捂着嘴，眼泪无声地掉下来，她一步一步退到墙角，蹲下来想要把自己缩到最小。“小姑姑，爸爸，妈妈，不管是谁，谁来救救我！”她想喊，却发不出任何声音。

床上的瑞亚利欧迷迷糊糊地醒过来，屋里明亮的烛光晃得睁不开眼睛。等他缓过来才发现帕特洛气势汹汹地站在自己床前，床边还多了一个不知道从哪儿冒出来的小教士，转头环顾四周，才看到已经在墙角缩成一团满脸惊恐的卡特琳娜。帕特洛顺着瑞亚利欧的目光也看到墙角的卡特琳娜，有点不耐烦地快步走过来，抓着卡特琳娜，打算把她拖到床边。卡特琳娜吓得拼命挣扎，眼泪哗啦哗啦地流，却一声也发不出来。瑞亚利欧从床上坐起来，翻身跳下床，一下没站稳打了个趔趄，一边挣扎要站起来，一边大声说：

“你这个死猪放开我老婆！”

帕特洛气得松开卡特琳娜回头看着瑞亚利欧。卡特琳娜发疯似的又跑回到墙角缩成一团。瑞亚利欧经过这么一折腾，已经酒醒，虽然头仍旧像被锤子敲一样一下一下地疼。帕特洛阴沉着脸站在屋子中间，瑞亚利欧走过来，瞪了他一眼，没说话继续走到卡特琳娜身边。他跪在卡特琳娜身边，第一次发现她看上去真的很小，还是小孩子。头发散着，脸上挂着眼泪和鼻涕，像一只被堵在墙角的小老鼠一样惊恐地看着自己又看看屋子另外一边的红衣主教，单薄的肩膀随着抽泣一动一动。瑞亚利欧循着她的目光回头看了帕特洛，又转过头对卡特琳娜说："别理他！"也不知道卡特琳娜听到没有。是好是坏，看得起看不起自己，今后就要跟这个小老鼠一样的女孩子一起过了。瑞亚利欧有点沮丧地叹了口气，结果新婚之夜，他的新娘却像看怪物一样恐惧地盯着自己。

瑞亚利欧一屁股坐在卡特琳娜身边，卡特琳娜又往墙角缩了缩。瑞亚利欧也没什么动作，既没有想要碰她，也没有要离开的意思，他就那么坐在旁边，头靠在墙上。于是灯火通明的卧室里，瑞亚利欧夫妇坐在一角，帕特洛红衣主教和他的小教士坐在另外一边，帕特洛盯着瑞亚利欧，瑞亚利欧仰头看着天花板。卡特琳娜哭了半天，身体都虚了，脑海中一片空白。瑞亚利欧伸手轻轻握住卡特琳娜的手，卡特琳娜先是试图把手抽回来，但是挣扎了一下就放弃了。瑞亚利欧的手很大很热，把卡特琳娜冰凉的小手整个包起来。

"你冷不冷？"瑞亚利欧别过头，低声问。

卡特琳娜僵硬地转过头，茫然的眼睛费了好大力气才聚焦在瑞亚利欧脸上。瑞亚利欧看她脸上的头发打结，泪水鼻涕混在一起的样子，不禁笑起来。他站起来，拿起床边准备好的手巾，在银盆里蘸湿，走回来，跪在卡特琳娜身边，轻轻把她的脸擦干净。卡特琳娜一开始还有点怕，后来看他也没有别的举动，就任由他摆弄。瑞亚利欧一边擦一边说："哎哟，我可不想娶一个满脸是鼻涕的女孩子啊。你真的是贵族大小姐吗？这个样子跟我家乡的小姑娘没什么区别啊。"

卡特琳娜仍旧怔怔地望着瑞亚利欧，不知道听进他说的话没有。瑞亚利欧擦完，把手巾扔到一边，走到床边，拿起压脚的毯子，走到卡特琳娜身边，用毯子把她裹起来。卡特琳娜挣扎了几下，瑞亚利欧手臂紧紧箍住她。卡特琳娜已经哭得身体虚脱，挣扎了一会儿也实在没力气再折腾，就软软地瘫在瑞亚利欧怀里。两个人又在墙角坐了一会儿，瑞亚利欧看卡特琳娜冷静了一点，就一把把她抱起来。从墙角慢慢走到床边，把她慢慢放在床上，自己则绕到床的另外一边，背对着她坐在床沿上。卡特琳娜紧紧地裹着毯子，蜷缩在床上，眼睛仍旧茫然盯着前面。

帕特洛红衣主教仍旧坐在窗边，阴沉着脸看着瑞亚利欧夫妇。

瑞亚利欧皱着眉头盯着帕特洛说："你赶紧滚吧！"

帕特洛眉毛挑了起来，"你别闹了。赶紧干完大家都放心。"

瑞亚利欧说："我已经干了。"

他不等帕特洛回答，转头对面无表情的小教士说："写上瑞亚利欧伯爵和伯爵夫人在新婚之夜圆房，婚礼生效，我现在就签字。伯爵夫人身体欠佳，明天早上签字。"

帕特洛眯着眼睛，强压着怒火说："你开什么玩笑！"

瑞亚利欧毫不在意地说："我没开玩笑。你就是在这儿等到死，我也不会做给你看的！你明天早上可以昭告天下说我俩今天晚上没圆房。授人以柄，让米兰公爵可以随时取消联姻。你也可以按我说的写好字据，就当一切正常。"

帕特洛看着自己的弟弟像不认识一样，想了想，有点丧气地转头跟小教士说："走吧。明天早上过来让伯爵夫妇在证词上签字。"

瑞亚利欧目送两个人离开卧室，回头看了看还紧紧缩在毯子里的卡特琳娜。她终于不再茫然地盯着圆房，而是有点迷惑地看着自己。瑞亚利欧疲惫地站起来，逐一吹熄了屋里的蜡烛，直到只剩下一个烛台拿在手里。他慢慢走到卧室门口，回过头说："我在外面，如果你需要什么叫我就行了。”

卡特琳娜鼓起勇气，有点虚弱地说：“毯子你拿走吧。”然后有点费力地把毯子从身上抽出来，自己钻进被窝里。

瑞亚利欧稍微有点惊讶，在门口等着她折腾完了，好好盖上被子，才拿着烛台走回来，拿起还带着卡特琳娜体温的毯子，别过头却发现卡特琳娜很坚定地看着他，眼里没有了刚才的恐惧。他放下毯子，轻轻握住了卡特琳娜放在被子外面的手。卡特琳娜并没有抽手，而是紧紧地握回去。

8. Carpe Diem

Carpe diem, quam minimum credula postero

活在当下，尽量不要相信明天

——贺拉斯《颂歌》

1470年6月，米兰－佛罗伦萨

艾波莉达在米兰的代理人婚礼跟她一生中其他重大事件一样，富丽堂皇，按部就班，顺理成章，枯燥乏味。枯燥乏味到我这个叙事人都觉得除了像会计一样列出明细也实在是没什么可写的。说来说去，不过是写花了多少钱；买了多少丝绸锦缎装点米兰主教堂；除了公爵府本来的用人又临时雇了多少人；太子妃的嫁妆有多少是现金多少是地产多少是珠宝首饰；邀请的客人包括意大利哪些大家族的代表；两大共和国，佛罗伦萨由第一公民罗伦佐本人带着弟弟出席给足了面子，威尼斯派了几位特使外加贵重的香料做礼物；连法国英国神圣罗马帝国都派大使出席；酒席准备了多少天；食材运进多少车；菜肴准备了多少道；猪杀了多少只；葡萄酒蜂蜜酒准备了多少桶；除了公爵府里的盛大婚宴，整个米兰街头各处由公爵府出钱摆了多少酒席大宴全城。

总之，极尽奢华炫耀之能事。到底是意大利北部重要公国和意大利南部重要王国的联姻，跟卡特琳娜的寒酸小婚礼简直是没法相提并论。好在卡特琳娜婚礼过后马上就跟着老公离开，没有看到这让人心酸的对比。

罗伦佐从4月开始就对这场婚礼很抵触，还特意给自己办了一场疯狂派对壮胆，毕竟是自己真心仰慕的女人出嫁，总觉得面对这样的场景心里多少会有点不是滋味。到了米兰见到艾波莉达，两个人又再续前缘却是他万万没有想到的发展。杰斐洛安排了那场荒唐的平民郊游之后，罗伦佐和艾波莉达又再次开始了女王与骑士的爱情游戏。女王的老公就要从前线回来，而骑士也要返乡去跟自己儿时就许下的未婚妻成婚。两个人把现实生活中的问题在幻想世界里美化升华，充满热情的不知道是在互诉衷情还是在实现自我。

到了婚礼现场，站在观众席的罗伦佐已经分不太清楚，或者更准确地说，不想分清楚现实和虚幻。他看着盛装的艾波莉达在祭坛前，几乎是带着一种殉道的狂热享受着心中被妒忌撕扯的痛苦，幻想自己身着闪亮的盔甲冲上去把艾波莉达抢走。仪式结束后，那不勒斯二王子佛德里克牵着艾波莉达从祭坛走向教堂门口，走过罗伦佐身边的时候，艾波莉达悄悄斜眼看了他一眼，在两人目光相对时，她偷偷扮了个“乏味”的鬼脸，然后马上又挂上“幸福新娘”的完美表情。罗伦佐顿时觉得自己好像在跟她分享一个只有心意相通的两个人才有小秘密，心里非但没有抵触，反而充满了隐秘的热情。虽然这并不是他第一次跟有夫之妇“偷情”，但毕竟罗伦佐在佛罗伦萨最亲密的情人就是有夫之妇。但是跟这样位高权重的“有夫之妇”眉来眼去，两个人的纠缠如果败露就是我们现在所说的公关噩梦，这种偷食禁果的体会，还真是让他欲罢不能。虽然艾波莉达很努力不让自己成为罗伦佐的战利品，但到最后，罗伦佐仍旧把这一切看成一场竞争，而自己则是从比他更有势力的贵族那里偷到了最宝贵的金杯。

艾波莉达也早就把心中的骄傲与矜持抛到九霄云外。她决定爱上罗伦佐之后，就不顾一切全情投入到这一场禁忌之恋中，充满自我感动地享受着心里海浪一样翻滚的激情。卡特琳娜婚礼那天晚上罗伦佐对她远远鞠躬的样子，两个人只靠眼神就心意相通的默契。这不是爱情是什么！

她一边跟仆人和大臣们一起对婚礼的安排做最后审核，一边按捺不住兴高采烈地想："我真的是爱上了，爱上了！像我这样的人，在这样的地位，这样的年纪，像我这么聪明，这么漂亮，如果这辈子没有轰轰烈烈不顾一切地爱过一回，那简直是虚度，简直是浪费。唉，我居然爱上了罗伦佐这么一个平民，但是那又能怎么样呢？如果真的爱上那些装腔作势的贵族那才无聊呢！只有不可能的爱情才最甜美啊！唉，那天晚上跟他一起看那么低俗的乡村闹剧，他那么随性地搂着我，亲吻我头发的感觉，多么美好啊！"艾波莉达不知不觉陷入了沉思，周围的人却都以为她在考虑婚礼宴席上座位的安排。而她脸上偶尔流露出来幸福的微笑也被旁人当作是一个新婚少妇对未来的憧憬。

爱上一个人同时又被人爱的感觉，那种就算全世界都与我为敌只要有你在我身边就无所畏惧的归属感，就算是饮鸩止渴，又有谁能不甘之如饴？或者说，恰恰因为是有夫之妇和有妇之夫的禁忌之恋才更有味道吧。在这个问题上，艾波莉达和罗伦佐都像是在大人眼皮底下偷到糖果的小孩子一样充满了幼稚的激情。

但是最终，虽然两个人都很享受这种眉目传情心有灵犀的精神恋爱，艾波莉达还是终于正式成为卡拉布里亚公爵夫人，那不勒斯太子妃；而罗伦佐也因为在米兰滞留太久，再一次被父亲发信召回佛罗伦萨。

"你的妻子克拉丽丝前日已经抵达佛罗伦萨。"皮耶罗信中明显有点不耐烦地写道，“请尽快返乡。米兰若还有遗留事务，家族驻米兰代表可全权代理。”

言下之意，你个不懂事的熊孩子，玩够了就赶紧回来吧！

而罗伦佐这个不懂事的熊孩子，就算回到了佛罗伦萨也一样要继续玩的。

1470年8月，佛罗伦萨

罗伦佐打定主意要把自己的比武大会和婚礼搞得沸沸扬扬华丽高调。从家族立场上，他要让全意大利全欧洲的人都知道，罗伦佐·德·美帝奇才是佛罗伦萨的主宰。从私人角度上，他这颗男性沙文主义的虚荣心又总觉得如果自己的婚礼没有超过艾波莉达的婚礼，终归是咽不下这口气。艾波莉达的婚礼之后，罗伦佐一行人就回到佛罗伦萨，投入到比武大会和婚礼的准备工作中。

如果说中世纪的比武大会是真刀实剑的武艺比赛，那么文艺复兴时期的比武大会就只能算是华而不实的表演赛。一般来说，比武大会的冠军在比赛没开始之前就已经定好，参会的人不过是穿金戴银，配着闪闪发光的盔甲，骑上重金购买的战马在观众前面遛一圈显示自己家族的财力而已。跟现在土豪们买车队，自己领头参加方程式赛车一样，目的不是赛车，而是炫富。

罗伦佐的比武大会从去年年底他的婚事谈成之后就开始计划了。皮耶罗的痛风越来越厉害，几乎每天都需要服用鸦片精才能睡着。虽然还不到六十岁，但已经骨瘦如柴一副风烛残年半截入土的样子。他深知自己在公众场合亮相对家族的公众形象有百害无一利，所以更加把朝气蓬勃的两个儿子推为家族代言人。这次比武大会和接下来的婚礼，就是美帝奇家族对佛罗伦萨乃至整个意大利的宣言：长子罗伦佐成年，他将代替病弱的父亲中兴美帝奇家族。

从这样的出发点，父子俩在年初就定下了罗伦佐的座右铭：

“Le tems revient”复兴

大到比武大会的旗帜、条幅，小到餐巾上的装饰，全都是以“复兴”为主题的装饰。佛罗伦萨有头有脸的艺术家从年初就开始设计制作与比武大会相关的各种服装、马鞍、器具和装饰品。罗伦佐的盔甲更是有好几位大师级铁匠师傅竞标，最后交给从考斯莫时代就是美帝奇家族御用艺术家的维洛奇奥，设计了以枯萎和盛开的玫瑰花隐喻“复兴”为主题的盔甲。这样的主题也沿用到罗伦佐的个人条幅上。

虽然“Renaissance 文艺复兴”这个词到了 18 世纪才开始被人拿来形容 15 到 16 世纪人文主义的兴起，但是罗伦佐和美帝奇家族当时就已经很刻意地在营造一种“复兴”的氛围。这不仅仅是罗伦佐复兴美帝奇家族，更是美帝奇家族引领平民商人阶层的兴起，对古老贵族阶层和教会权力的挑战。

当然，罗伦佐在 1470 年夏天是完全没有这种伟大的感慨。他把这次比武大会当成他青春岁月的最后一次疯狂，带着一种有今天没明天的末世心态几乎不顾一切地全情投入其中。杰斐洛后来回想这一段时光，罗伦佐好像是 1469 年底婚事定下来之后，就在逃避着什么。先是逃避自己身为“丈夫”的责任，完全无视未婚妻的存在，不但继续大张旗鼓地跟自己的小情人私会，纠缠在他身边的男男女女有增无减，各种香艳情事不断。然后又像逃跑一样离开准备比武大会和婚礼正如火如荼的佛罗伦萨，跑到米兰去跟自己的红颜知己再续前情，虽然自己也在其中煽风点火，但是罗伦佐自己也很不合常态地跟艾波莉达陷入小朋友家家酒一样的角色扮演游戏中。

杰斐洛当然不敢直接去问罗伦佐，问了肯定也不会得到任何回答，只会被罗伦佐大骂一顿。不过，他倒是跟朱利亚诺谈过，罗伦佐一直都是两个人闲聊的主题。

“Carpe diem。”朱利亚诺像往常一样枕着杰斐洛的大腿，横躺在杰斐洛的大床上，面无表情地看着天花板。

Carpe diem是出自贺拉斯的《颂歌》，大致可以翻译成“活在当下”或者“及时行乐”。

“我倒没想到罗伦佐是个享乐主义者。”杰斐洛歪在床上百无聊赖地玩弄着朱利亚诺的卷发。

“他不是，”朱利亚诺回答，“他只是担心自己将来会变成父亲大人那样。”

杰斐洛想到皮耶罗的样子，膝盖红肿发炎，流脓流血。现在连手指关节也开始疼痛变形，别说握笔写字，就连杯子餐具都拿不住，只能靠仆人一口一口喂饭喂水。前几天听到他的医生说他已经开始尿血，现在唯一能做的就是吃上一口鸦片精然后卧床休息。很难想象现在风华正茂的罗伦佐将来也会这样。

“父亲大人年轻的时候，”朱利亚诺好像是猜到杰斐洛的想法，幽幽地说，“你是没见过。我年纪小，但也记得他骑马出行的样子。他当时能一下子把我举起来，扛在肩膀上在院子里跑来跑去呢。罗伦佐比我大好几岁，自然印象更深。痛风这种病，几乎都是父传子，看着父亲大人一点点被病痛磨平野心和活力，别说是将来要当族长的罗伦佐，就连我看着都心惊胆寒。”

杰斐洛有点惊讶地看着朱利亚诺，这个平常轻浮随便的花花公子，没想到会有这样的洞察力。朱利亚诺注意到杰斐洛的眼光，盯着他看了一会儿，垂下眼睛，悄声说：“别告诉哥哥我说过这些。”

杰斐洛拍了拍他的脸说：“放心，你掌握着我这么多秘密，我哪敢跑去跟你哥哥乱说。”

正如皮耶罗信中说的，克拉丽丝已经到达佛罗伦萨。罗伦佐也终于见到了自己的妻子。两个人第一次会面，杰斐洛并不在场，但是听朱利亚诺说，克拉丽丝紧张得半句话都说不顺，罗伦佐在尽到礼数之后，冷冷地吻了克拉丽丝的脸颊。

“之后，两个人就再没单独在一起。”朱利亚诺说，“当然吃饭还是会碰面，罗伦佐也会走过场一样询问克拉丽丝的情况。但他基本上都是在谈比武大会的准备情况。”

“我听说比武大会的女王居然不是克拉丽丝？”杰斐洛虽然已经猜到是谁，但还是很想跟朱利亚诺确认一下。

“你不觉得克拉丽丝很悲惨吗？”朱利亚诺没有直接回答杰斐洛的问题，“明明她才是罗伦佐的妻子，结果罗伦佐的比武大会她却只能坐在观众席上。女王的位置却另有其人。”

“罗伦佐怎么跟克拉丽丝解释的？”

“罗伦佐哪有时间跟克拉丽丝解释这种事情！”朱利亚诺不屑地笑了笑，“母亲大人跟克拉丽丝谈过了，说这一切都是为了巩固跟米兰和那不勒斯的关系。”

“克拉丽丝相信吗？”

“你今天怎么老问这种低级的问题！”朱利亚诺不知道为什么厌烦起来，“她不相信又能怎么样？”

同样是女人，艾波莉达就什么都有，卡特琳娜就只能嫁给一个土豪假伯爵，而身为贵族的克拉丽丝却不得不面对自己的丈夫完全不把自己放在眼里这样的事实。

同样是私生子，杰斐洛突然有点自怨自艾，瑞亚利欧就能在自己父亲的荫庇下平步青云，绯蒂丽卡也摇身一变要成为公爵夫人，而自己却连家乡都回不去。

朱利亚诺如果注意到杰斐洛脸色阴沉下来，也并没有什么反应，只是继续看着天花板，屋子里一下子安静了下来。午后的阳光从三扇大窗户里斜射进来，街道上小贩的叫卖声和车轮嘎吱嘎吱的声音混合在一起，空气中弥漫着新出炉面包的香气。

“我不想结婚。”朱利亚诺突然说，还没等杰斐洛反应过来，朱利亚诺几乎是有点生气地接着说：“我也不许你结婚。”

杰斐洛低下头看着朱利亚诺，不知道该说什么好。朱利亚诺好像是有点后悔说了这样不知所谓的话，垂下眼睛，脸颊被太阳晒得通红。

到了7月中旬，受邀前来观摩比武大会的贵族宾客以及大使，来看热闹的平民，以及参加比武大会的“骑士”都已经开始陆续到达佛罗伦萨。白马客栈早就住满，佛罗伦萨城外搭建起了一大片简易帐篷，供没钱住在城里酒店的平民暂时落脚。艾波莉达接受罗伦佐的邀请，带着大队人马磨磨蹭蹭从米兰出发，在比武大会开始前一周才从容不迫地进入佛罗伦萨。罗伦佐带着主要议员跑到城外去迎接。倒不是说罗伦佐对自己的小情人这么优待，而是除了南下去那不勒斯路过佛罗伦萨的艾波莉达和佛德里克王子之外，米兰公爵居然也扔下政务不管，非要跑来凑热闹。这次拜访就从“路过暂住”变成了“国事访问”，自然要整个议会主要成员出马迎接才合规格。

绯蒂丽卡本来被教皇父亲要求马上回罗马，但是面对比武大会这种难得的盛事，也无视老爹的命令，跟着一起来了。于是，公爵夫人、王子、公爵，外加一个自诩的未来公爵夫人，各自带着小军队一样的仆人侍从亲卫队，拉拉杂杂百十口人，全都乱糟糟闹哄哄地住进美帝奇宫。一时间，美帝奇夫人露卡西亚成了总指挥，按照显贵们的地位安排客房，雷厉风行下命令，床铺、窗帘、酒水、蜡烛，面面俱到，绝不怠慢任何人。同样是美帝奇夫人的儿媳妇克拉丽丝被冷落在一边，别说帮忙，她只要不站在中间碍事就已经很不错了。

杰斐洛本来不想跟罗伦佐凑这个热闹，怎奈自己的绸缎店是罗伦佐比武大会和婚礼的主要供应商，被罗伦佐命令暂时住到美帝奇宫里帮忙。结果等他搬到罗伦佐卧室旁边的小隔间里杰斐洛才明白，罗伦佐让自己住进来，其实是需要一个可靠的信使。

说起来，明明是住在同一屋檐下的两个人，却每天仍旧要通过书信来沟通，这实在是让人觉得这些贵族们是不是吃饱了撑的闲的没事干。但是，两个人一个是已经娶妻的佛罗伦萨第一公民，一个是已经嫁人的那不勒斯太子妃，在一个人口密度这么高的地方，身边围绕着各种秘书参谋侍女仆从，还真是完全没有独处的机会。罗伦佐和艾波莉达之间女王骑士的梦幻故事，就只能通过杰斐洛和卡拉麦拉跑来跑去书信传情了。

佛罗伦萨城也完全进入了节日状态。议会、法庭和政府机关只留下几个官员值班。商家全都延长营业时间，趁佛罗伦萨有这么多外地商贾贵胄，赶紧抬高价格多卖货品；旅店妓院爆满，酒馆饭店则通宵营业。每天晚上都有好几起醉酒斗殴事件，天天都有人跑来报案说自己被偷被抢。搞得美帝奇家族不得不掏腰包临时招募雇佣兵做守卫，晚上在街道上巡逻维持秩序。

整个7月就跟没过一样，6月一转眼就变成了8月。在这种忙忙碌碌的混乱中，罗伦佐的比武大会终于华丽丽地开始了。

佛罗伦萨圣十字广场被装点一新。圣十字教堂前面台阶下临时搭建起华丽的观礼台，中间正座是比武大会女王的宝座，艾波莉达头戴紫罗兰花冠仪态万方地坐在宝座上，她今天像女孩子一样散着金色的长发，穿着一条亮红色绣金花的长裙，天鹅一样优雅的脖子上戴着一串粉红色的珍珠项链，珍珠在阳光下发出柔和的光让艾波莉达的皮肤看上去更白皙漂亮。艾波莉达带着俯视众生的微笑看着前面的比武场，她就算是被邀请的客人也能摆出一副天上地下我做主的女王傲气。女王宝座左侧是美帝奇家族族长的空位，皮耶罗身体欠佳无法出席。空位旁边是两位美帝奇夫人：兴高采烈享受庆典的露卡西亚和面色阴沉的克拉丽丝。露卡西亚才真是一位美帝奇女人，她穿着华丽的墨绿色绲红边裙子，上面用金线和银线绣出石榴花图案，隔着皮耶罗的空位歪过身子跟艾波莉达闲聊。而坐在一旁的克拉丽丝则摆出一副凡人不理的扑克脸，很不合时宜地穿着很保守的深蓝色风格长裙，从领子到袖口都捂得严严实实。这倒不是说克拉丽丝性格别扭，只是罗马对女性的保守要求在佛罗伦萨则被人当成贵族的冷淡高傲。况且她今天出席这场比武大会实在是太尴尬。别说是没见过什么大世面，个性又比较内向软弱的克拉丽丝，就连艾波莉达这样八面玲珑的女人若是被放在这样的位置，恐怕也没法摆出好脸色。

女王宝座右侧是女王的代理丈夫，那不勒斯的佛德里克王子，他反倒并不觉得自己的嫂子今天被尊为比武大会女王有什么不好。平静优雅的王子殿下今天也是很风度翩翩地跟身边的米兰公爵低声闲聊。而米兰公爵已经不出意外地半醉，华丽的短外衣前襟已经沾上了不知是酒渍还是油渍的一块，他也并不在意，伸手对过往贵族指指点点，大致是在向佛德里克王子逐一介绍今天到场的贵族嘉宾，一边说，时不时还不忘招呼站在身后的侍童给自己倒酒。

绯蒂丽卡对自己没能坐上正席异常愤怒。虽然她跟厄比诺伯爵的婚事还八字没一撇，虽然厄比诺现在还只是个伯爵，升公爵仅仅是教皇的口头许诺，但是在绯蒂丽卡心中，自己已经是公爵夫人，虽然不可能成为万众瞩目的比武大会花冠女王，但至少也应该受到符合公爵夫人规格的对待，至少也应该能坐到正席，坐到真正的贵族们身边。“我是教皇的女儿，未来的厄比诺公爵夫人！怎么样也不比艾波莉达差吧！”绯蒂丽卡有点愤恨地想着，“怎么能跟这些低级贵族和平民们坐在侧席！就连帕特洛那个胖子都能坐在正席上！太不公平了！”

作为教皇特使的帕特洛红衣主教结束了在厄比诺的事务，又马不停蹄地赶回佛罗伦萨参加罗伦佐的比武大会和婚礼。帕特洛对于坐侧席正席并没有太多纠结，心里仍旧在为厄比诺的联姻犯愁。厄比诺伯爵对教皇的提议貌似并不很热衷。作为意大利主要军事力量之一，手握重兵的伯爵并不愁联姻对象，况且他已经年过半百，结过两次婚，子孙一大把，完全没有后顾之忧。结婚或者不结婚对这位老谋深算的将军伯爵来说纯粹是待价而沽的一个筹码，别说不见兔子不撒鹰，就算是见到母牛，也要考虑考虑是不是合算呢。虽然帕特洛早有心理准备，但是面对这样冷淡的反应，仍旧觉得有点气馁。

当然，能够升公爵这个许诺倒是很吸引人，而且也就只有教皇一家能够给他这个天大的好处。但是厄比诺方面要求也很苛刻，黄花大闺女自是不必说，爵位、嫁妆，什么都不少才肯答应。头两样都好办，教皇现在最缺的就是钱。本来以为当上教皇，钱肯定就是小事一桩。没想到父亲入主圣彼得，全家在金钱问题上仍旧是一副捉襟见肘的窘境。为弟弟瑞亚里欧伯爵购买俄莫拉要钱，绯蒂丽卡的嫁妆这边又是一笔开销。上届教皇留下来的珠宝首饰虽然通过美帝奇银行卖出了不错的价钱，但是这些进项，相对于购买城池这样的支出，简直是杯水车薪，不值一提。之前在米兰跟罗伦佐提出要从美帝奇银行融资，也碰了个软钉子。这阵子简直是干什么都不顺，现在还要穿着全套法衣坐在大太阳下面挨晒！

就在观众席上的宾客各有所思的时候，号角吹响，穿着华丽的骑士们一个一个带着自己的侍从和卫队走到比武场上，普提家族、马齐家族、维斯普查家族、撒路塔提家族，甚至最近一直很低调的帕奇家族这次也派了“流亡”在罗马的次子佛朗西斯科代表家族参加大会。佛朗西斯科已经二十六岁，明显比参加大会的其他贵族子弟要大一些。但是帕奇家族似乎是希望能够借此机会重新让名誉扫地的佛朗西斯科重归佛罗伦萨社交圈，虽然佛朗西斯科本人觉得这根本就是丢人现眼，但在族长雅克布的命令下也不得不像耍猴戏一样穿上昂贵的盔甲，系上丝绸披风，跑来站队。

想来这应该是佛朗西斯科·德·帕奇第一次见到绯蒂丽卡·德拉·罗维雷。但是绯蒂丽卡当时根本没注意到这个混在一群贵族子弟中间的路人甲，而佛朗西斯科也是蛮不情愿地草草走个过场，除了眼睛冒火地盯着罗伦佐之外，恐怕也没看到坐在侧席的绯蒂丽卡。

比武场正面和两侧是观礼台，旁边则挤满了围观的群众。广场旁边的楼房上挂着华丽的红色条幅，上面缀着美帝奇族徽和罗伦佐的"复兴"座右铭，下摆上绘制着枯萎和盛开的玫瑰图案。更多人从窗口探出身子来观看比赛。每当一个贵族骑士出来，民众就会欢呼，场面甚是热烈。

最后出场的罗伦佐引发了经久不息的掌声和喝彩，美帝奇家族事先安排好的仆人从旁边楼房窗户里扔出了花瓣和彩带。罗伦佐还没有胜利，就已经像凯旋的将军一样朝着周围的民众挥手。他身穿银色盔甲，胸前是他的私人徽章——三叶草一样排列的三枚钻石戒指，徽章下面是他的座右铭"复兴"。暗红色的披肩从肩膀上完美的滑下，展现出美帝奇的族徽——金色盾牌上五枚红球，最上面一枚蓝球缀有法国王室的百合花图案。他身后跟着十二名骑士组成的护卫队，弟弟朱利亚诺排在他右手第一位，杰斐洛也不情愿地被拉来充数，穿着沉甸甸的盔甲策马跟在朱利亚诺身后。罗伦佐骑着那不勒斯国王送给他的骏马，沿着比武场慢慢走了一圈，回到女王宝座面前，翻身下马，优雅地单膝跪下。其他骑士也跟着下马，行礼。艾波莉达慢慢站起来，先是环顾四周，然后慢慢地举手在欢呼和掌声中宣布比武大会正式开始。

比武大会进行了一整天，罗伦佐一共换了五匹马、五套衣服。每换一次马，就换一套马鞍，换一套衣服，简直跟现在走T型台的模特一样让人眼花缭乱。倒不是说在马上长矛大赛的时候被对手击中受伤需要换马换装，而是这五匹马全都是意大利显贵送给他的礼物，每一匹不但要牵出来遛一圈，更要换上跟送礼者相关的衣服，缀上对方的族徽或者家族颜色以表谢意。

因为一共五匹马，罗伦佐一共在场上冲了五次。虽然说是表演赛，但是跟现代赛车一样，即使是土豪玩票也可能受伤甚至送命。罗伦佐四次获胜，只有一次不小心果真被掀下马，吓得克拉丽丝闭着眼睛不敢看，艾波莉达紧张地从宝座上站起来，观众席上，各位小姐们一片惊呼。但是罗伦佐很快就面带窘迫，完好无损地爬起来，拍拍身上的尘土，潇洒地向观众鞠躬致歉，更向女王艾波莉达扬手挥出一个飞吻。艾波莉达面带笑容，慢悠悠地回到宝座上。露卡西亚夫人早已不在乎座位排序，为了跟艾波莉达聊天方便，坐到自己老公的空位上，两个人看到罗伦佐没事，早已笑成一团。旁人若是不知，还以为这两个人是一对关系亲密的婆媳，而冷冷清清坐在一边的克拉丽丝大概是哪家没人待见的小姐。

朱利亚诺本来是作为罗伦佐的卫队成员出席，并没有参加比赛的资格，但是在公众的强烈要求下，朱利亚诺也披挂上阵，骑上骏马在长矛对冲大赛上跑了几次。观众席上扔给他的玫瑰花和丝带手绢反而比扔给罗伦佐的还要多呢。若不是罗伦佐跟弟弟兄弟情深，恐怕真的要嫉妒了。

佛朗西斯科·德·帕奇很想借机会跟罗伦佐一决胜负，但是早知道他脾气的雅克布，特意把他上场的次序跟罗伦佐错开，搞得他只能在罗伦佐被击中的时候，暗自欢呼。

上午的对冲大赛就在各种欢呼和笑声中顺利结束，冠军自然毫无意外地落到罗伦佐手里。

美帝奇家族给主宾们提供的午饭虽说是“便餐”，也是六道菜的盛宴。主宾在附近搭好的帐篷里就餐，地位比较低的贵族和商人则由侍从把饭菜酒水端到他们的观礼台上。而旁边围观的平民，有的自己带了面包，有的则跑到附近的饭馆里随便买点什么填肚子。当天佛罗伦萨全城酒水由美帝奇家族提供，所以还没等下午的近战大赛开始，围观的平民和贵族们大半都已经喝得醉醺醺了。

罗伦佐坐在克拉丽丝身边，但是整个午餐没有跟她说过一句话。他跟弟弟朱利亚诺插科打诨，跟艾波莉达打情骂俏，跟各位贵客谈笑风生，一桌子的气氛被他带得风生水起。这是罗伦佐最自在的天然环境，是他最能体现自己魅力的场面。一直出出进进尽心服侍女主人的卡拉麦拉，此时又偷得片刻清闲，站在帐篷门口跟杰斐洛闲聊。杰斐洛偶尔回头看着罗伦佐和艾波莉达，恍惚间真的觉得他们俩才是新婚燕尔的小夫妻，而自己是传说中服侍骑士主人的顽皮侍从，而卡拉麦拉则是女王身边充满心机的忠实女仆。

仲夏正午的阳光热辣辣地照着，杰斐洛探头看了帐篷里的客人，又回头看了看身边的卡拉麦拉，她的额头上和脖子上浮出细密的汗珠，汇在一起顺着她浅棕色的长脖子留到她的乳沟里。周围弥漫着饭菜香味和酒气，人们欢乐的说话声此起彼伏，不远处传来鲁特琴和唱歌的声音，低俗的小情歌夹杂着淫荡的笑声。仆人们跑来跑去伺候各位显贵，拿酒，拿水，拿手巾擦汗。天上偶尔还会飘下几片花瓣和丝带。

杰斐洛在这样无忧无虑的人群中，觉得自己仿佛是被欢乐的海洋包围，人们的兴奋热情像海浪一样排山倒海地压下来，冲过他的身体。他突然觉得即使是他这样没人要的废物或许也能在佛罗伦萨这个美好的地方在美帝奇家族的荫庇之下获得一方立足之地。这样自怨自艾的想法刚刚划过他的心头，朱利亚诺突然半醉着拿着酒杯走到他身边，拽着他坐到自己身边，一只手搭在他肩膀上，另外一只手举着酒杯。卡拉麦拉也跟着回到帐篷里，站在艾波莉达身后。

杰斐洛坐定才发现罗伦佐举着酒杯要致酒辞。罗伦佐看到朱利亚诺没头没脑地把杰斐洛也拉到贵宾席上，有点不自然地笑了笑，然后一抬手，环视了在座的各位贵族，搂着杰斐洛的朱利亚诺，已经喝得醉眼迷离的米兰公爵，仍旧优雅腼腆，只是脸上泛起潮红的佛德里克王子，面带自豪的母亲大人，最终目光落在坐在自己正对面的艾波莉达脸上。

艾波莉达头上还戴着紫罗兰花冠，金发经过一上午稍微有点凌乱，但更显出一种不加修饰的美。她也举起酒杯，脸颊不知是因为天热还是酒力，烧得通红，两片精巧的嘴唇微微地张着，鼻翼抖动，一双水汪汪的蓝色大眼睛正一动不动地盯着罗伦佐。

罗伦佐看着她，举起酒杯，喃喃地说出了皮耶罗的座右铭：Semper 永远。

艾波莉达怔怔地盯着罗伦佐，在座的人也完全没反应过来。“这算什么！”杰斐洛心思转得飞快，“难道真要表白吗？！”他有点紧张地盯了一眼站在艾波莉达身后的卡拉麦拉，卡拉麦拉也皱着眉头不知所措地看了杰斐洛一眼。罗伦佐看到杰斐洛和卡拉麦拉的眼神交换，才从自己的骑士幻觉中抽身出来，发觉自己说漏嘴，马上挂上笑容，大声说：“为家父！”

朱利亚诺放开杰斐洛的肩膀，站起来举杯替哥哥打圆场说：“为父亲大人！”

艾波莉达也意识到自己的失态，站起来说：“为皮耶罗大人！”

其他人这才齐声说：“为皮耶罗大人。”然后把杯中的葡萄酒蜂蜜酒一饮而进。

杰斐洛咽下葡萄酒，又看了卡拉麦拉一眼，对方跟他翻了一个大大的白眼，两人相视一笑，同时做出“这两个不知死活的熊孩子”的表情。

下午是近战大赛，基本上就是一大群穿着盔甲行动不便的少爷们凑在一起互相挥挥剑摆摆样子而已。但即使是这样，打到一半，普提家的小少爷不小心把脚腕扭到，被侍从扶下场，一瘸一拐地边走边朝周围的观众招手，更有小姐朝他扔玫瑰花。虽然没有赢得任何大奖，但那架势简直就跟虽败犹荣的古典骑士一样。

到最后，场上就剩下罗伦佐和弟弟朱利亚诺两个人。这当然是事先安排好的情景剧。为了获得女王的青睐，兄弟两人反目成仇，在比武场上刀剑相向。罗伦佐和朱利亚诺像跳舞一样，有模有样地把没开刃的宝剑碰得叮当直响，间或还指着对方或大骂或嘲笑。旁边的观众自动分成两派，支持罗伦佐和支持朱利亚诺派系的在观众席上居然除了为自己的代表欢呼鼓劲儿之外，也开始互骂起来。艾波莉达坐在女王宝座上，做出一副难以取舍的揪心表情。你不得不佩服文艺复兴时期的这帮好事之徒，不但台上两个人演得起劲，台下的观众也跟着一起自我感动，大家一起演出这场生动的戏码，也算是天下一流的自娱自乐呢。

朱利亚诺终于低头认输。罗伦佐如愿以偿地在如雷鸣般的掌声和欢呼中获得比武大会的冠军。他举起宝剑，跟着全场观众一起高喊起来。在掌声减弱的时候，旁边的侍从用托盘举着一朵象征柏拉图式纯洁仰慕的白玫瑰呈给罗伦佐。他收起宝剑，从容地拿起白玫瑰，放在唇边闻了闻，深吸一口气，步履坚定地朝女王宝座走去。

整个广场霎时间静寂无声，只有罗伦佐走路的脚步声带着身上的盔甲跟着发出微弱的金属碰撞声音。微风吹起四周的条幅，偶尔发出啪啦啪啦的声音。午后的阳光从教堂背后打过来，圣十字教堂投下长长的蓝色影子。罗伦佐迎着夕阳，脸上汗水混着泥土，盔甲在战斗过程中也受了点磕碰，更让人恍惚中真的觉得这是一位远征回来，为了获得女王青睐出生入死的骑士。美帝奇家族的红色斗篷拖在他身后，随着他的脚步飘起来。罗伦佐左手把头盔夹在腋下，右手拿着白色的玫瑰，一步一步朝艾波莉达的观礼台走过来。

艾波莉达突然有点不知所措，慢慢站起来，从宝座上走下来，站在第一级台阶上等着罗伦佐慢慢地走过来。这一刻好像延续了好几个世纪，延续到天荒地老。罗伦佐走到艾波莉达跟前，单膝跪下，头盔放在旁边的地上，把玫瑰花献给朝思暮想的女王陛下。

艾波莉达收下玫瑰花，深吸了一口气，拿出手绢递给罗伦佐，用拉丁文说：

“请接受这微不足道的礼物作为我心意的象征。”

罗伦佐低着头接过手绢，放在嘴边吻了一下，用拉丁文回答：

“您的骑士将把这珍贵的礼物视如生命。”

艾波莉达伸手过去，罗伦佐脱下手套，拿起艾波莉达微微颤抖的小手，放在嘴边长吻。全场顿时爆发掌声欢呼，周围楼房里的仆人把剩下的花瓣丝带全都从窗口抛出来。夕阳下艾波莉达的金发，罗伦佐的盔甲在雪片般飞舞的花瓣中闪闪发光，情景宛若古典长诗里的桂妮薇儿王后和兰斯洛特爵士。

坐在侧席上的绯蒂丽卡被这童话一般的场景感动得快要落泪，这才是她应得的梦幻人生。但是她突然想到，自己未来的老公是个五十多岁结过两次婚的老头子，恐怕是没有这种浪漫情怀的。这么想着，绯蒂丽卡的心被嫉妒这根烧热的通条烫了一下，眼里疼得冒火。

9. 战利品

1470 年 8 月，佛罗伦萨

罗伦佐的婚礼对艾波莉达的刺激明显要比艾波莉达的婚礼对罗伦佐的刺激要大很多。艾波莉达对待罗伦佐婚礼的心情变化，似乎正好跟罗伦佐对待艾波莉达婚礼的心情相反。罗伦佐从 4 月就开始为了艾波莉达的婚礼伤神，结果到了婚礼当天，看到自己红颜知己嫁为人妇反倒并没有特别心痛的感觉。或许是因为他一早就知道他们之间的幻梦总有梦醒的时候。对于罗伦佐来说，他这场爱情游戏已经借比武大会的那朵白玫瑰，在夕阳下花瓣中的童话场景里画上了完美的句号。

但是艾波莉达轰轰烈烈的爱情却才刚刚开始。

她甚至想在比武大会结束之后就离开佛罗伦萨。一想到罗伦佐要在祭台前跟另外一个女人发愿结为夫妻，她就没来头地觉得心如刀绞。但是邀请本身是参加罗伦佐的婚礼，比武大会不过是婚礼之前的庆祝活动。她在比武大会上高调当了女王，却不参加正式的婚礼，怎么也说不过去。虽然心里并不想看到自己所爱的人娶了别的女人，但至少能够跟他在同一屋檐下再共度一段时光。艾波莉达当然也早就明白，自己终归是太子妃，罗伦佐终归是佛罗伦萨的第一公民，他们俩之间的你侬我侬根本不会有什么结果。但理智是理智，感情是感情。而艾波莉达的感情是个暴君，理智是一个阿谀奉承的弄臣，她的理智总能为她的感情找到完美的借口。

艾波莉达在跟罗伦佐出游那天晚上就决定自己要来一场今生不悔的伟大恋爱。如果说罗伦佐是在享受自己青春最后的疯狂，艾波莉达又何尝不是像救命稻草一样紧紧抓住这婚前短暂的自由岁月。那不勒斯人生地不熟的地方，到底会是什么境况又有谁知道。于是艾波莉达纵容自己的感情如决堤洪水一样肆意泛滥，任由自己如一片小舟享受爱情风浪上下起伏的刺激。

比武大会过后，两个人不约而同地停止了女王骑士的故事，或许是因为双方怎么也找不出比夕阳下的白玫瑰更美好的结局。卡拉麦拉和杰斐洛仍旧时不时传递艾波莉达和罗伦佐的信件，但是没有女王骑士的幻觉，情书突然变得枯燥乏味。罗伦佐准备婚礼的安排渐渐忙碌起来，给艾波莉达的回信也越来越短。

“我难道是给自己找了一个主人吗！”艾波莉达放下罗伦佐的短笺，有点害怕，“哦，他是一个多么残忍的主人啊。他对我拥有这么大的权力，他的一个眼神对我来说都犹如神旨，只要他勾勾手指，我就会跪倒在他面前求他青睐。结果他却用冷漠和恐怖来控制我！这个世界上还没人有这么大的胆子呢！但是，这样的感觉是多么的刺激啊！我从来没有过这种感觉，我的整个人都在他的掌握之中。他要是让我去死，我真的会为他去死吗？这真是太……”

想到这里，艾波莉达深吸一口气，生生死死的这种自我感动，实在是让她激动不已，她紧紧咬住自己嘴唇，暗想：“我这是疯了，我真的是疯了！”

罗伦佐则完全没有注意到艾波莉达的这些小心思。他除了婚礼要安排，还要跟米兰公爵和仍旧住在美帝奇宫的各大贵宾周旋，皮耶罗卧床不起无法处理政事，罗伦佐在米兰的两个月期间，美帝奇家族和佛罗伦萨议会的各种事务积压下来，全都需要他尽快解决。每天早上从睁眼就开始看卷宗，跟秘书和参谋会谈，去领主宫参加议会，回到家里继续见客人，晚上还要陪各位显贵吃饭。忙忙碌碌到深夜，还是有没完没了的来信要回复，罗伦佐坐在二楼面对中庭的办公室里，桌上地上到处是卷宗废纸。晚餐不得不陪米兰公爵喝酒，现在明明有政务需要处理却头昏脑涨，完全无法集中精神。

他一手支着头茫然地盯着办公桌上的几摞文书，虽然已经有秘书帮他分类整理，但需要他亲自审阅签复的信件仍旧堆成小山一样。夏夜潮乎乎的香气从法国落地窗飘进来，拥挤喧闹的美帝奇宫到了后半夜也终于安静地进入梦乡，他甚至可以听到蛐蛐在墙缝里高唱。他突然希望这次婚礼赶紧结束，把挤在美帝奇宫的这些贵客赶紧送走，就可以一个人到乡间的别墅里平平静静待几天，一句话都不说，一个人都不见，拿着一本诗集对着窗外的美景发呆。

但是，眼前的事情还是要应付。罗伦佐强迫自己聚焦在书桌的一摞信纸的最上面一张。他拿起来看了看，是俄莫拉购买合同。除了美帝奇银行的各种欠款和亏空问题，议会里近来最重要的讨论就是跟米兰公爵购买小城俄莫拉的商谈。这件事情原本在米兰就跟艾波莉达谈妥，十万金币的价格双方也已经口头同意，米兰公爵又正好在美帝奇宫，在罗伦佐看来，让律师们起草一个购买协议，在饭桌上拿出来给米兰公爵签字，这件事情就算是完了。结果，米兰公爵这边却以“律师和顾问都不在场，我总归还是要跟大臣们商量一下”这样的借口推后。不知是他现在懒得处理政务，还是另有考虑。

罗伦佐想找艾波莉达从旁推动，但却总觉得艾波莉达现在从立场上已经是那不勒斯的人，再让她介入佛罗伦萨和米兰的事务多少有点立场上的冲突。俄莫拉已经是送到嘴边的肥肉，还是先把婚礼办完，总不会说差了这几天，煮熟的鸭子就自己飞了？罗伦佐又看了一遍购买协议，又想“不管怎么说，全意大利还有谁能拿出十万金币的现金”。这么想着，就把合同扔进“以后再说”的纸堆里。

今天晚上就这样吧。罗伦佐疲惫地站起来，吹熄蜡烛，回到办公室旁边不远的卧室里，洗漱之后，换上棉布睡衣正准备休息，却听到门外走廊上一连串脚步声。他拿着烛台，来到走廊，只看到两个仆人急急忙忙地端着水盆和酒杯往楼下走，一边走还一边窃窃私语。罗伦佐有点担心，现在美帝奇宫里住了这么多显贵，哪位客人出了问题他都担待不起。他赶忙跟着仆人下楼去看个究竟。

走到楼梯口，罗伦佐就听到痛苦的呻吟声从皮耶罗的卧房里传出来。他的心沉了下来，一时间几乎想转身回房间。他不想看到曾经跟自己出谋划策，曾经是自己主心骨的父亲，现在被病痛折磨成这个悲惨的样子。他更不愿意想到自己将来十有八九也会变成一个疼得痉挛满嘴胡言乱语的病人。但是，皮耶罗毕竟是自己的父亲，他咬了咬牙，朝一楼卧房走去。

皮耶罗的病房里已经聚集了几个仆人和皮耶罗的医生麦罗。两个仆人按着皮耶罗的上身，免得他挣扎得太厉害伤到自己。另外两个仆人正在急急忙忙收拾着地上的一大堆床单被罩。罗伦佐走过来，闻到尿臊的味道。仆人们都不敢看他的眼睛，只是把床单卷起来，拿去浆洗。罗伦佐在仆人离开之后关上门，以免父亲的惨叫声传到客人的耳朵里。虽然大部分贵客都远远地住在西翼楼，但总归还是小心点好。

罗伦佐站在床边，也不知道皮耶罗是不是知道自己来看望。他有点恼怒地询问麦罗：“鸦片精呢？怎么还不给他服用？！”

麦罗有点为难地说：“已经都吃完了。”

罗伦佐有点惊讶：“都吃完了？！明明刚定了一个月的量。”

麦罗眉毛一挑，说：“刚定？大人您最近事情繁忙，搞错时间了吧。上次订货已经是三周以前了。而且止痛剂这种东西，时间长了就要加量。他最近几乎每天都要吃两次。前几天已经加订，但没想到最后一瓶存货今天也全都用光了。”

罗伦佐呼吸加快，说：“那今天晚上怎么办？”

“怎么办？”麦罗叹了口气，“就只能这么熬着了。我让仆人们准备了烈酒，如果没有鸦片，就只能靠酒精。但是他明早起来通便就痛苦一点。总归怎么样都是受罪，到了这个阶段……”

麦罗本来想说“就只能等死”，但抬眼看了看面色阴沉的罗伦佐，没说下去。

罗伦佐皱着眉头看着骨瘦如柴的父亲在床上翻来覆去，汗如雨下，牙齿咬得死死的，喉头发出痛苦的呻吟。一个仆人在旁边紧紧地按着他肩膀，另外一个拿着手巾帮他擦汗。他一句话也没说，转身快步走出皮耶罗的卧室。麦罗看着他的背影，叹了一口气，坐在床边的椅子上。

罗伦佐上二楼，却没有回到自己的卧室，而是冲进杰斐洛暂住的小房间。房间里漆黑一片，走廊的烛光从门口照进来，罗伦佐在门口悄声说：“杰斐洛！”屋里没动静。等罗伦佐的眼睛习惯了黑暗，才发现杰斐洛的小屋里空无一人。罗伦佐眯起眼睛想了想，转身上三楼。他刚要敲响朱利亚诺的房门，手却停在半空中。罗伦佐犹豫了一下，把耳朵贴在门上，听到隐约的谈话声从屋里传出来。他都不知道为什么微微松了一口气，咚咚咚地敲门。

屋里的谈话声停下来，朱利亚诺问：“是哪位？”罗伦佐也等不及了，一言不发地推门而入。穿着棉布睡袍的朱利亚诺正要下床，看到罗伦佐，一脸惊讶地僵在床边，还穿着便服的杰斐洛看上去是要来开门，有点尴尬地停在半路上。罗伦佐的眼睛从弟弟脸上扫过去，朱利亚诺躲开了他的目光，又把目光转向杰斐洛，蓝眼睛的波斯人两手抱在胸前，一副“你想干吗”的表情。

罗伦佐伸出一只手，指着朱利亚诺说：“你，赶紧睡觉！”又指着杰斐洛，说：“你，跟我来！”

虽然已经是个十七岁的大小伙子，但朱利亚诺在哥哥面前永远是一个听话的小孩子。他朝罗伦佐吐了吐舌头，乖乖上床。杰斐洛回头看了朱利亚诺一眼，跟罗伦佐走出卧室，顺手带上门。罗伦佐也不说话，一路回到二楼，杰斐洛一头雾水地跟在后面。罗伦佐一边走，一边回头问杰斐洛：“你手头现在有没有鸦片精？”

杰斐洛快步跟在他后面，听到这个问题就已经把情况猜得八九不离十，他三步并作两步超过罗伦佐，边带路边说：“有倒是有，但是我必须亲自喂给皮耶罗大人。”罗伦佐跟在他身后，脚步慢了下来，皱着眉头问：“为什么？”他不想让杰斐洛看到自己父亲的惨状。

杰斐洛发现罗伦佐慢下来，有点不耐烦地转身回答：“我用的剂量跟皮耶罗大人的不一样，不小心吃多了会死人的。”说完也不等罗伦佐回答就走进自己的小房间。罗伦佐站在门口，看着杰斐洛摸黑在柜子里摸索一番，拿出一个木匣走到门边，借着走廊的烛光打开，拿出里面的棕色小瓶，随手把木匣扔在床上，两个人又赶到一楼皮耶罗的卧室。

皮耶罗还在床上呻吟，但是已经不像刚才挣扎得那么厉害。麦罗看到罗伦佐带着杰斐洛走进来，略微有点惊讶，但是看到杰斐洛手里拿着的小瓶，马上就明白是怎么回事，走过来伸手要杰斐洛把小瓶递给他。杰斐洛冲着麦罗摇摇头说：“我来，你掌握不好剂量。”

麦罗正要抗议，罗伦佐瞪了一眼，他马上闭嘴。

杰斐洛走到皮耶罗身边，两年前还能坐在办公室里跟他聊天的美帝奇族长，现在已经形销骨立，紧紧闭着眼睛，灰色的头发被汗水浸湿，贴着头皮，呼吸浅而急，身上弥漫着一股衰老的臭味。杰斐洛知道皮耶罗身体不行，但是完全没想到会这么严重。他坐在皮耶罗身边，看着老人紧咬的嘴唇，有点不知所措，回头看了一眼麦罗。麦罗没吭声，只是看着罗伦佐。

罗伦佐有点不耐烦，这间弥漫着死亡气息的病房他一分钟都不想多待。罗伦佐一步走到床前，赶开杰斐洛，坐在父亲身边。犹豫了一下，伸手抚着父亲的额头。皮耶罗艰难地睁开眼睛，看到是长子，勉强笑了一下，却说不出半个字。罗伦佐咬了咬牙，轻声说："父亲大人，我给你拿药来了。"皮耶罗垂下眼皮，算是点头。罗伦佐站起来，换杰斐洛坐下来。

杰斐洛也不太习惯这种情景，有点尴尬地行了个礼，说："皮耶罗大人。"啵地打开小瓶的瓶盖，伸手扶住皮耶罗的下巴，皮耶罗的皮肤满是汗水，黏糊糊软绵绵的，下巴上还有胡楂。杰斐洛小心翼翼地往皮耶罗嘴里滴了两滴棕色的液体。盖上瓶盖，示意让仆人拿水过来，又喂皮耶罗喝了口水把药液顺下去。皮耶罗抬头喝了口水，有一半顺着嘴角流到前襟上。仆人马上走过来拿手巾帮忙擦拭。

杰斐洛站起来给仆人让地方，看到罗伦佐站在窗前，走过去坐在他旁边的椅子上。两个人一起看着皮耶罗呼吸渐渐变得平缓，嘴角和身体慢慢放松，不一会儿就进入梦乡。罗伦佐又等了一会儿，一言不发地向门口走去。杰斐洛也跟着站起来，回头悄声跟麦罗说："我明天就派人再送两瓶过来。"麦罗点点头。杰斐洛走出皮耶罗的卧室，发现罗伦佐在楼梯上等着他。杰斐洛过去，抬头看着罗伦佐。

"不能跟任何人说父亲大人的状况！"罗伦佐咬着牙说。

"我肯定不会说，但你也要做好准备。"杰斐洛走过罗伦佐身边，拍拍他的肩膀，不等他回答，就径自回到卧室。

经过这一夜，杰斐洛真有点担心皮耶罗搞不好看不见自己大儿子的婚礼就去见上帝了。结果周日婚礼当天，皮耶罗不但坐着轿子被人抬到主教堂，还在婚宴上致辞。不知道是吃了什么提神良药才这么有精神，肯定不是鸦片精。那种东西吃多一点就只有靠在枕头上流口水的份，再多几滴就要盟主召唤了。

罗伦佐的婚礼当真搞得比艾波莉达的还盛大。不但佛罗伦萨大主教堂里面全都挂起昂贵的锦缎丝绸条幅装饰，就连从美帝奇宫到大主教堂的主路都被装点得富丽堂皇，路边的树干被缠上红色的丝绸，地上铺上细细的黄沙。教堂里挤满了全意大利乃至全欧洲的显贵，普通民众就只能在教堂外面探头探脑地看热闹。罗伦佐穿着最喜欢的黑色绲红边蓬袖长袍，胸前绣着自己的钻石徽章。他站在祭坛前，看着奥斯尼红衣大主教代表夫家牵着克拉丽丝的手慢慢走到自己跟前。克拉丽丝今天穿着一条大红色的裙子，颜色嚣张得好像要把她淹没到一大堆布料里面。罗伦佐在人群中找到艾波莉达，窗外的阳光透过教堂的五彩玻璃打在她的金发上。两人离得太远，罗伦佐连她的眉眼都看不清楚，更不知道她此刻在想什么。

艾波莉达心如刀绞。她对这样的痛苦一点心理准备都没有。之前对自己感情的放纵，现在终于在这样一个时刻让她尝到了苦果。她心中多少次幻想罗伦佐扔下那个面色苍白神情怯懦的女人，冲过人群，走到自己身边，然后两个人一起不顾一切私奔。她远远地看着罗伦佐从奥斯尼红衣主教手里接过克拉丽丝的手，两个一起转身跪在主持仪式的飞利浦大主教面前，陆续念出誓词。她不想看，但是又忍不住去看，胸口好像有利刃把她的心脏切成一条一条。

“为什么，为什么偏偏是你！为什么！为什么！”艾波莉达默默地问自己。但是这件事，大小姐你还真怨不得别人。手里这根丝线你有多少次都可以斩断，但是你就是要享受爱情，殊不知这世上苦恋远远多于幸福。

罗伦佐领着自己的新娘走出教堂的时候，并没有在人群中寻找艾波莉达。艾波莉达隔着几个人怔怔地看着罗伦佐走过，对方连头都没转一下。

杰斐洛正要脱下参加婚礼的华服，换上便装去参加婚礼晚宴，卧室门突然被推开，他回头有点诧异地看到卡拉麦拉若无其事地走进来。

他笑了笑，继续换装，说：“女王陛下有什么吩咐？”

卡拉麦拉站在杰斐洛身后，帮他脱下夹克，从镜子里看着杰斐洛的眼睛，说：“女王陛下有话要跟她的骑士说。”

杰斐洛抱着胳膊看着镜子里的卡拉麦拉说：“那个故事已经结束了。”

“故事什么时候结束，女王陛下说了算。”

杰斐洛叹了口气，说：“好吧，要说什么？”

卡拉麦拉笑了笑，说：“女王陛下要亲自跟罗伦佐大人说，你要制造一个他们俩独处的机会。只要两句话就好，在走廊碰到，像这样在更衣室里密谈两句也可以。”

杰斐洛低下头想了想，说：“今天傍晚，婚宴之前，他会到家族圣罗伦佐小教堂去祈祷。他身边当然会跟着仆从，但是我会找借口要跟罗伦佐谈话，让他一个人跟我绕道从后花园回到美帝奇宫。你带着公爵夫人在后花园的回廊旁边等着，别穿得太显眼。虽说后花园现在没人去，但是美帝奇宫这几天人多眼杂，难免被看到。”

卡拉麦拉撇了撇嘴，有点不屑地说：“你放心，不会坏了你家新婚大少爷的名誉。”

不等杰斐洛反驳，卡拉麦拉已经离开了房间。

“她还说了什么？”罗伦佐从圣罗伦佐小教堂晚祷出来，有点不耐烦地跟在杰斐洛身后，朝后花园走。

“公爵夫人跟我还能有什么可说的。”杰斐洛回头有点揶揄地看了罗伦佐一眼。

罗伦佐没说话，他对骑士女王的游戏早已失去了兴趣。这段时间忙得四脚朝天，也根本没时间在情事上纠结。他现在只想这一切嘈杂忙乱尽快结束。

两个人默默地走过圣罗伦佐教堂背后，进入后花园。果然，两个身影站在回廊入口。其中一个看到罗伦佐，迎着他走过来，另外一个跟在她身后几步的地方。杰斐洛还没来得及躲开，艾波莉达已经走到罗伦佐跟前。艾波莉达脸上带着红晕，胸口一起一伏，她快步走上前，伸手捧着罗伦佐的下腭，踮起脚，一句话都没说就吻了他。罗伦佐下意识地伸手抱着艾波莉达的细腰，感到她浑身都在微微颤抖。

杰斐洛吓了一跳，然后赶紧环顾四周，生怕周围有路过的仆人。还好，大家似乎都在中庭旁边的大厅里准备婚宴，夕阳的余光下，后花园里空无一人。

艾波莉达松开罗伦佐的嘴唇，紧紧地抱着他的脖子，在他耳边用发颤的声音轻轻地说："我的主人，哦，我的主人，今天晚上到我房间来。今天晚上，我是你的！"

说完，还没等罗伦佐反应过来，艾波莉达和卡拉麦拉就已经消失在圣罗伦佐小教堂的阴影里。

罗伦佐一脸木然地站在那里，脑子里不断回响着那句话："今天晚上，我是你的！"

等他回过神来，才发现杰斐洛站在旁边目不转睛地盯着自己。发现罗伦佐终于有了点反应，杰斐洛小心翼翼地刚要张嘴说话。罗伦佐伸出一个手指，有点恶狠狠地说："闭嘴。"

说完，罗伦佐头也不回地朝美帝奇宫走去。

整个婚宴，杰斐洛都在紧张地观察罗伦佐和艾波莉达。两个人都坐在正席，罗伦佐兴致很高，忽然间对克拉丽丝的态度好转，不但给她介绍来参加婚宴的宾客，在她耳边窃窃私语，还站起来向她敬酒。罗伦佐一边不停地跟周围的人说话，一边一杯一杯地给自己灌酒，讲的笑话把默不作声的克拉丽丝都逗笑了。杰斐洛试图抓住罗伦佐的目光，想由此推测他到底打算怎么办，但是罗伦佐一直在回避他。就算是偶尔接住他的目光，也是冷冷地盯他一眼，然后马上挂上笑容，开始跟旁边的人嬉笑怒骂。

艾波莉达脸色有点苍白，几乎是病恹恹地坐在那里喝酒，不怎么说话。坐在她身边的佛德里克二王子似乎是在问她身体如何，艾波莉达微笑着摇摇头。她的晚餐几乎一点都没碰。

最后一道菜撤走，仆人走过来手忙脚乱地把大厅中间清出一块空场，在大厅一角的小乐队，奏起了舞曲。在场的青年男女在空场两侧站成两排，罗伦佐领着克拉丽丝也加入了，两个人站在正中间领舞。艾波莉达也跟着佛德里克王子加入。舞伴更替，终于轮到罗伦佐和艾波莉达面对面，两人姿势都有点僵硬，艾波莉达默默地低着头，罗伦佐半句话也没说。艾波莉达面色苍白地坚持过第一轮群舞，借口身体不适，逃跑一样离开了大厅。

艾波莉达离开之后，罗伦佐明显放松了许多。他一杯一杯地喝，一曲又一曲地跳舞。克拉丽丝遵循一个贵族大小姐的规矩，跳过第一支舞，就向自己的夫君大人行礼，然后离开舞厅，去卧室里准备。罗伦佐却一直在舞池里流连，喝到最后连站都站不稳，差点摔倒在舞伴身上。杰斐洛和朱利亚诺一左一右地把他扶到一边。朱利亚诺对这种情况习以为常，他本来就是这种聚会的明星，跟哥哥坐在一起还没一会儿，就被人叫走去唱歌。

罗伦佐摇摇晃晃地站起来，一言不发地走出宴会大厅。杰斐洛有点怯懦地跟在后面，不敢过去扶他，却又不想离他太远。罗伦佐慢慢走到美帝奇宫东翼楼和西翼楼的交接点，往东走是自己的婚房，克拉丽丝那个保守的罗马女人估计睡衣穿得好好地躺在床上等着他；往西走是金发的艾波莉达，那个他曾经幻想着要关进鸟笼据为己有的女人。这不是骑士女王的游戏，这不是人群中心有灵犀的浓情蜜意，这甚至不是爱情。这是征服与被征服，这是艾波莉达给他的挑战，这是毒蛇给夏娃的苹果。

但是罗伦佐要怎么抉择，我们其实早就知道了。他如果真的会去选择那个乏味的罗马女人，当初也不会跑到米兰去跟艾波莉达纠缠。这简直都不能说是悬念。

杰斐洛躲在柱子的阴影里，连大气都不敢出。罗伦佐在楼梯前站了半晌，像认命一样，长长地叹了一口气，头也不回地说："杰斐洛，去西翼看看情况，不能让人看见我过去。"

杰斐洛咬着嘴唇忍了半天，他这才真是皇帝不急太监急。他想抓着罗伦佐的领子吼他："你疯啦！"但是走过去看到罗伦佐平静的表情，深褐色的眼睛盯着他，看不出半点酒醉的迷茫，表情跟往常没什么区别，微微皱着眉头的样子好像在说："我已经给你下了命令，还闲待着干吗？！"杰斐洛盯着他看了一会儿，怎么想怎么觉得自己实在是没什么立场去骂人。只得转身默默地跑去西翼楼转了一圈，又顺手抄了一件不知是谁的披风，回来的时候递给罗伦佐。罗伦佐从容地把披风罩在头上，脸隐藏在帽子里。

"如果有人问起，"罗伦佐临走的时候说，"就说我不胜酒力，睡死在自己的卧室里。如果我听到关于这件事情的任何流言蜚语……"他说到这，回头看了杰斐洛一眼，没继续说完就转身上楼，消失在楼梯拐角。

艾波莉达觉得自己要吐了。她从来没像现在这么紧张，明明晚上什么都没吃，胃里却翻江倒海的不舒服。罗伦佐会怎么做，他会不会来？她像个小女孩一样，自己跟自己争论着。她又一次坐在梳妆台前，一遍一遍地梳着金发。

"我真不应该那么冒失。啊，但是又能怎么样！我马上就要去那不勒斯了！我这么伟大的爱情，如果今天晚上不实现，这辈子也没有机会了。但是他要是不来怎么办？他要是告诉别人怎么办？哦，我要怎么办？我怎么能让他这么对我！我怎么能把自己放在这种位置！如果他不来，我就去他的卧室把他和他的新娘都杀死！然后自杀！我要把他的心脏挖出来泡在毒酒里，像《十日谈》里的公主那样，喝下毒酒自杀，啊啊……这将是多么华丽的丑闻啊！会轰动整个欧洲的宫廷呢！”艾波莉达沉浸在各种血腥的幻想之中。她怎么也不想想，她一个公爵夫人在美帝奇宫这种地方到哪儿去找毒酒。

她心如乱麻，度日如年。她在房间里走来走去。她决定管他来不来，自己干脆蒙头大睡，结果床单还没焐热，她就跳起来，又去门口探头探脑地张望。在走廊望风的卡拉麦拉回头瞪了她一眼，她马上像乌龟一样又缩回房间里。她后悔自己的鲁莽，她怨恨罗伦佐的无情，她跪在床前想向上帝祈祷，却又觉得干了这么伤风败俗的事情，上帝一定不会怜悯她。

就在她揪着头发要哭起来的时候，卡拉麦拉开门冲进来，艾波莉达一下子站起来，罗伦佐紧跟着就走进卧室。卡拉麦拉在罗伦佐身后把门关上。罗伦佐把斗篷脱下来，随手扔在门边的椅子上。他仍旧站在门口，一动不动地看着艾波莉达，艾波莉达也一动不动地站在床边看着罗伦佐。房间里一丝动静都没有，一楼的聚会还在继续，隐隐传来音乐和吵闹的声音。

“把衣服脱掉。”罗伦佐平静地命令道。

艾波莉达眨了眨眼睛，胸脯一起一伏，心脏狂跳，她慢慢举起右手，用微微颤抖的手指解开睡衣的领子，把丝带抽出来，先脱掉袖子，然后动动肩膀，任由睡衣掉在她脚边的地板上，露出白皙的裸体。粉红色的乳头高高地耸立，被烛光染上一层金色的光晕，两腿间金色的茸毛随着艾波莉达整个身体微微颤抖。她盯着罗伦佐的眼睛，没有试图遮挡自己。罗伦佐慢慢走到她跟前，他并没有抱住艾波莉达，只是像欣赏一件美丽的雕像一样，上下打量着她，一只手抚过她的腰间，围着她转了一圈，然后站在她面前，慢慢脱下自己的短夹克。

他伸手放在艾波莉达的肩膀上，轻轻把她推倒，高高在上地看着躺在床上的艾波莉达，像个临幸妃子的君王一样，冷冷地说："今晚，你是我的。"

到最后，克拉丽丝也不知道她老公在新婚之夜醉倒在哪里。罗伦佐和艾波莉达后来都再也没有提起这一夜。杰斐洛后来回想起来，到底谁才是谁的战利品？是罗伦佐征服了艾波莉达这个高傲的女人，还是艾波莉达在罗伦佐新婚之夜把他从新娘手里偷到手？但是，他总觉得这两个人的这一夜疯狂，最终不是为了爱情，而是各自在对方身上实现了一次自我。

我早说过，这是一个没有爱情只有生死的故事。

10. 意大利的蝴蝶

1470年11月，佛罗伦萨

1470年的秋天过得很平静。罗伦佐全盘接管家族事务，在议会代表美帝奇发言，在办公室里会见客人，审阅回复所有给皮耶罗的往来信件。必要的时候，他甚至会以皮耶罗的口气回信，然后模仿父亲的笔迹签字，印下父亲的私人印章。

或许是因为入秋就开始下雨，或许是因为一夏天的折腾罗伦佐已经对情事厌倦，或许是因为政务太多他无暇抽身，也或许是因为知道皮耶罗时日无多，罗伦佐送走来参加婚礼的各位显贵后并没有跑到别墅去躲清净，甚至没有半夜跑到佛罗伦萨后街的酒馆妓院寻欢作乐，他一直老老实实待在美帝奇宫。虽然对克拉丽丝还是很冷淡，但至少每夜都会回到卧房里尽到他作为丈夫的责任。克拉丽丝的肚子也算争气，结婚才三个月，就已经有喜。露卡西亚夫人脸上像开了一朵花一样开心，就等着抱大孙子了。

之前被搁置的俄莫拉小城购买谈判，又一次被提上议事日程。可惜与米兰法国接壤的萨伏依又在法国支持下开始叛乱。米兰公爵从佛罗伦萨回到米兰之后屁股还没坐稳，就跑到萨伏依去镇压民变。

一直拖到冬天来临，各家军队停战修整，格莱亚佐才又回到米兰公爵府。罗伦佐无法离开佛罗伦萨，皮耶罗眼看就不行了，这个时候家中必须有人坐镇。罗伦佐派出诺里和驻米兰大使去见公爵，并下了死命令，圣诞节前一定要把合同签好。

杰斐洛又回到自己在托伦大街的丝绸店，托马索把一切正常业务都打理得很好，完全不用他操心。杰斐洛就专心致志做自己的“副业”买卖，用便宜的小装饰品从女仆那里换来一些流言蜚语，再去拜访一下自己的几位线人，杰斐洛最喜欢做一个“知情人”。在意大利这种流言满天飞的地方，谁的流言最有价值，谁就能获得最大利益。偶尔朱利亚诺小弟会来拜访，两个人虽然会谈论罗伦佐，但是朱利亚诺绝对不会给他任何关于罗伦佐决策的实质信息，而杰斐洛就算是从言谈中猜到什么也绝不会轻易利用。罗伦佐是他网中最大的一条鱼，他要好好养肥了再杀来吃。

1470 年看上去就要这么平平静静地走过去了，直到 12 月初一个阴郁的清晨，杰斐洛在平常出入的侧门上发现有人用粉笔画上了一个白圈。他没叫店里的学徒工，而是自己转身从厨房随便找了一条手巾，三下两下把圆圈擦掉。然后回到二楼，换下华丽的长袍和蓝色丝绸腰带，穿上普通的黑色短外套，套上深棕色斗篷，把一对金色匕首塞在外套里面。在街上冒着零星小雨绕了好几圈，确认没有人跟着，才走到小街一个不起眼的小窄门，很有节奏地敲了几下，等门开了一条缝，一闪身钻了进去。

杰斐洛在佛罗伦萨的联络人是个典当铺老板，伯纳托·图图拉这个名字当然是假的。但是不管是谁顶着一个名号时间长了，所有认识他的人都只知道这个名字，真名假名又有什么区别？图图拉是一个看上去六十多岁的老头子，头发只剩下几根，薄薄地贴在粉红色的头皮上，脸上布满皱纹，颧骨很高，两颊下陷，浅灰色的眼睛很有神，他身材瘦长，虽然年纪一大把，后背也挺得很直。手指因为关节炎变形，但是握笔写字还是很利索。杰斐洛一直觉得他并不适合做一个密探，他的举止做派一看就知道曾经当过兵，有点太引人注目。但是说实话，整天穿得花里胡哨像孔雀一样招摇过市的杰斐洛又有什么资格批评别人？但是杰斐洛一直觉得自己最多也就算是个业余玩票。谁也没指望他能干出个什么所以然吧。如果做不成，那也是因为自己本来就没有很用心地想要去做。如果做成了，那他一个业余玩票的比专业人员还成功，那才真能满足虚荣心呢。这跟小朋友们在考试之前都说自己“根本没复习”是一个心态。

杰斐洛一般只有在没有鸦片或者需要这个“间谍网”帮助的时候才会来找图图拉。他虽然也被引见给其他几位在托斯卡纳地区活动的密探，但是没有参与过任何联合行动。不过，他注意到如果有其他成员出席，会面地点就不会在图图拉的小办公室，而是找不起眼的酒馆、教堂，甚至有一次是在墓地，几个人做贼一样碰个面然后马上散伙。杰斐洛觉得自己大概是唯一一个能到他店里会面的人。虽然是业余玩票，但毕竟是特派员，他美滋滋地想，待遇果然是不一样的。

杰斐洛脱下风衣，坐在图图拉小书桌的对面。图图拉把门关上，慢慢腾腾地走回书桌，有点艰难地坐下。这个小房间既是图图拉的书房，又是他典当铺的小仓库，屋子一边是书柜，里面井井有条地放着各种卷宗。另外一边则从地板到天花板堆满了各种纸箱木箱，有些奇异的物品就随便摆在地上。小房间没有窗户，只靠图图拉书桌上的几根蜡烛照明。外面飘着小雨，寒气从门缝里蔓延进来。虽然桌子旁边有一个小小的炭盆，但杰斐洛仍旧觉得寒气逼人，把刚刚脱下的斗篷又拿过来披上。

图图拉把手放在桌子上，手心朝上，一言不发地看着杰斐洛。

“还要走这个过场？”杰斐洛有点不屑地笑了笑。他从 1468 年到达佛罗伦萨之后，跟这个老家伙合作已经有两年了，还能有人假冒他？

“规矩就是规矩。”图图拉面无表情地说。

杰斐洛耸了耸肩，从怀里掏出一对金色的匕首，放在图图拉张开的手掌里。

图图拉拿起匕首，一个一个抽出来看，又插回刀鞘。最后握在手中，先放在额头，再放在唇边吻了一下，最后放在胸口，低着头静了一会儿，才把匕首还给杰斐洛。

杰斐洛满不在乎地把匕首塞回到夹克里。

“你不应该公开带着匕首和长刀招摇过市。”图图拉又开始了，“万一你被人杀了，这些宝物被抢走怎么办？”

这种训诫，杰斐洛不知道听了多少遍，开始还争论两句，后来也懒得回应，默默地听他说完了事。图图拉也知道杰斐洛根本不在乎这些，把该说了说完了，就进入正题。

图图拉抽出半张纸，写了几个字，递给杰斐洛。

杰斐洛很好奇，图图拉从来没找过他做任何事情，更不要提给他任务做，他搜集的情报，老头子只是爱理不理地点头记下，到底有没有用上，怎么用，他也完全不知道。这次却破天荒地在他门上留记号让他“马上过来”，杰斐洛接过这半张稿纸，心脏嗵嗵嗵的快要从胸口跳出来了。他低头看了看，却吓得半天没捯上一口气。

“皮耶罗。”

杰斐洛惊讶地抬起眼睛看着图图拉。老人家伸手把杰斐洛手里的半张纸抢过来，在蜡烛上点燃，扔在脚下的炭盆里，半张纸带着那个血腥的命令，瞬间就烧成灰烬。

“为什么？！”杰斐洛真无法理解，“他已经是有今天没明天，何必非要现在去杀他，何必要冒这么大风险？”

“拿了命令执行就好，哪来的那么多问题。”图图拉把手放在桌子上，皱着眉头回答。

“别把我当成你的手下！”杰斐洛把手臂架在桌子上，几乎是挑衅性地看着图图拉，“况且，这件事情风险太大。的确我现在可以自由出入……”杰斐洛刚要说“美帝奇宫”但是又把这句话咽回去，只能勉强用“那里”代替。

“就算我能自由进出，”杰斐洛继续说，“就算我可以找借口去看他。但是那位大人现在整日整夜都有人在旁边守着，我完全没有机会下手。就算事情做成，他儿子也肯定会怀疑到我头上。我经营这么长时间的关系，不能毫无缘故地就这么放弃。”

图图拉盯着他，嘴角抽了两下，挤出一丝不屑的笑容说：“你的确不是我的手下，说实话，想要做我的手下，你还真不配。你现在能坐在我面前，在佛罗伦萨过得如鱼得水，自己小手指头动动就用我们苦心经营的关系换得某位要人对你的信赖，到底是因为什么，你自己心里清楚。”

杰斐洛笑了：“我自己心里当然清楚，要不要我下次写家信的时候也跟家父说清楚？”

图图拉气得额头上青筋都暴起来，咬着牙说：“你这个小杂种不要太嚣张！”

杰斐洛跷起二郎腿，歪着头说：“我这个小杂种还是这么嚣张！你在佛罗伦萨经营了这么多年，到现在有谁能像我这么自由进出那里，跟两位大少爷称兄道弟，被将来的族长大人信任？如果你手下但凡有别人能干成这件事情，你也不会找到我头上。既然你找不到别人，那就别跟我扯淡，告诉我为什么一定要现在行动，为什么就不能等几天让他寿终正寝？”

跟罗伦佐时间长了，杰斐洛也不知不觉地染上他说话的粗鲁风格。图图拉绷着脸不说话，杰斐洛等了一会儿，有点不耐烦地一摆头，起身做出要走的样子。

图图拉看他站起来，终于说：“这是你父亲的直接命令。所以，你给我老老实实地坐回来！”

杰斐洛有点惊讶地低头看着图图拉，不由自主地又坐回到椅子上，“他怎么可能会关注这种细节？难道要有……”

“别胡思乱想了！”图图拉打断他。叹了一口气，又抽出一张纸，唰啦啦地写了好几行字交给杰斐洛，这次写的不是意大利文。

“上令：刺激意大利内乱，破坏米兰、佛罗伦萨和那不勒斯的联盟。支持教皇向意大利中部扩张。”

杰斐洛看完，不等图图拉伸手，自己伸手把稿纸烧着，扔在炭盆里。

“俄莫拉？”杰斐洛压低声音问。

图图拉没好气地笑了一声，凑过身子悄悄说：“看来你还不算太笨。米兰方面过来消息说公爵已经决定要签字。他们无法再拖延，只能从佛罗伦萨方面阻挠。教皇现在没有购买小城的现金，俄莫拉必须先回到米兰公爵手中。如果佛罗伦萨第一家族出现族长更替，那不仅在家族产生动荡，在议会里也会出现内乱。佛罗伦萨必然无暇顾及购买俄莫拉。米兰公爵只能顺势先把俄莫拉收回来。等时机成熟，我们可以再辗转推动教皇出面购买。一定要让教皇在意大利中部得到立足之地，让他成为米兰和佛罗伦萨的眼中钉。”

“为什么一定要支持教皇？”杰斐洛问。

“谁说我们支持教皇？”图图拉诡异地笑了笑，“俄莫拉这个火药桶，除了佛罗伦萨谁吃得下？落到别人手里，你家的那位大少爷又怎么能甘心？”

杰斐洛低着头没说话。图图拉叹了口气，说：“你现在知道为什么了，那就尽快下手吧。”

杰斐洛抬头看了图图拉一眼，说：“用不着我直接出手吧，下一批鸦片精里浓度高一点就可以了。”

“来不及了。他们前几周订了好几瓶，估计到死也用不完。就算能替换药瓶，佛罗伦萨有多少商家供应这样的鸦片？怎么查都会查到我们头上。也不能通过仆人，能接触到那位大人的仆人完全无法买通，买点情报可以，再往上就没可能了。”图图拉不耐烦地摇摇手，“你别想了，但凡可以不用到你的方法，我们都想过了。现在只能你亲自出马。”

“怎么？”图图拉看到杰斐洛脸上仍旧犹豫不决的表情，挂上一丝笑容，“怕了？”

杰斐洛无视他的揶揄，继续问：“我要是被怀疑怎么办？”

“可能性最大的情况当然是那位大人在睡梦中平静地寿终正寝，正如你说的，他早已命悬一线，不知道什么时候就去见上帝。就算是最坏的情况，你们家大少爷怀疑，我们也已经做好万全的准备，绝不会扯到你身上。”

他顿了顿继续说：“毕竟，这对那位大人也未必是件坏事。他现在活一天就是痛苦一天，不如早死早升天。”

杰斐洛没说话，他用手扶着额头，有点茫然地盯着桌面。这是他第一次被要求去完成一个重大任务，而且也的确是只有他能完成的任务。他隐约意识到，这件事情做成了，在今后的历史中不知道会产生怎样的余波，谁知道有多少事情会因为皮耶罗早死了几天发生或者没有发生。当然杰斐洛并不知道什么是蝴蝶效应，但是他现在的确就是那只蝴蝶，他将要在佛罗伦萨扇动翅膀，引起整个意大利的龙卷风。

杰斐洛霎时间产生了一种命运之子的使命感。如果说整个意大利的政局是一个巨大的机器，里面大小齿轮连接在一起，动一子则动全局。杰斐洛现在不但把幕布掀起一角看到这背后缓慢运转的机器核心，他还拿着一根钢条可以搅碎其中一枚重要的齿轮。他真的可以这么重要吗？意大利，乃至欧洲的未来真的可以这样被他玩弄于股掌之中？

当然这都是小朋友们的自我感动。意大利的确掀起了龙卷风，但是杰斐洛在这其中只是随波逐流的小虫而已。但是，在小朋友的幻想中，杰斐洛才是在棋盘上走象跳马的主宰。他的虚荣心和控制欲对从幕后操纵历史这种梦想完全没有任何抵抗力。

任何幻觉在事实面前都不堪一击。

杰斐洛站在皮耶罗的床前，心脏狂跳，冷汗直流。窗外不知哪里传来几声寒鸦的叫声，杰斐洛头皮一紧，心中犹豫是不是应该再等机会。皮耶罗的病房门窗紧闭，床边的几个炭盆把屋子烧得闷热，死气沉沉的空气中弥漫着药水的味道混合着衰老的气息。杰斐洛不敢开灯，他手脚冰凉，浑身发软地站在黑暗中。这并不是杰斐洛第一次杀人，甚至不是第二次第三次，但是在搏斗中你死我活或者满腔热血的仇杀是一回事，而站在一个对自己毫无威胁、手无缚鸡之力的病人身边，几乎是机械性地送他去死则是另外一回事。

事情比他想象的要更复杂。虽然他可以随便出入美帝奇宫，但是并不代表他进出不被人注意，更不代表他突然决定留下过夜不会引起罗伦佐的怀疑。他不得不在饭桌上猛灌酒，做出醉到不省人事的样子。好在他之前就有过几次跟朱利亚诺喝酒嬉闹，两个人一起醉成一摊烂泥。虽然这次不年不节有点牵强，但多亏他一直以来刻意营造一种让人不可捉摸的个性，倒也不算太出格。罗伦佐并没有多说，只是安排仆人把他安置在曾经住过的二楼小客房里。

杰斐洛在房间里睁着眼睛躺到后半夜，悄悄地爬起来，穿过中庭，找到皮耶罗的窗户。他今天早上去看望皮耶罗的时候，特意把窗户留了一条缝，还好仆人没有发现。他先把窗户推开一点点，伸头迅速瞥了一眼，发现屋子里漆黑一片。他蹲在窗外等了一会儿，没有听到声音，于是就又把窗户开得更大，探头看进去，在黑暗中除了床上隆起的人形，并没有其他人。他蹑手蹑脚地爬进皮耶罗的房间，再回手把窗户关上。

杰斐洛有点颤抖的手指从衬衣里摸出棕色八角小瓶，先在自己舌头上点了一小滴算是安神，然后深吸一口气，一步走到皮耶罗枕头旁边，一只手轻轻按住他的下巴，把他的嘴唇分开。皮耶罗的脸上全是汗水，杰斐洛能感觉到他艰难的呼吸一下一下轻轻吹过他的手指。他再一次犹豫起来，现在后悔还来得及，他想。突然，皮耶罗胸口起伏，咳嗽了一下。杰斐洛吓得一哆嗦，手一抖就把一整瓶鸦片精全都灌了进去。

杰斐洛拿着空瓶有点不相信自己就这么把皮耶罗杀掉了。这个曾经是全佛罗伦萨、全意大利最有权力的人，就在他眼前慢慢滑入永恒的安眠。完事之后，他往后退了一步，手上全都是汗，有点手足无措地站在屋里。他不知道自己是不是应该画个十字，但是又觉得可笑，他又不是天主教徒。刚才服下的鸦片精起作用了，他突然觉得有点头重脚轻，有点后悔在这个节骨眼上吃了药。他不想在这里久留，于是打开窗户，回到中庭。

杰斐洛突然有点心虚，要不然干脆现在就跑，逃离佛罗伦萨。他摇了摇头，在心中责骂自己的怯懦，既然干了就干到底。想到这里，他还是决定回到自己的小房间，半夜逃跑这种事情，明摆着就跟告诉罗伦佐“人是我杀的”一样。他抬头看了看罗伦佐的卧室，一片漆黑。他悄悄从侧面的楼梯回到自己的卧房。一路上一个人都没有，美帝奇宫一片寂静。杰斐洛关上卧室门，一头栽在床上，在鸦片精的帮助下，很快就进入梦乡。

睡梦中的杰斐洛突然被几只手从床上拽起来，一个布袋套在头上，耳边一个从来没听过的沙哑声音说：“出一声就拧断你的脖子。”还没等杰斐洛反应过来要挣扎，就发现自己双手已经被捆在身后，几个人半拖半拽地把他拉出了卧室。杰斐洛心脏狂跳，头嗡嗡响，他努力回想自己到底哪里出了差错，到底是谁看到他。他没敢出声，周围一片寂静，只有身边几个男人的呼吸声、脚步声。狂乱中，他注意到自己下楼梯之后又往左拐，应该是皮耶罗的房间。

几个人把他扔在地上就离开了房间。杰斐洛听到大门咔嗒一声在自己身后关上。他慢慢抬起头，透过布袋隐约看到床头柜上点着几根蜡烛，一个人影坐在皮耶罗床前。杰斐洛挣扎着坐起来，人影好像刚刚注意到屋里又多了一个人，站起来走到杰斐洛跟前，一手拿掉他头上的布袋。

"你真以为我会不知道？"罗伦佐把布袋扔到一边，又走回床边坐下来，看着皮耶罗。

杰斐洛低着头，现在想要狡辩好像也没什么意义了。

"你要是知道，为什么不阻止我？"杰斐洛觉得反正也已经这样了，干脆破罐破摔。

罗伦佐没说话，他只是握着皮耶罗变形的手，默默坐在床边。杰斐洛仔细看了一会儿，皮耶罗的身体一点起伏都没有。不管怎么说，他的任务算是成功了。

"你现在有三个选择。"罗伦佐仍旧背对着杰斐洛，声音平静从容，"第一，我把你关进地下室。再怎么坚强的人，最后都会开口。我看你养尊处优的样子，估计连两天都坚持不了吧。最终，你的底细、背景和关系，我总能知道。只是时间长短，你断几根骨头，还剩下多少完整皮肤的问题。然后我就按照你提供的线索，把你的线人合作者，统统抓住逐一审讯，把你的这个地下情报网彻底从佛罗伦萨肃清。"

罗伦佐顿了顿，让杰斐洛好好想象自己被刑讯、朋友被处决的惨状。

"第二，你现在就老老实实告诉我，你是谁，为谁工作，为什么要刺杀家父。如果我对你的答案满意，你可以现在就离开。我会派人暗中干掉你的合作者，毕竟我不能让一个间谍网在我鼻子底下运作。你不要再出现在佛罗伦萨，甚至意大利。如果我，或者我的任何一个下属，或者合作者，不管是谁，看到你在意大利出现，我绝对会让你死得很难看。”

罗伦佐说完，放下皮耶罗的手，站起来面对杰斐洛，背对烛光，漆黑的身影长长打在地板上。

“第三，你现在跟我坦白，然后发誓对我效忠。”他慢慢走到杰斐洛面前，居高临下看着他，继续说，“不要跟原来的雇主脱离关系，事实上，我要求你继续利用你雇主的间谍网，为我提供情报。当然，我会时不时给你提供一些美帝奇家族和意大利主要势力的内线消息，你在他们面前也会越来越有价值。但是，你的主人，就只有我。”

杰斐洛仰头看着罗伦佐，咽了一口吐沫。

“现在就决定！我没时间等你。”罗伦佐冷冷地说。

杰斐洛挣扎着要站起来，罗伦佐抬腿把他踢到，一脚踩在他肩膀上，恶狠狠地说：“谁让你起来了，给我老老实实地在地上趴着。”

“怎么样？要不要我现在就叫守卫进来拉你去地下室？”

“不要！”杰斐洛有点恐慌地说。他才不要死得这么难看！

“我……”他刚要开口，罗伦佐脚上使劲，弯下腰说：“你可想清楚了。这个机会，只有这么一次。你可别想跟我耍花样。只要我对你的说辞有一丝一毫的怀疑，我绝不给你辩解的机会，直接上拉肢刑架，大家都省心。你要想说，就说实话。”

“我……我肯定说实话……”杰斐洛被他踩着连气都喘不过来，挣扎着说完这句话。

罗伦佐直起腰，一手抓住杰斐洛的衬衫，把他拎起来跪着。然后走回到床前的椅子上坐下，胳膊架在扶手上。

杰斐洛稍微活动了一下绑在身后的两手，让血液流通。他抬头看着罗伦佐，又想到山鲁佐德，自己能不能活过今晚就看自己的故事够不够吸引人。

“我本名叫阿密特，我……”他仔细观察着罗伦佐的表情，有点惊讶地发现对方对自己这个波斯名字一点也不惊讶。

罗伦佐注意到杰斐洛讶异的神色，有点不耐烦地摆摆手说：“我早就猜到你大概是土耳其人。你也并没有特别掩饰自己的出身吧？市井之间大家不都叫你‘美帝奇家的波斯人’吗？那么说你的雇主是奥斯曼土耳其帝国？”

杰斐洛没说话，这是他至关重要的秘密，是他最后的王牌。

“为什么要杀我父亲？”罗伦佐冷下脸来问。

杰斐洛咬咬牙，这个故事被罗伦佐猜到这么多，真是不知道自己还有多少筹码。

“家父已经病入膏肓命悬一线，医生说他活不过今年年底。有什么事情这么着急一定要现在杀掉他？杀掉他却没有杀我的计划，显然不是为了要完全毁掉美帝奇家族……”罗伦佐的声音渐渐消失，陷入沉思。

“奥斯曼土耳其到底想要什么？”他喃喃地自言自语。

“俄莫拉。”杰斐洛咬着牙说，事情到了这个节骨眼上，要是被罗伦佐全都猜出来，自己岂不是根本没有周旋的余地。既然骗不过他，就干脆说实话。

罗伦佐抬头盯着杰斐洛，嘴角绷紧，眯着眼睛说：“当然！当然是俄莫拉！……但是……奥斯曼土耳其为什么把这个小城让给教皇？”

“谁说我们支持教皇！”杰斐洛终于觉得自己稍微占了点上风。

罗伦佐有点迷惑地看着他，眼睛失去焦距，陷入沉思。过了良久，他站起来，走到杰斐洛身边，拽着他的胳膊扶他站起来，绕到身后给他松绑。然后默默走到窗边，打开窗户，清晨的微光洒进房间内。罗伦佐抬起头看着渐渐变白的天空。

“你既然已经说了这么多，看来是没法送你去地下室了。那你到底是想现在就离开意大利，还是做我的密探？”

“要是让我效忠你，我也有条件。”杰斐洛觉得自己还是多少有几个筹码可以讨价还价。

“哦？”罗伦佐背对着他，歪了歪头。

“我要在你的决策层里有一席之地！”

“决策层？！”罗伦佐转过身来，严厉地说，“你以为这是什么？雅典式的公民民主？决策层只有一席，就是我的席位。只有一票说了算，就是我的一票。我没让你跪下吻我的戒指不过是因为我讨厌这种形式主义。但你是效忠于我，是我的部下，听我的命令，这一点我绝对不容许任何质疑。”

“但是，”罗伦佐深吸一口气，打一巴掌也要揉一揉，“这并不是说，我不尊重你的建议。如果你不同意我的做法或者计划，完全可以告诉我。但是，容许我说服你。我可以向你保证，你在我面前，可以知无不言。当然……”他停了停，转头看了看皮耶罗的尸体，“除了对我的家人不利。你要是再敢对我的家人出手，如果你知道有人计划谋害我的家人而不通知我，我保证你生不如死。”

杰斐洛盯着罗伦佐，两个人再次像一对凶狠的捕食者一样，互相打量着对方，但是此时的杰斐洛已经没有撕掉罗伦佐喉咙的气魄了。两个人的博弈，谁赢谁输，谁发令谁听令，早在他们第一次见面的时候就已经决定了。这算不算是命中注定？如果算的话，我想罗伦佐后来肯定会后悔为什么当初没把杰斐洛送进刑讯室，而杰斐洛也会后悔为什么当初没让巴蒂斯塔在白马客栈捅死罗伦佐。

但是在这个时候，杰斐洛还觉得自己可以利用罗伦佐达到他的目的；而罗伦佐则觉得自己不费吹灰之力可以控制杰斐洛这个小阴谋家。于是，杰斐洛打破对视，低下头，身体略略前倾，行了一个几乎看不出来的礼。

罗伦佐满意地笑了笑，转过身继续看着外面的泛着鱼肚白的天空。

“好吧，”罗伦佐有点疲倦地说，“就先让俄莫拉回到米兰公爵手里。如果教皇想要出手，他也要先搞到十万金币再说。就算他是教皇，这笔钱也够他攒一阵子。”

杰斐洛默默地走到罗伦佐身边，跟他一起看着窗外。

“家父过世之后，”罗伦佐停了一会儿，继续说，“佛罗伦萨议会里必然会有动荡。我虽然继承美帝奇的家业，并不代表我继承了佛罗伦萨的第一公民。毕竟，”他自嘲地笑了笑，“佛罗伦萨名义上还是一个共和国，第一公民这个头衔并不世袭。有多少人看着美帝奇家族的地位眼馋，多少人以为我年轻没经验想要操纵我，多少人想要趁机削弱美帝奇家族的势力。准备好，接下来要有硬仗要打了。”

罗伦佐顿了顿，幽幽地说：“征途在前不能眠……”

杰斐洛有点惊讶地看着罗伦佐的背影，没想到他居然还记得自己之前说过的这句诗。

两个人一前一后站在晨光中不知多久。杰斐洛突然说：“罗伦佐。”

“嗯？”罗伦佐没有转头。

“如果我选择第二种呢？如果我把事情说清楚就决定离开意大利，你会怎么做？”

“怎么做？”罗伦佐笑了一下，“如果不能为我所用，当然就只能就地把你杀掉。我怎么可能把你这种危险人物放虎归山。”

“那你现在就真信得过我？“

“杰斐洛，”罗伦佐平静地说，“做我的部下记住一点，不要试图揣摩我的心思。我让你干什么你老老实实干好就行了。”

1470 年 12 月 7 日，皮耶罗 · 德 · 美帝奇去世。21 岁的罗伦佐成为美帝奇家族的族长。

人物表

佛罗伦萨：

罗伦佐·德·美帝奇——美帝奇家族从 1470 年到 1492 年的族长。

朱利亚诺·德·美帝奇——罗伦佐的弟弟。

皮耶罗·德·美帝奇——美帝奇家族从 1464 年到 1470 年的族长。罗伦佐的父亲。

佛朗西斯科·诺里——罗伦佐的亲信，美帝奇银行佛罗伦萨总行的经理。

卢卡·皮提——山地派贵族，卢卡·皮提政变的组织者。

佛朗西斯科·德·帕奇——帕奇家族的次子。

克拉丽丝·德·美帝奇——罗马贵族奥斯尼家族的小姐，后来嫁给罗伦佐。

里奥纳多·达·芬奇——艺术家，文艺复兴三杰之一，最著名的作品包括《蒙娜丽萨》,《岩边圣母》，以及《最后的晚餐》等等。

山德鲁·波提切利——佛罗伦萨文艺复兴最具代表性的画家之一，创作了著名的异教主题系列作品：包括《春》、《维纳斯的诞生》、《维纳斯与马尔斯》，以及《帕拉斯与人马》，等等。

罗马：

西斯特斯四世——本名佛朗西斯科·德拉·罗维雷，1460 底继位成为教皇。

吉罗拉莫·瑞亚利欧伯爵——西斯特斯四世的私生子，帕特洛红衣主教同父同母的弟弟。朱里斯，乔万尼，菲蒂丽卡同父异母的兄弟。

帕特洛红衣主教——特雷维索红衣主教，希斯特斯四世的私生子，瑞亚利欧伯爵同父同母的哥哥。朱里斯，乔万尼，菲蒂丽卡同父异母的兄弟。

朱里斯红衣主教——希斯特斯四世的私生子，乔万尼公爵同父同母的哥哥。瑞亚里欧，帕特洛和菲奥丽塔同父异母的兄弟。1503年成为教皇儒略二世。

菲蒂丽卡·德拉·罗维雷——教皇西斯特斯四世的私生女，瑞亚利欧伯爵同父异母的妹妹

蒙铁斯科的乔瓦尼·巴蒂斯塔上校——天使堡护卫队的指挥官，久经沙场的老将，托斯卡纳第一神射手。曾经是圣方济僧侣，后来还俗。

佛朗西斯科·萨维耶帝——比萨大主教。

米兰：

艾波莉达·玛丽亚·斯福尔扎——米兰公爵佛朗西斯科一世的嫡出长女，卡拉布里亚公爵夫人，那不勒斯王国太子妃，后继米兰公爵格莱亚佐的妹妹

佛朗西斯科·斯福尔扎——1447年到1466年的米兰公爵，艾波莉达和格莱亚佐的父亲。

格莱亚佐·玛利亚·斯福尔扎——1466年到1476年的米兰公爵，艾波莉达的哥哥，卡特琳娜的父亲。

卡特琳娜·斯福尔扎——米兰公爵格莱亚佐的私生女，艾波莉达的侄女。

卡拉麦拉——艾波莉达的摩尔女奴。

那不勒斯：

阿方索公爵——卡拉布里亚公爵，艾波莉达的丈夫，后来成为那不勒斯的阿方索二世。

费兰铎国王——那不勒斯的费迪南一世，或称费兰铎国王（Ferrante），阿方索和佛德里克的爸爸。

佛德里克王子——那不勒斯的佛德里克，费兰铎国王的次子，阿方索的弟弟。

其他地区：

佛德里克·达·蒙塔菲特罗——厄比诺伯爵，后来成为公爵。意大利杰出的军事领袖，厄比诺雇佣军的指挥。

图书在版编目（CIP）数据

韶华魅影：梦断佛罗伦萨系列之一 / 王斐著. -- 北京：作家出版社，2016. 10

ISBN 978-7-5063-8730-9

Ⅰ. ①韶… Ⅱ. ①王… Ⅲ. ①长篇小说 - 中国 - 当代 Ⅳ. ①I247.5

中国版本图书馆CIP数据核字（2016）第029660号

韶华魅影——梦断佛罗伦萨系列之一

作　　者： 王　斐
责任编辑： 徐　乐
装帧设计： 美　达
出版发行： 作家出版社
社　　址： 北京农展馆南里10号　　**邮　　编：** 100125
电话传真： 86-10-65930756（出版发行部）
86-10-65004079（总编室）
86-10-65015116（邮购部）
E-mail:zuojia@zuojia.net.cn
http://www.haozuojia.com（作家在线）
印　　刷： 中煤（北京）印务有限公司
成品尺寸： 152×230
字　　数： 206千
印　　张： 17.5
版　　次： 2016年10月第1版
印　　次： 2016年10月第1次印刷
ISBN 978-7-5063-8730-9
定　　价： 30.00元